城の中の城

YuMiko KuraHasHi

倉橋由美子

P+D BOOKS
小学館

目次

a 人間の中の病気 5
城の中の城 23
第一章 閒窓聡明 25
第二章 蒼天残果 46
第三章 寒樹依微 65
第四章 紙鳶跋扈 86
第五章 暮雪霏霏 107
第六章 天上大風 128
第七章 雪花撩乱 156
第八章 細草微風 169
第九章 春陰煙雨 197
第十章 群蛙閤閤 209

第十一章　五月清和　231
第十二章　緑陰幽草　252
第十三章　細雨空濛　266
第十四章　残雨斜日　290
第十五章　白雲緑陰　311
第十六章　海氛白日　328
第十七章　秋声白露　350
b　信に至る愚　373
著者覚え書より――各章の出典　390

『城の中の城』の主な登場人物

①**山田信**（40歳、英文学の教授、去年突然、パリで洗礼を受ける）**桂子**（30歳）**夫妻**
——小説の主人公

②**牧田圭介**（出版社社長）**文子夫妻**——桂子の両親

③**宮沢耕一**（サラリーマン）**まり子夫妻**——①と夫婦交換

④**宮沢裕司**（文学部長、耕一、桂子(?)の父）**三津子**（評論家）**夫妻**——②と夫婦交換、
三津子最近入信し、現在別居中

⑤**林啓三郎**（入信した先妻と離婚、ディレッタントな人物、⑥の兄）**夫妻**

⑥**林龍太**——無名庵の主人、ポリガミスト

⑦**森俊太郎**——大学助教授、⑤の先妻の息子、キリスト教界を転々とし現在無宗派、⑨
と婚約

⑧**三輪鏡子**——50歳前後の未亡人、敬虔なクリスチャン、山田氏と関係をもつ、現在⑤
の料理人

⑨**鷲山陽子**——スポーツの好きな女子大生

⑩**清水満智子**——山田氏を慕う文学好きな女子大生

⑪**堀田夫妻**——①の仲人、50歳半ばで急死、後夫人失踪

a　人間の中の病気

年下の友人に山田桂子《けいこ》という人がいる。桂子さんは、紋切型を使えば現在「平凡な家庭の主婦」で、二児の母である。昭和四十五年頃書いた『夢の浮橋』という小説に出てきて、ある大学の助教授（当時）の山田氏と結婚してからもう八年になる。勘定してみると年は三十歳、子供の二人位いてもいい頃なので二児の母ということにしておく。桂子さんの人となりは、これも披露宴用の紋切型の「才色兼備」が相当程度当っていて、「聡明《そうめい》だから料理が上手」ということになるかどうかはわからないがまず下手でないことは確かで、本人がもともと「良妻賢母」を目指していたことにその才能を加えて考えればほぼそれに近いものに現在なっているのではないかと思われる。それで桂子さんは「幸福」だろうかときかれてもそれはわからない。第一、「幸福」ということがわからない。格別不幸でないことだけは確かで、それならば桂子さんも人並みに「幸福」ということになるのだろうか。

その桂子さんのことを最近必要あって思いだした。すると桂子さんの方も当然の如く久しぶりに姿を現したのである。女盛りを迎えて自信と優雅な落着きが加わり、二児の母らしい貫禄までそなわってきたといった印象についてはここでは措《お》き、また最近夫君の山田氏が何度目かの洋行から帰ってきた等々の近況もここでは省く。桂子さんは目下ある問題について多少考えるところがあって、今日も実はその話がしたいのだと言う。と言っても桂子さんには別段深刻な悩みがあるわけではない。結婚当時に比べて二、三キロ増えた体重が容易にもとに戻らないのが悩みの一つで、それも減量に無理をしないために未解消のまま残っている悩みなのである。大体桂子さんは昔からstruggleということが嫌いであった。『夢の浮橋』の中でもそう言っている。従ってできないことはできないとして、平然と構えている。また絶えず何かを目指して頑張ることで神経症的な悩みを紛らす必要があるような人間でもない。しかし今度のことではいささかstruggleに近いことをして突破しなければならないような気もする、と桂子さんは言う。

それはキリスト教のことなのである。桂子さんは近頃生じた「家庭の事情」からこのキリスト教の問題を避けて通ることがむずかしくなったのを感じている、と言うのである。鷗外は長男に与えて「路溼好尋乾処行」と書いたそうであるが、桂子さんも昔その父君から『森鷗外読本』に出ているこの書を見せられた記憶があり、爾来《じらい》努めて路の溼なるところを避け、struggleを避けてきたけれども、どうやら今眼前に大いなるぬかるみが広がり、もはやこれを避けて乾処《かんしょ》を行く算段が立たない、と言うのである。そのことで桂子さんはわずかに腹立たしい思いをしている風ではあるが、繰返して言うように、苦悩とか煩悶《はんもん》とかに桂子さんは縁がない。目の前に現れた問題が避けて通れない性質のものなら、いっそ一刀両断して通り抜ければよいではないかとアレクサンドロスのようなことを考えているかどうかはともかく、難敵を承知の上で挑むような鋭い光が桂子さんの目に宿っていた。と言うことからも明らかなように、これは桂子さんが回心を前にして意を決しかねているという話ではない。むしろ逆の話である。桂子さんは敵を打倒し、排除して進みたいのである。

正宗白鳥《まさむねはくちょう》が「この頃の日本では、キリスト教が著るしい活況を呈している」と書いたのは昭和二十四年のことであった。桂子さんはこの「内村鑑三」という文章を知っているが、昭和も五十年を過ぎた今日、キリスト教の景気の動向はにわかに判定できない。クリスマスだけは盛んに行われている。しかしこれはキリスト教とは関係のない日本のお祭になっていて、街中にジングル・ベルの騒音が溢《あふ》れ、大人が飲んで騒ぎ、親がクリスマス・ツリーを立てさせられ、ついでにサンタクロースの代りにねだられる日である。本物のキリスト教の信者は百万を超えないと言われるから、日本では信者は百人に一人もいないことになる。とても大活況を呈しているとは言えない状態である。戦後アメリカから民主主義がはいってきたからと言って、キリスト教もそれに便乗して大流行というわけにはいかなかったのである。

その間の事情は、桂子さんの仮説によればこう説明できる。大体、キリスト教はマルクス主義とともに進歩的思想の代表格をなすものである。昔、大杉栄もそう言っている。平民社に集まってきた人やその周辺で応援していた人にはクリスチャンが多かったが、大杉栄に言わせると、「当時の思想界ではキリスト教が一番進歩思想だった」ので、社会主義者がキリスト教の信者を兼ねていても不思議はなかったのである。それに対して、「幸徳《こうとく》や堺《さかい》らはかなり辛辣《しんらつ》に宗教家を攻撃もしまた冷笑もした。……しかし幸徳や堺らは、宗教は個人の私事だというドイツ社会民主党のなにかの決議を守って、同志の宗教にはあえて干渉しなかった」という。マルクス主義的ラディカリズムとプロテスタントのラディカリズムとが同一人物の中に同棲《どうせい》するのは異とするに足りないが、大東亜戦争後はこの両者の宣伝、布教がいずれも自由となり、特に従来禁圧されていたマルクス主義の方にこの自由は有利に働いたので、戦後その勢は当るべからざるものがあった。しかしマルクス教の方も潜在的な信者を獲得しつくすと、その拡大は止《や》んだ。スペイン風邪や香港《ホンコン》風邪の流行が猖獗《しょうけつ》を極めても全員がそれにかかるわけではないように、日本人の間にはマルクス教に対する自然の抵抗力があって、これにかかる人は限られているると見なければならない。さらに、これが桂子さんの仮説であるが、キリスト教またはマルクス教という一神教型の世界観を奉じることのできる人の割合はほぼ一定しているのではないか、と桂子さんは考えるのである。両者併せておよそ二百万人、つまり百人に二人というのが感染率の上限ではあるまいか。あるいは、もっと多めに見て一千万、つまり十人に一人はマルクス教かキリスト教かに感染する体質をもっているとしてもよい。ただ、過去にこれだけの数が実際に感染し、かつ発病した例はなかったし、今後もまずないだろうと桂子さんは予想している。

桂子さんの見るところでは、この両者の保菌者なり遺伝的に感染しやすい体質の持主なりは比較的狭い特定の集団に限られている。例えばインテリである。インテリの間ではマルクス教かキリスト教のどちらかに感染して発病する人の割合は恐らく十人に一人以上に高まるだろうと桂子さんは極《き》めこんでいる。このことも含めて、そもそもマルクス教とキリスト教を伝染性の病気であるかのように見ているのは桂子さんの偏見と独断であるが、桂子さんは自分でもそのことをよく承知していて、なお恥じる様子は全然ない。それで例えば、遠藤周作氏の『人間のなかのX』の中の「次々と友人が受洗するのを見て」という文章などを読むと、不謹慎なことではあるけれども、次々にコレラ患者が発生したり次々に人が発狂したりするニュースを聞かされるような気分に襲われる。SFめいてくるが、この分では気が付いたら自分のまわりはいつのまにか人間の姿をした宇宙人ならぬ日本人の姿をしたキリストの信徒ばかりになっているのではないか、と空想して、ばかばかしい恐怖に思わずにやにや笑ったりする。冗談ついでに言えば桂子さんはこういう時によくエルンスト・ヘッケルの説を思いだす。ヘッケルによれば神はガス状の哺乳《ほにゆう》動物である。これが毛穴、口、鼻、耳その他の穴から侵入して人体に取《と》り憑《つ》くと、人はキリスト教徒となるのである。もっともこの種の喩《たと》え話となれば、キリスト教やマルクス主義その他の伝染性観念をウイルスに喩える方が一層適切かもしれない。

作家や文化人の間でキリスト教のウイルスが近頃勢を盛返しているのはどういう事情からだろうか。この人種の生態に詳しくない桂子さんとしてはそれを測り知ることはできない。小説書きを仕事にしているような人は、演奏家や芸人の一部が麻薬に手を出したがるのと似た事情から、と言っても結局のところその事情はよくわからないが、キリスト教に縋《すが》りたくなる傾向があるのだろうか。そうだとすると小説書きという仕事は余程苛酷で不健全なものであると同時にいい気なものであることになる。そう思って桂子さんは次々と受洗したという遠藤周作氏の友人なる人々の名前をもう一度見て、軽率な判断を下すのは慎しまなければならないと思いかえした。何しろその作家、文化人たちの書いたものをほとんど読んだことがないのに気が付いたのである。

もっとも、遠藤氏の友人とされている人たちに限らず、キリスト教に入信する人たちの多くは心身の大病か大怪我に相当する打撃を受けたことがきっかけでキリスト・ウイルスに感染していて、その点は桂子さんにも理解できるような気がする。しかし桂子さんの言う理解とは立場を交換してみた時に自分でもそうするであろうという同感もしくは是認を含むものではない。勿論《もちろん》同情の要素は皆無と言ってよい。未開人の一見奇怪な風習や動物が見せる奇異な行動について文化人類学者なり動物行動学者なりに巧みに説明してもらった時になるほどと思う、その次元での理解である。桂子さんは自分でもそうするであろうとは思わない。第一、人生に躓《つまず》いて大怪我をするとか心身の大病を患うとかの不幸は自分には無縁である、自分の身に起るはずがないと決めこんでいる。甚《はなは》だ傲慢不遜《ごうまんふそん》にしておめでたい確信であるが、万が一この確信が裏切られるようなことがあった時は負けたと思うことにしている。つまりモイラが振る骰子《さいころ》に負けたのであって、負けたからユダヤ人が発明した神や十字架にかけられた人を主と仰ぐということにはならない。そこには普通の人間には理解できない大変な飛躍がある。

桂子さんに理解できるのは、心身の大病その他の人生の危機に直面してキリスト教（に限らず各種の宗教のどれか一つ）に縋る必要を覚え、またそのことに効用を見出《みいだ》すような人間が現にいるという事実までである。しかし桂子さんの意見によれば、その人生の危機なるものは誰もが襲われるというものではなくて、明らかに特定の人間だけが招くものなのである。恐らくその種の人間には好んで乾処を歩くのとは反対の性向がもともとあって、知らず知らずのうちに愚行を重ねて危機を招き寄せているのではないだろうか。丁度偏った食生活を続けた結果胃《い》癌《がん》を招くようなものである。また人一倍弱い体質の持主にとっては普通の人ならば切抜けられる程度の苦境が生死を分けるような危機となる。弱い人は絶えず心身の病気を抱えて危機と紙一重で生きている。こういう人は弱さを克服し、病気を追放して危機を回避することができないばかりかそれを望んでもいないので、弱さ、病気、危機を手放す代りにむしろそれらを正当化してくれるものを求める。つまり救いを求める。さらに言えば、この病人は治療を要するが、治療を要するためには病気でなければならない。従って病気は根治してはならないのである。それで本人は自分が不治の病に犯されていると確信している。しかし不治の病ならば治療を求めるのは無駄ではないか。そうは考えないところに救いを求める病人の不思議な論理がある。これが昔左翼の学生が言っていた弁証法なる奇妙な理窟《りくつ》と一脈通ずるものかどうか、桂子さんにはそこまでの判断はできない。

それはともかく、桂子さんはある種の先天的に弱い人間やそのため現に病気になっている人間にとってキリスト教が一定の効用をもっていることは認めている。医者と薬は病人のために必要である。そしてそれがなくては病人が困る。ただし一般の健康な人間には関係ない。精神についても同じことが言えるのではないだろうか。そこで医者と病人は病院で暮し、そうでない人間は病院の外で暮すという区別が劃然《かくぜん》としていて、お互いに無関係にやって行ける限り、桂子さんはキリスト教のようなものの存在を認めるのである。自分が病気で治療を要すると思う人はいつでも自由に病院にはいって患者という身分を得ればよい。

ところがなかなかそうは行かないので困るのである。入院して患者になった人は、あなたも一つ入院してはどうかとしきりに勧誘に来る。時には医者自ら勧誘に来ることもある。医者にしてみればできるだけ多くの患者が欲しいし、いったん患者になれば仲間の患者を増やす活動をすることが行動療法か何かの一環であるらしい。そういう勧誘員が現に桂子さんの家にも頻《ひん》繁《ばん》にやってくる。保険の勧誘員に負けず劣らず熱心にやってくる。保険の方は将来の安全をお買いになった方がお得ですといったことを説く。得かどうかはこちらで判断して契約するか断るかを決める。この方は筋が通っている。桂子さんが怒り心頭に発するのは宗教の、と言っても大概はキリスト教のどこかの派の勧誘員である。連中は入信すればお得ですということを余り説かない。それよりもこちらを病人に仕立てようとする。あなたは御存じないが実は不治の病に犯されているのだ式の勝手な診断を唱えて止まない。何か悩み、つまり自覚症状はないかと問診するので桂子さんは格別ないと答える。すると相手はないはずはないでしょうと言う。人間みな病人という前提があるらしく、従って万人が治療を要するはずだと主張する。桂子さんはそう言われると最大の侮辱を感じる。悩みなんかないし、すべて間に合ってますと答えると、相手はそうやって自覚がないことがまさしく大変な病気にかかっている証拠だと言って、例の「憐《あわ》れみの目」という奴でじっと桂子さんを見る。何たる侮辱、と桂子さんは頭に血が上るのを通り越してむらむらと××（この箇所伏せ字）がこみあげてくる。これで連中は正体を顕《あら》わしたと桂子さんは合点する。

日頃桂子さんは宗教家の説く愛なるものを信用していないが、それと言うのもこの愛なるものには普通何PPMかの憐れみがかならず混入していてこれを完全に遠心分離することは不可能だと思うからである。他人を憐れむことで愛するとは何とも無礼なことではないか。憐れまれる位なら憎まれた方がはるかに気持がいい。もっとも桂子さん自身は他人に対してこのどちらも実行したことがない。己れの欲せざる所を他人に施すなかれである。ところがかの勧誘員たちは、己れの欲する所は他人もまた欲すると信じて疑わず、己れの病気は他人もまた当然分ち持つはずであると独断して疑わず、己れの意に従わない強情者に出会うと、業病にかかっていることに気付かぬ憐れなる者よ、という目付きで相手を見る。この無礼に比べると、例えばお寺から坊さんがやってきて、御主人が亡くなった節は一つ当寺でお葬式をどうぞと宣伝してまわる方がよほど無礼の程度が軽いと言うべきである。ただこの種の勧誘は流石《さすが》にまだ一度も来ない。

桂子さんは腹立ちまぎれにニーチェのことを思い出した。この男はキリスト教を罵《ののし》っているうちに発狂して死んだが、一説によると梅毒が脳に来て所謂《いわゆる》進行性麻痺症《まひしょう》になったらしい。ニーチェによればgutに対してschlechtの意味で「悪い」を言うことは貴族の道徳に属する。schlechtとは「劣悪な」ということである。人間にも事物にも優れて善きものとお粗末で劣悪なものとがある。桂子さんが考える心身の病弱者とは人間の中の出来の悪いもの、schlechtなる者のことである。そういう人がキリスト・ウイルスに感染しやすく、また感染する必要があると言ってもよい。ところがその種の人々が人間は本来悪しきものであると言いだすのが桂子さんには気に入らない。「悪しき」がschlechtのことなら、右の言い方は不当である。

schlecht は相対的な概念なので、人間みな schlecht と言うのは意味をなさない。それならばその人々の言わんとするところは人間みな「邪悪」、つまり böse だということなのだろうか。ニーチェはこの böse なるものを発明したのがキリスト教で、それは奴隷道徳である、賤民《せんみん》道徳であると言って怒っている。桂子さんはかならずしも全面的にニーチェに与《くみ》するものではないが、schlecht なる人間たちが gut なる貴族的人間に対する嫉《ねた》み、恨みから、自分以外の人間と人間の世界を根本的に böse なるものと見たがる心理を面白いと思う。なるほど、そういうわけであの勧誘員は人を病人に仕立て、人に böse を押付けるのかと桂子さんは合点する。あの連中は、他人だけを böse なるものと言ったのでは信用が得られないから、とりあえずすべての人間を罪ある者として böse 一色に染めあげ、その中で自分たちだけは信仰のおかげで普遍的な böse から脱色されつつある、と主張する。だからあなたもどうか、と悔い改めることを勧めるのである。

この論法が桂子さんにはどうも我慢できない。schlecht を böse にすりかえては困るではないか、と桂子さんは抗議したい。schlecht なる自分を救うために böse や罪を撒《ま》き散《ち》らすのはよしてもらいたい。どう見てもそれは不健全なことである。嫉み、恨みから発しているのでなくても、そう受取られても仕方がないやり方である。不健全なものは不健全なところに閉じこめておくべきで、そのために病院があり教会があるのだから、と桂子さんは考える。

鷗外は『かのように』の中で秀麿《ひでまろ》の父の五条子爵に次のように言わせている。「悴《せがれ》の手紙にある宗教と云うのはクリスト教で、神と云うのはクリスト教の神である。そんな物は自分とは全く没交渉である。自分の家には昔から菩提《ぼだい》所に定《き》まっている寺があった。それを維新の時、先代が殆ど縁を切ったようにして、家の葬祭を神官に任せてしまった。それからは仏と云うものとも、全く没交渉になって、今は祖先の神霊と云う物より外、認めていない。現に邸内にも祖先を祭った神社丈《だけ》はあって、鄭重《ていちょう》な祭をしている。ところが、その祖先の神霊が存在していると、自分は信じているだろうか。祭をする度に、祭るに在《いま》すが如くすと云う論語の句が頭に浮ぶ」というのであるが、桂子さんの場合もこの五条子爵とほとんど変らない。「祭るに在すが如くす」を尊重していることにおいても人後に落ちない。子爵はさらに自ら省みて、「そうして見ると、悴の謂《い》う、信仰がなくて、宗教の必要丈を認めると云う人の部類に、自分は這入《はい》っているものと見える」と考えるが、それも怪しい。結局のところ、「自分は神霊の存在なんぞは少しも信仰せずに、唯俗に従って、聊《いささか》復《また》爾《しか》り位の考で糊塗《こと》して遣っていて、その風俗、即《すなわ》ち昔神霊の存在を信じた世に出来て、今神霊の存在を信ぜない世に残っている風俗が、いつまで現状を維持していようが、いつになったら滅亡してしまおうが、そんな事には頓着《とんじゃく》しないのではあるまいか」ということになる。自分もまたしかり、と桂子さんは考える。

子爵の悴の秀麿は、「信仰はなくても、宗教の必要を認める」と言っている。桂子さんはそこまでは進んでもよいと思う。ただ、宗教の必要を認める必要を、明快な理由をあげて論じるだけの用意はない。今言えることはせいぜい右に述べた、病人が医薬を必要とするといった程度のことである。

しかしこれとは別に、宗教と信心の効用を説くやり方もある。日本人は世界に冠たる功利主義者であるから、昔『日本霊異記』が奇異な事実を集めて仏徳の有難さを宣伝した時にも、Aが因となってBなる果を生じたという関係を明示して、勧善懲悪を試みているのである。因果応報の決算は現世の範囲内で行われることもあれば、前世の行いが因となって現世の果をもたらしたり、現世の行いの決算が来世に持越されたりすることもある。ただ、勧善懲悪と言っても、善行を称揚した話が多いのは、悪事の報いは恐しいぞよと脅かすよりも、善いことをすればかくも得をすると言って利己心に訴えた方が効きめが大きいからであろう。『日本霊異記』は仏教的説話集とは言うが、何とも打算の行届いた功利主義的な本である。日本人に野放図な利己的行動を自制させるものは、因果応報の得失を計算する利己心だということになる。こうして道徳的規制力となる日本人専用の宗教がキリスト教からいかに遠いものであるかを考えると桂子さんはそれこそ気が遠くなる思いがする。この型の宗教を奉じて自らを律している人間は、生まれながらにして罪人であるとか病人であるとかの意識とも縁がないし、キリスト教的な救いとも縁がないのである。彼らは老後のため、来世のために年金のようなものを確保しておく必要を感じてせっせと善行を積立てる。こういう人が多数を占めていれば世の中は大体うまく行くのではないか。それを間違っていると叱りつけて超越的な神を押付けようとする類の宗教に対して桂子さんは腹を立てるのである。

しかし腹を立てているばかりでも駄目なので、桂子さんはこれからキリスト教の神学、と言うほど大袈裟《おおげさ》なものではないにしてもキリスト教の方で行われている理窟を調べてみようと思っている。以前、G・K・チェスタトンを読んだ時にも、その言っていることはほぼ一〇〇パーセント支持できるように思われたものの、このチェスタトンの考え方が出てくるのにカトリックの信仰がなぜ必要なのかはよくわからなかった。神抜き、キリスト抜きでもチェスタトン流に考えることはできるのではないかと思ったのである。内村鑑三の言説を読むと狂気を感じるが、チェスタトンにはそんなことがない。また、あの肥満漢のトマス・アクィナスも狂人であったとは思えない。キリスト教を信じている人の中にも正気の人間は結構いたようだと桂子さんは認めている。トマス・アクィナスなどは狂気の言葉を正気の平面へと翻訳することに興味を覚えてあの長大な *Summa Theologica* を書いたのであろう。これは狂気と付合う一つの方法である。今少し能力の劣る人は狂人を演じることで狂気を獲得しようとした。正宗白鳥はそこのところをよく見ていて、内村鑑三は偽狂人ではなかったかという説を唱えている。「彼は果して完全な慰めを得て日を過していたであろうか。異教徒の慰めと異った徹底した慰めを得ていたであろうか。私はそれを疑っている」と言うので、この彼とは内村鑑三のことである。正宗白鳥はまた内村がキリスト再臨や肉体の復活ということを、口では強調していたが本当は信じていなかったのではあるまいかとも疑っている。

狂気を我がものとするには狂人の如く振舞うことが必要であり、信仰を固めるには信じた者の如く振舞うことが不可欠であろうということは桂子さんも理解している。そのための台本として聖書がある。ただ、桂子さんが首をかしげたくなるのは、口語訳の聖書が聖なる狂気を演じるための台本としては余りにも schlecht なる文章で書かれていることである。人はあのような文章を読んで心を動かされるものだろうか。人を動かすのは姿であって意だけでは充分でないと桂子さんは考えているが、あのような口語訳聖書を有難く読んでいる人は、姿には無頓着で意を吹きこまれさえすれば簡単に動く型の人間ではないかと思われる。桂子さんは意ばかりを重んじて姿に無神経な人間を信用しないことにしている。

もしも徹底して意を重んじる立場をとるならば、最後は結局論理を動員して人を征服しなければならない。人もまた論理の軌道を進んで信仰に至らなければならない。桂子さんはそういうことが可能であるとは思わないが、以前読んだ、鈴木大拙がスウェーデンボリの『神慮論』の訳に付した序文のことを思い出した。こう書いてある。「此書《この》が殊に力を尽して説破する所は、われらには自由意志あること、理性あること、日常の行動は理性によれる自由意志より出づべきこと、またわれらの身の上には歴史的に悪念の遺伝せるものあること、世界に種々の苦しみあるは之《これ》がためなること、神慮は此苦境より人を救ふに在ること、而《しか》してかく救はるるには人は理性と自由との必要あること……」というわけで、スウェーデンボリによれば何人も奇《き》蹟《せき》を見て改悛《かいしゆん》してはならず、幻想や死者との談話、強迫、責罰によって回心するのも不可、ということになる。これはまことに筋が通った意見である。神と信仰について語っているのでなければ桂子さんもこの考え方にほぼ賛成したいところである。しかし神を信じる人の立場からすればこの説は受入れがたいのではないか。局外者の余計な心配ながら桂子さんはそう思うのである。キリスト教に関しては理性の競技場で決着が付くというものではないような気がする。今のところ桂子さんには自分で「排耶論《はいや》」の剣をふるうつもりもなければ「アンチ・クリスト」の戦士になる気もないのである。そう言えば昔幸徳秋水《しゆうすい》はむきになって『基督抹殺論《キリストまつさつ》』を書いたが、それに対して堺利彦《としひこ》はこう放言したらしい。

「僕は抹殺論を読まない。日本には何の必要もない仕事だ」

実は桂子さんの友人——と言う以上のものに『夢の浮橋』ではなっていたが——の宮沢耕一君もいつか堺利彦と同じようなことを言ったのである。何の関係もないものには反対する理由もないというわけである。それもそうだと桂子さんもその時は思って笑って別れたが、その後、先に述べた「家庭の事情」から「何の関係もない」という条件に変化が生じたので、桂子さんは『基督抹殺論』位は一度読んでみようと思っている。ここまでの話をして桂子さんは帰っていった。山田桂子さんがこれからどうするかという話は後日を待たなければならない。

城の中の城

第一章　閒窓聴雨

子供たちは桂子さんの誕生日のケーキを受取りに近所の洋菓子店へ出掛けていった。嬉々として二人で手をつないだり放したりしながら風の中を駆けていく。上が智子《ともこ》、下が貴《たかし》、六歳と五歳である。陽はすでに落ちかかっている。桂子さんは街の屋根の間に顔をのぞかせている大きな熟柿《じゅくし》のような夕陽に向って子供たちが駆けていくのを見送ると、裏庭から木戸を抜けて表の庭に廻った。

庭の隅に対をなして金木犀《きんもくせい》と銀木犀がある。花はほとんど落ちて木の下に金盤銀盤をつくっている。その二木の間に雨ざらしの木のベンチが置いてある。桂子さんはそれに腰を下ろした。足もとはまだ斜陽が差して明るい。脚を組むと素足に秋の風を感じる。

今日で満三十歳を迎えたことを思って桂子さんはいささか感傷的になった。これは前にも何度か頭に浮んだことであるが、自分の人生を四季に比べて言うと、十代は永遠の夏である。汗が出ても吹出物が出ても炎暑に立ちくらみをしても、少女の時代は終るはずのない夏の真昼のように輝いている。二十歳を迎えた時桂子さんが認めたのはその夏に終りがあることで、二十代は八月から九月へと衰えていく夏であった。あかあかと日はつれなくも秋の風が心を乾かして吹く。足の先から秋の冷気が水のように上がってくる。今は庭の木も秋色を帯びている。西風が木犀の落花を吹き払うと秋の色もにわかに暮色に似てくるような気がする。それが三十歳の誕生日を迎えるということなら三十代は秋から冬へと暮れていく季節だろうか。桂子さんはそこで暗い、というより薄暮にふさわしい気分になる。

落日の黄色い空気の中では気分もそういう色に染まるのは珍しいことではないと思いかえして桂子さんは立ち上がった。考えてみれば結婚して二児の母になってその二児を六歳と五歳にまで育てた今は、秋は秋でも実りの秋である。落莫の秋ではない。秋を断腸の季節とするのは白居易《はくきょい》風の感傷過多ではないか。黄昏独立仏堂前。満地槐花満樹蟬。大抵四時心総苦。就中断腸是秋天。……

その時勝手口で子供たちの声がした。

「貰ったら、みっともないたらありゃしない」

「どうしたの」

「蠟燭《ろうそく》を三十本もらってきたよ」

二人とも上気して、一人は得意気で、一人は憤然としている。桂子さんは噴きだして色とりどりの細い蠟燭の束を受取った。確かに三十本ある。近所の買付けの洋菓子店に註文《ちゆうもん》して生クリームを使ったバースデーケーキを特別に作ってもらったのである。店の主人は桂子さんの年を知って今頃にやにやしているにちがいない。明日にでも行って蠟燭の代金を別に払わなければと思ったが、これは子供の使いでは埒《らち》が明かないので、桂子さんが自分で出掛け、若い主人と冗談を混えてやりあうことになる。大学を出るとすぐフランス、スイス、ドイツなどを廻って洋菓子作りの修業をしてきたという主人はまだ独身である。

「女の人はなぜ年を知られてはいけないの」

「お母さんは年が増えて嬉しくないの」

子供たちが口々に言う。

「その質問はむずかしいわね」と言いながら桂子さんはケーキに三十本の蠟燭を立てていった。

「女の人は自分の年を言わないで男の人に想像してもらうのが楽しいでしょ。この人いくつ位かな、と guess してもらうわけね」

「だから下種の勘繰りと言うんだね」

いきなり台所に現れてそう言ったのは桂子さんの父君の牧田圭介《けいすけ》氏である。

「ゲスって何のこと」と貴君がきく。

「英語よ。当てずっぽうで言うこと」

今年から英語教室に通っている子供たちは感心したような顔を並べて納得する。

「信《まこと》君はまだかね」

「今日は大学の方で委員会があって遅くなるんですって」

子供たちにもそれは言ってあったが、智子さんはまた改めてつまらなそうに肩をすくめた。

桂子さんは現在御両親の牧田氏夫妻と一緒に暮している。結婚の時にこの家を半分もらい、半分は夫君の山田信氏が買取ったことにして名義もそうなっているが、牧田氏夫妻はしばらくこの家を出てマンションで暮したのち、桂子さんの妹になる下の娘二人が片付いたのを機にまた桂子さんの家に戻ってきたのである。若い「核家族」四人には広過ぎる家なので、山田氏もその方を歓迎している。

「それに、出版社の社長とwriterの一人が一つ屋根の下で暮すのも何かと便利な『癒着《ゆちゃく》』でいいじゃありませんか」とも言って山田氏は笑った。

山田氏は牧田氏のところからイヴリン・ウォーの全集の翻訳や『英国のカトリック作家』などの本を出している。もっともその種の「癒着」なら桂子さんの方も大いに活用していて、G・ゴールドスタインという英国人のマザー・グースばりの詩の付いた絵本を訳して父君の社から去年出版した。現在はアン・エリオットの *What Followed Pride and Prejudice* つまり『高慢と偏見』の後日談の体裁をとってエリザベスとダーシーが結局は離婚する話を書いた小説を訳している。これも元先生で今も先生の夫君に目を通してもらった上でいずれ出版したいと思っている。

そういう次第で桂子さんの生活は今順風満帆とは言わないまでも至って順調で、何の故障も見当らない。適度に忙しいので退屈のあまり物事に疑問を抱いたりしている暇はなくて、反面何かに追われて息切れがすることもない。力の充実があって余裕が感じられる。平衡感覚も確かである。だから今の家庭が本当は砂の上の城で現在の生活が実は綱渡りだとしても、その城を崩さず、綱からも転落しない自信のようなものがある。その自信を掌中の卵のように握ってみるのも楽しいものである。

夫君の山田氏を除く家族が揃《そろ》って軽い食事が終ると、やがて燈が消され、三十本の蠟燭に火が点ぜられてケーキが浮び上がる。智子さんと貴君がその蠟燭の火を吹き消した。歓声が上がろうとした瞬間に電話が鳴った。暗闇の中で桂子さんは受話器に手を延ばした。

「お父さんかな」

「きっとそうだわよ」と子供たちが言い、さらに何か言おうとするのをお祖母《ばあ》さんが手で制した。桂子さんが「はい、はい」とだけ答えてからお寺の名前を復誦《ふくしよう》するのをきいて牧田氏が部屋の燈を点《つ》けた。

明るすぎる燈の下で、桂子さんの顔は血の気を失って、こんな時に英語でよく言う「シーツのように」蒼《あお》ざめて見える。

「どなたが亡くなったんだ」

桂子さんは驚愕《きようがく》を呑み下すようにして、

「堀田先生」と答えた。

「死んだの。その人、死んだの」と貴君がたずねる。「死んだらどうなるの」

「冷たくなるわ」と智子さんが答える。

「冷たくなったらどうするの」

「霊柩車《れいきゆう》が来て運んでいく」

「運んでいってどうするの」

「大きな竈《かまど》に入れて焼いちゃう」

「焼いたらどうなるの」

「煙になって空へ上る。その時レイコンも天国へ行く。残った灰はみんなで掻《か》き集めて壺に入れて持って帰る」

「それをどうするの」

「御飯に振りかけやしないわよ、まさか」

「およしなさい」と桂子さんは珍しく怖い顔をして子供の掛合漫才を止めさせた。貴君は桂子さんの顔をうかがいながら、

「ぼくたちガキみたい」と訊《き》く。

「不謹慎なガキどもね」

桂子さんはやっと笑いを取戻している。

「以前からどこか悪かったのか。まだそんな年でもないだろう」

「五十四か五でしょう。どこが悪かったかも聞いてないけど、何しろ相当な酒豪でしたから」

「桂子の仲人をして下さった方ですから」と母君も口をはさんだ。父君がお通夜と告別式の日時、場所を訊いたので桂子さんはメモを渡して、子供たちには、

「さあ、ケーキをいただきましょう」と言った。

山田氏が帰ってきたのは十時前で、子供たちはもう自分の寝室に上がっていた。桂子さんが早速堀田先生急死のことを告げると、山田氏はいつもの癖で一呼吸間を置いてから、

「知ってるよ。大学で聞いた」と言った。

「うちへも七時過ぎに文学部の事務室から電話があったの。御存じだとは思いますが念のためにって」

「お通夜は明日だね。日曜日の告別式には出られないので明日の晩一緒に伺うことにしよう」

桂子さんは夫君が日曜日の告別式に行けないことを殊更強調したようで怪訝《けげん》に思ったが、当日はある学会の研究会だかシンポジウムだかに出る予定があると聞いていたような記憶もある

のでそのままにした。

それよりも、山田氏が大分前から堀田先生の高血圧や心臓が悪いことを知っていたらしいことが桂子さんには気になる。気になるというよりいささか気に入らないのである。なぜ黙っていたのだろうと思うが、山田氏によると他意はなくて、たまたま正門から研究室まで一緒に歩いた時、堀田先生は以前よりもゆっくり歩きながら、最近医者に不整脈を指摘されたことなどを話したのだと言う。

「それが多分法学部長を辞められたあとの、今年の四月か五月頃だったと思う。その話をするのをつい忘れていた」

桂子さんはそれをその頃きいていれば自分の力で何とかなったかもしれないのにと、いわれのない無念が湧《わ》きたつのを覚えた。

「そう言えば宮沢先生も心臓が悪かったね」と山田氏は話題を転じた。

「でも宮沢先生は文学部長になるとランニングを始めたりして軽い狭心症を追っぱらってしまったわ。酒も煙草も止めたし」

「堀田先生はそういうことを一切しない方だから止《や》むを得ない。健康法なんて弱い人間の気休めだ、近頃はやりのランニングなんて新興宗教だと言っておられたんだから」

「そう、止むを得ませんね」

桂子さんは目に悲しみの色を湛《たた》えてむしろ怒ったような口調できっぱりと言った。

「これは整備点検不良がもとで起った事故」

ここに出てきた宮沢先生とは桂子さんの友人または元恋人とも言うべき宮沢耕一君の父君で、某私立大学の紛争で左翼学生に楯突《たてつ》いたかどで教授会から懲戒免職を食らうという目に遭い、桂子さんや山田氏、堀田先生の大学の法学部にやってきたのち、文学部長を二期勤めた人物である。堀田先生が桂子さんと山田氏の結婚式で媒酌の労をとるはずだったのが堀田夫人の入院でできなくなった時、急遽《きゅうきょ》媒酌をお願いして引受けてもらったのもこの宮沢先生である。

「父も含めて皆さん『危険な年齢』にさしかかってらっしゃるのね。あなたも今からランニング教にでも入信なさってはいかが」

「残念ながら僕にはそういう宗教はむいていない。僕が走っているところを想像してごらん」

山田氏は四十歳である。もともと大柄で仏像のような重量感のある体軀《たいく》に加えて、その重量の方が年とともに着実に増えてきたようで、太鼓腹ではないが立派な肥満体になっている。それに若い頃から何一つ運動ができない。そのくせ至って頑健な質《たち》で、桂子さんは結婚以来山田氏が風邪を引いて寝たということを知らない。こういう人にはかえって思いもよらぬ難病奇病が潜んでいるのではないかしらと桂子さんは心配になる。何分体を動かすことの少ない人間なので、桂子さんもこの夫君の体重管理には半分以上匙《さじ》を投げている。

翌日の午前中桂子さんは美容院に行って着物用に髪形を変えた。お通夜に出掛ける前に香奠《こうでん》を包み、筆をとって山田と書いたところで、なぜか桂子さんは旧姓で牧田桂子と自分の名前を書きたい衝動に襲われた。棺の中にいる堀田先生に直接こっそり渡すとしたらこれは絶対に牧田桂子でなくてはならない、と気持がたかぶったのを、なぜだろうかと長たらしく分析している暇はなくて、外から帰って服装を改めた夫君と一緒に家を出た。桂子さんは久しぶりに髪を上げて、喪服である。出掛けにそれを見て貴君が、

「お母さん、美人」と嬉しそうに叫んだ。

「美人でしょう。喪服を着た時が一番美人よ」

と桂子さんは軽口を叩いた。

山田氏はいつも重い口が一層重く、体の運びも重々しい。桂子さんは夫君がかならずしも自分に合った踊りの相手ではないことを知って諦《あきら》めている。誰と踊るにしてもそもそも踊りの達者な男ではない。山田氏には機知の踊りは不得意で、その代りに重質の分泌物のような得体の知れないユーモアがある。桂子さんの力では山田氏を自在に動かすことはできないが桂子さんの軽妙な踊りに対して間を置いて出てくる仕舞のような動きがある。そしてユーモアだか内分泌液だかその体からにじみ出るものがある。これを愛情の一種のように受取って桂子さんは安心している。

堀田家には門から玄関にかけてあかあかと提燈《ちょうちん》が点《とも》り、黒い人の姿が動いていた。家は開け放されて至るところに幕が張りめぐらされている。古い造りの家なので秋の夜の風が吹き抜けていくような気がする。桂子さん夫妻が焼香を済ませて目礼すると堀田夫人が目礼を返して立ち、桂子さんを控の間に招いた。こういう時だけに当然のことながら、堀田夫人はひどく憔悴《しょうすい》して見えた。意志だけが固まって痩《や》せた血の気のない顔をつくっている。桂子さんはたちまちある人物を連想した。癌《がん》で死ぬ前に会った耕一君の実母のふぢのさんのことが頭に浮んだのである。そのふぢのさんにあって今堀田夫人にも認められるのは、桂子さんの直観が確かだとすれば、要するに死相である。堀田夫人の目は泣き腫《は》らした人の目というよりも乾いて光のない黄色を帯びた目である。桂子さん夫妻が一通り悔みの言葉を述べると、夫人は落着いた声で堀田先生の死の様子を話してくれた。心不全による急死である。救急車で病院に運ぶ途中で絶命したという。

「私のそばで死んだのが幸いでした」

その言葉で桂子さんの目に涙が溢れた。簡単に涙が出る質で、それも一瞬のうちに大きな目が泉になる。そのあと眼瞼《まぶた》が腫れぼったくなることはない。鼻が赤くなることもない。桂子さんは涙で輝く目を未亡人に向けて、くれぐれも御加餐《かさん》をという意味のことを繰返すしかなかった。告別式の日にはできることがあったら何でもお手伝いさせていただきたいと桂子さんが申出るのを、万事大学の事務の方々が引受けて下さるので、と夫人は丁重に辞退して、それより初七日を過ぎて落着いたころ是非一度お話にいらして下さいと言った。

「今は大手術を受けて内臓をすっかり切取られたようなものです。血も意識もすっかりなくなってしまったみたいで。本当は絶対安静というところですけれど、どういうわけかこうして体だけは勝手に動いています。意識が回復した頃、よろしかったら一度見舞いにいらして下さい。お願いします。いろいろと聴いていただきたいこともあります」

堀田夫人の目のあたりにはじめてかすかな笑いが浮んだ。

告別式の日はよく晴れ上がった秋の行楽日和で、千日谷《せんにちだに》会堂まで行く電車の中にも駅にも行楽客の姿が目立った。この日曜日はお天気だったらどこかへ出掛けようと前々から話していたので、子供たちは桂子さんと一緒に告別式に行きたがり、それが駄目だとなるとお祖母さんをつかまえてどこかへ行こうを繰返している。桂子さんの母君の文子さんは都会の社交家型の婦人で、知人を招《よ》んだり招ばれたりお茶の会や観劇に出掛けたりすることはあるが、子供を連れて田舎や行楽地、または動物園に行ったりすることができない。ピクニックなどは論外である。第一どこへ行くにも着物だから着物で行けるところへしか行かない。お母さんが帰ってくるまでお待ちなさいと言い残して桂子さんは家を出たのである。

告別式は大層盛大なもので、読経が始まった頃は会場に人が溢れていた。受付の様子や供花の名札から判断すると、参列者は大学関係、学会、官庁関係、卒業生、在学生、その他という風に分けられるようで、桂子さんは「一般」の部類に自らを分類して記帳を済ませ、長い行列に加わって焼香した。いわゆる天寿を全うして永眠した人の葬儀には祝賀の気分に似たなごやかな雰囲気《ふんいき》があるが、五十代の半ばで急逝《きゆうせい》した堀田先生の場合にはそれがない。人々の顔付きは険しく沈痛である。不吉なものに抗している顔に見える。堀田先生を突然吸いこんだ死の穴に自分も吸いこまれることを恐れる人々が大勢集まってその穴を塞《ふさ》ごうとしている。それは不吉な儀式にはちがいない。桂子さんは焼香を済ませると急ぎ足に明るい秋日和の街に出た。そこに父君が立って桂子さんを待っていた。

「立派なお葬式だったね。私の方は今日はこれが二つ目だ。車を待たせてあるから一緒に帰ろう」

牧田圭介氏は車の座席に体を沈めると、先週から冠婚葬祭に明け暮れていると言って指を折って数えた。

「秋になるとよく人が死ぬ。長患いの人が、せっかく夏を凌《しの》いだのに秋を迎えるのを待ちかねていたように死ぬ。冬は冬で心臓や脳溢血《のういつけつ》で頓死《とんし》するのが多い。これが大体私と同世代の奴でね。髪が薄くなるような工合に同級生も一人逝《い》き二人逝きしてだんだん減ってくる」

「お父様みたいに若い頃からトクトウの方は長い友達が減る心配なんかいらないじゃありませ

んか」

「髪は長い友達か。こうして完全な禿《はげ》になってしまえば唯我独尊で輝いていればいいんだな。友達なんかいらない。いや、いらないとも言えないな。互いに葬式を出したり出されたりしながら退場していくんだ。そして誰もいなくなる、ということさ、イギリスの婆さんの言い種《ぐさ》じゃないが。堀田先生はさっさと退場なすったわけだ、じゃお先にとか何とか言って」

「じゃお先に、ですか」と桂子さんは真面目な顔をした。「それが一番当っているかもしれない。ああいう頓死、普通なら無念残念で死ぬところでしょうけれど、あの方は心臓発作という事故に遭えば、ではここまで、と言って生きるのを止めにするのではないかとも思うんです」

「まあ、そこまで潔くはいかないだろうがね」

「日頃葉隠《はがくれ》武士みたいなことをおっしゃっていたわ。おれはいつ死んでもいいなんて豪語していましたよ」

「武士道ハ死狂イナリか。その言葉は信用できるが、本当に死ぬ間際の気持となるとわからない」

「私はそういう言葉も信用しません」と桂子さんは少し語気を強くして言う。「一人で生きているわけでもないのに、いつでも死ねるなんて言うのは無責任じゃありませんか。それに死ノウカ死ヌマイカト思ウ時ハ死ンダガヨシなんて。大体死のうか死ぬまいかなどと思うのが気違いです」

「堀田先生のところは奥さんと、子供は」

「二人。男の子で、二人とも大学を出て勤めていると思います」

「それはよかった」

「ところで、今夜は外でお食事しましょう。久しぶりに黄鶴楼《おうかくろう》あたりで」

「そうだな」と父君は迷っている調子だったので桂子さんはすかさず言った。

「喰オウカ喰ウマイカト思ウ時ハ、喰ウガヨシ」

「おい、『葉隠』は逆だよ」

「我が家の流儀は喰ウガヨシですよ」

桂子さんは子供たちの外出の要求を外食で胡麻化《ごまか》すことにして、夫君を除いた五人で黄鶴楼に出掛けた。山田氏は研究会のあとのパーティを断るわけにはいかないので遅くなると言い残して出ている。桂子さんは、父が気にしていたのは山田氏の留守中にこういう顔ぶれで食事をすることであったと気付いた。そこで出掛けに、お帰りが早かったら黄鶴楼に紹興酒を飲みにいらっしゃいと書いたメモを残したが、山田氏は結局来なかった。お父さんはいつ来るかと貴君がしきりに気にしていると、智子さんが澄ました顔をして、

「どうせ外でお酒でも召上がってるんでしょ」と一人前の細君じみた口をきくのでみんな大笑

いした。

堀田先生の初七日が過ぎると、桂子さんは通夜の時の堀田夫人の言葉が気になり始めた。こちらから参上すると意思表示をすべきかどうかで桂子さんは迷ったが、十日を過ぎたころ電話を掛けてみた。夫人の声は予想外に爽やかで力があった。絶対安静、面会謝絶の時期は過ぎたらしいと判断して桂子さんは明日にでも早速伺いますと言った。

朝から曇り空で時折時雨が路を黒く濡らして通り過ぎていたが、桂子さんは予定通り堀田先生の家に出掛けた。何度か上った坂を上りながら考えた。通夜の晩は別として、その前に訪ねたのは確か風花の舞う日であった。子宮癌の手術を受けた堀田夫人を病院に見舞ったあと先生の家に寄ったことを思い出した。しかしこれは桂子さんにとって思い出したくないことに属する。夫人のいない家で、晩の食事の仕度を手伝って、ではなくて桂子さんが夫人のすることを勝手にやって、その時に夫人のエプロンまで借りたことを桂子さんは憶えているが、これも今は思い出したくない。若気の至りということを女について言うかどうか桂子さんにはよくわからない。しかしあれはすべて若気の至りであったと桂子さんは思う。

高い松に囲まれた風変りな礼拝堂のある教会が目印である。そこに彼岸花がひとむら傾いて生えていたのは、風花の舞う日よりも前に訪ねた時のことである。堀田先生から山田氏との見合いを勧められて、その話を聞きに伺った時のことではないか。その山田氏が現在の夫君であることを考えると胸が重苦しくなって、桂子さんは足を休め、呼吸を整えた。今はこのあたりに彼岸花の色も形もなくて、また時雨が落ちてきた。

堀田家の広い庭は荒れはてている。あの時、というのは風花の日のことであるが、あの時も荒れた庭だと思ったことを桂子さんは思い出した。季節のせいだろうか。今の荒れようはそれだけではないようにも思われる。久しく人の手のはいってない庭である。死者の出た家にふさわしく、極目蕭条《きよくもくしようじよう》と形容したくなる庭に、いつか桂子さんが贈った赤侘助《あかわびすけ》を目で探したが、見当らない。

堀田夫人は桂子さんを故人が書斎に使っていた部屋に通した。ガラス戸の外は曇り空と荒れた庭である。

「いやなお天気なのに、悪かったわ」と言いながら夫人はロシア紅茶をすすめた。「何だか空が低くなって、歌の文句じゃありませんけど今に天使でも降りてきそうな気がするわ」

桂子さんはその歌を知っていたので軽い驚きで声を弾ませて、

「そんな歌を御存じなんですか」と言った。

「主人は演歌一本槍でしたけどね。実を言うと私は演歌なんか何とも感じない方で、子供が聴いているようなのが性に合ってるんです。フォークとかニューミュージックとか」

「私も同じです。うちでは六つと五つの子供がもうそういうのを盛んに聴いてます」

桂子さんと堀田夫人は何人かの歌手の名前をあげて歌の話をしたが、その間にも桂子さんは頭の隅で夫人が「閑話休題」を言いだすのはいつかと緊張をとかないでいる。話は荒れた庭のことや就職した息子さんのことに及び桂子さんの子供のことも夫人に訊かれるままに話題にしたが、その話の笑いを目もとに残したまま夫人はいきなり自分の体があといくらももたないという話に移った。桂子さんは顔がこわばるのを感じた。桂子さんが結婚する直前の今から八年ほど前に堀田夫人は子宮癌の手術をして完治したと誰もが思っていたのが再発して、それもすでに転移が見られるまでに進行しているのだと言う。どうしてそんなことが本人にわかったのだろうか。

「自分の体のことですから、少し前から様子がおかしいのはわかっていました。検査の結果を主人だけが呼ばれて聞いてきた時に、主人の顔を見たらこれはもう駄目だと観念しました。何しろ正直な人で、顔にちゃんと書いてあるんですよ」

「でも先生は何もおっしゃらなかったでしょう」

「ええ。それで長男にもう一度正確なことを、手術の必要のことも含めて、訊いてもらったんです。子供たちを共犯者にしてしまったわけで、いわば子供たちに甘えさせてもらいました。主人は子供たちと私が転移のことまで知っているということを知らないまま死んだと思います。もっとも主人としては私に何も知らせまいと決心して無理なお芝居を続けながら、私よりもずっと参っていたようでした」

「心臓が悪くなられたのもそれと関係があったんですね」

「心労でああなったと思います。もともと強い方ではなかったから」と夫人が言ったのは堀田先生の心臓のことか性格のことか、どちらともとれる言い方であった。「それで、主人は自分で自分の心臓を壊すようにして、もう待てない、おれの方が先に行くぞということになってしまったのね」

桂子さんはうなずいて黙っていた。夫人はしばらくして、

「結局、我儘《わがまま》な人なのね」とつぶやいて弱い笑いを浮べた。それから調子を変えて、桂子さんのことを主人は随分気に入っていたようだという話に移ったので桂子さんは思わず警戒する姿勢をとった。

「先生には本当にいろいろお世話になりました。山田との結婚のことでも」

「主人はあの時私の入院で媒酌人を下りることになったのが残念だと、酔っぱらうたびに申しておりました。酔っぱらうと桂子さんのことを桂子、桂子、なんですよ」

「酔っぱらいの親父《おやじ》の相手をしてくれる娘が欲しかった、ということではありませんかしら。そういう点では私は大いに父の役に立ってきた娘です」

「でもお父様は桂子さんのことをいい女だなんておっしゃいますか。この言葉、何だか失礼か

もしれませんけど、よく聞かされました。桂子はいい女だぞって」

「今はやりの悪い女ではなさそうですけれど」

桂子さんは我ながら愚にもつかぬことを言っていると思いながらそう言って困った顔になる。

「主人は日記はつけてなかったけれど、手帳には何度か桂子さんのことが書いてあるの。ローマ字でKEIKOとあって、酔ッパラッテ山下公園ノベンチデKEIKOノ膝《ひざ》ヲ枕ニシテ雲ヲ見ル、とか」

桂子さんはそれは違うと言いたかったが黙って笑っていた。夫人も笑っている。通夜の晩には黄色く乾いていた目も笑っている。膝枕云々《うんぬん》は、堀田先生の想像と願望が作った嘘である。そして桂子さん自身の想像力もあの時同じ方向に働いて、そういうことになってもよいと考えたのを桂子さんは忘れていない。

「つまり桂子さんは」と堀田夫人は結論を下す調子で言った。「主人の秘密の掌中の珠だったわけね。いえ、でも秘密というのは当っていないかもしれませんね。その珠を私に向って自慢したがっているようなところもあって」

桂子さんは複雑な気持になった。夫人はこのことが言いたくて自分を招んだのだろうか。

「さようなら」と夫人は言った。その顔には疲労とも苦痛とも見えるものの色が濃くなっている。桂子さんもほかに言うことがなくて、「さようなら」のつもりで頭を下げた。涙は出なかった。

その晩、帰ってきた夫君には簡単な報告だけをしておいた。夫君が二階の書斎に上がり、子供が寝ると、桂子さんは階下の自分の部屋にはいった。窓際に小さな机がある。障子があってその向うにガラスの窓がある。窓の外は雨で、庭の木や土を軽やかに叩く音が聞える。桂子さんはその雨を聴くためにガラス窓をあけて、障子越しの静かな音に耳を寄せた。

それから十日ほど経って堀田夫人がどこにもいなくなったという話を山田氏が大学で聞いてきた時も桂子さんは驚かなかった。

第二章　蒼天残果

名残りの茶の真似事をやろうという話が前から出ていたが、十月の下旬に日を選んで宮沢氏夫妻と林啓三郎氏夫妻を招くことになった。

宮沢裕司氏は桂子さんと山田氏の媒酌をしてくれた人である。それ以上に少々錯綜《さくそう》した因縁がないでもないが、その詳しい説明は『夢の浮橋』に譲る。

林啓三郎氏は世間が付けた肩書に従えば評論家ということになる。もともとはドイツ語ができてブルクハルトやマイネッケやカール・レヴィットなどを訳し、ニーチェの伝記を書き、ナチズムの起源を論じ、またドイツ語と同じ程度にできるフランス語の方でもアランからベルナール＝アンリ・レヴィまで十数人のものを翻訳している人である。スペインにも何年か住んでいるうちにオルテガ・イ・ガセットの *Meditación de la Europa* や *Origen y epílogo de la filosofía* も訳した。いつのまにかラテン語とギリシア語もできるようになっていて、その方面の翻訳もある。それならまずは翻訳家ということになるだろうか。自分では翻訳家と名乗っているが、キリスト教を論じた『人類の病気』や『無神論の歴史』、『ヨーロッパの再生』等々の大著があったりして、結局評論家で通ることになった。桂子さんの父君の出版社から還暦の年に最終巻が出て完結する予定で著作集を出していて、現在第十二巻まで出ている。還暦からあとは余生で、書く仕事はしないつもりらしいというのが桂子さんが父君から聞いた話である。この林啓三郎氏を呼ぶのに父君は林先生ではなく林さんと言っている。最初会った時林先生と言ったら先生は止めていただきたいと釘《くぎ》を刺されたとのことである。

林さんと宮沢氏とはエディンバラで知合って以来よく一緒に飲む仲で、桂子さんの父君も宮沢氏を通じて林さんを知った。というのは飲み仲間に加わったわけで、三人の間では仕事の話は大概飲み始めの献酬の間に済ませてしまうことになっている。

ところで前日になって客の顔ぶれが多少変った。林さんの奥さんが風邪気味なので遠慮したいと言う。その代りにと言うのではないが、丁度、つい二、三日前にハンブルクから帰ったばかりの宮沢耕一君が一度風炉《ふろ》の名残りなる茶事を見せてもらいたいと、これは耕一君の母君の三津子さんから連絡があったと言う。桂子さんは外出から帰って母君からその話を聞いた。

「そういうことなら来ていただいたら」と桂子さんが言うと、

「耕一さんもお母さんもそのつもりらしいわ。耕一さんも二年ぶりにあなたと話がしたいのでしょう」と母君が意味ありげともとれる言い方をする。桂子さんはこの物の言い方が苦手である。

「まり子さんはいらっしゃるの」

「来られないんだって」

耕一君の夫人のまり子さんとは耕一君がハンブルクに行く前から会っていない。最後に会ったのは耕一君夫妻に長女が生まれた時のことだったかしらと桂子さんは思った。大きな産婦人科の病院の特別室で見たお産のあとのまり子さんは化粧気がなくて、以前の印象よりも険しい目をしていると思ったことが記憶にある。初めて目黒の能楽堂で引合わされた時のまり子さんの大輪の牡丹《ぼたん》を思わせる印象や鷹揚《おうよう》で聡明そうな人柄から推して、耕一君との結婚生活も陽当りのよい家にも似た順調なものに違いない、といった桂子さんの勝手な想像がまさしく想像以外の何物でもなくて格別の根拠などなかったことに桂子さんも改めて思い当ったのである。耕一君が来ればまり子さんの近況や子供の様子も訊いてみることができる。そういうことを根掘り葉掘り訊くのは桂子さんの趣味ではないにしても、相手がしゃべる気になって話しはじめればさらに話を引出して結局何もかも訊いてしまうということになるのは嫌いではない。万一耕一君とまり子さんとの間に他人に言いたくない異物が介在するようになっていたらいたで、耕一君の態度からそれを察して想像の材料とするのも一興である。どちらかと言えば桂子さんは他人の不幸に興味をもってそれを誰かと一緒に分析したり批評したりすることが好きである。そしてそこから行動の一般準則のようなものを帰納するのを好む質である。昔、それが一緒にやれる相手が耕一君であった。その耕一君の生活に厄介が生じることを桂子さんは望んでいない。ただ、事まり子さんに関する限り、そうなるのが結局は耕一君の不幸であるにもかかわらず、一寸《ちよつと》面白いことのように思えるのである。例えばまり子さんの正体が鬼女か狂女の類であることが顕《あら》われて、といったことを桂子さんは期待しないでもない。それは何万分の一かの確率でしかありそうにないことであるから桂子さんも安心してその悪魔の期待を自分に許すのである。

子供たちが寝たあと、例のアン・エリオットの本の訳しかけのページを開いたまま、桂子さんは以上のような物思いに頭をひたしたのである。その物思いはさらにしばらく続いて、大袈裟《おおげさ》に言えば自分にとって耕一君とは何者かという問題の検討へと発展した。これまでの桂子さんと耕一君との関係を説明していると一冊の本になり、その本がどんなものになるかは『夢の浮橋』を見ていただくほかないが、それを桂子さん流に整理し、かつ要約するとおよそ次のようになる。

桂子さんと耕一君とはかつて恋人同士であった。当時二人は結婚を考えたこともある。しかし双方の家ではこの結婚に反対の意向をもっていた。桂子さんの知る限りでは、桂子さんと耕一君とが宮沢裕司氏を父とする異母兄妹である可能性を完全に否定してくれる証拠がない。その問題には封印をほどこしたまま桂子さんは耕一君との結婚を止めることにして、堀田先生の仲人で山田氏と結婚したのである。耕一君の方はまり子さんとこれも見合で結婚した。こうして二組の夫婦ができたあと、この四人が小説より奇であるか怪であるか、少なくとも小説でしか書けないような関係に近づこうとする試みがあったことは、これも『夢の浮橋』に譲って割愛する。自分たちでは唯一無類の遊びをしたつもりでもそれに貼付《はりつ》けられる名前は例えばswapping というようなことになるほかない。桂子さんは当時のことを頭の隅に片付けて、これまた封印済みである。蛇足を加えれば、そういう遊びは当然のことながら成功しなかった。

桂子さんと耕一君との間には特別の愛憎はない。小説家がよく用いる想定、例えば今でも桂子さんは潜在意識の中では耕一君を愛していて、といったお極《き》まりの想定もこの二人に関する限り成立たない。自分の意思次第でどんなにでも異常な行動に出ることはできるが、それをする意思もなく、抑制力は申分なく働くものと桂子さんは自信をもっていて、昔から愛用している呪文《じゆもん》がnil admirari である。もっとも最近ではそれを使う機会もほとんどない。堀田先生の未亡人が失踪《しつそう》して、恐らくどこかで自分の命を絶ったと思われる事件を聞いた時も桂子さんは起りうることが起ったと思っただけであった。しばらく会わない間に耕一君がどんな風に変化しているかは想像の及ぶところでないにしても、桂子さんは相手に合せてどんな踊りでも踊ることができる。昔から耕一君との仲は息の合った踊りのペアだったということに尽きる。

その朝、桂子さんはいつものように子供部屋の隣の夫婦の寝室で目を覚ました。夫君の姿は見えない。ゆうべはこの部屋で寝た様子がない。書斎の寝台でそのまま寝たらしい。遠くの方から読経に似た斉唱が聞えてくるのはグレゴリオ聖歌である。最近山田氏は朝早く自分の書斎でレコードをかけることが多い。初めはバッハのオルガン曲などを聴いている様子だったが、桂子さんは一度夫君に、深夜グレン・グールドの弾く「ゴルトベルク変奏曲」を聴くのは結構だけれども朝早くから教会用の音楽ではたまらないと言ったことがある。そのうちバッハよりももっとひどいことになって時々グレゴリオ聖歌を聴かされる。桂子さんはこれを好まない。あの全音階的旋律もラテン語のゆるやかな斉唱の調子も好きになれない。典礼聖歌であるから荘厳で崇高な響きがあってもよさそうであるが、桂子さんの耳にはえも言われぬ頽廃《たいはい》的な呪文の如く聞えるのである。しかし桂子さんはグレゴリオ聖歌でも読経でも、邪魔だとなれば耳のスイッチを切ることができるので夫君の趣味に本気で容喙《ようかい》するつもりはない。それだけにかえってきつい冗談も平気で言える。つい数日前にも桂子さんは、ああいうのを聴いているとつくづくhopelessという感じだと笑いながら言ったものである。

それよりも、夫君が深夜も自分の書斎でこの種の宗教臭のある音楽を音量を小さくして聴きながら仕事をするようになったのが桂子さんには少なからず気に入らない。何事によらず、熱中の仕方が淫するという状態に近づくことを好まないのである。最近の夫君の様子にはどうもこの「淫する」の嫌いがある。そうして夜中まで書斎に引きこもっていることが多くなると、就寝も遅くなる。以前は夫君よりも先に眠ってしまうことをしなかった桂子さんも、二人の子供を学校と幼稚園にやるようになると、朝が早いのでいつまでも夫君の夜更しに付合ってはいられない。寝顔を見られても止むを得ないと観念して先に眠ってしまうことが多くなる。そのうちに山田氏の方でもそういう夜は書斎に入れてある古い寝台で寝るようになり、桂子さんもその方が気が楽だと思う。

これは余談になるが、前から桂子さんは夫婦の間の事に関しては「求められれば応ずる」を原則としている。言いかえれば「自らは求めず」なので、桂子さんの方が先に眠ってしまってはその求められる機会はなくなってしまう。眠っている桂子さんを起してまで求めるということはしないのが山田氏の原則であるらしい。それでも数年前までは変則的なことも起った。例えば、先に寝ることにした桂子さんがその前に夫君の書斎にコーヒーか紅茶か鉄観音かを持って行くことがある。桂子さんはすでに寝る仕度をしていて、ガウンの下に、世間ではなまめかしいということになっている薄い下着をつけていたりするのを夫君が目に止めて、その時と場所にふさわしからぬ情を催すことが時としてあったのである。そこには古くて固い、いかにも禁欲的な姿の寝台がたまたま置いてあるのでそれが利用される。周囲は本だらけの部屋で、要するにひどく場違いなことをそこでするだけに桂子さんは妙な気分になる。何やら宮内庁書《しょ》陵《りょう》部《ぶ》所蔵の『医心方《いしんぼう》』房内篇《へん》に出てくる「鳳翔《ほうしょう》」とか「魚接鱗《ぎょせつりん》」とか「龍宛転《りゅうえんてん》」とかを実地に試みて研究している自分たちの姿が見えるようで、それが刺戟《しげき》にならないでもない。しかしそういうことが度を重ねると、深夜寝間着姿で飲物をもって夫君の書斎を訪れること自体が例の事を要求する合図の如くとられる恐れがあるので、桂子さんはその日の気分で駄目な時は駄目とまず言い、やがてそれもおかしなものだと思って、駄目な時でも駄目でない時でも寝間着姿で夫君の書斎にはいることは止《や》めにした。それで昼間からのセーターを着たまま抱き寄せられたりすると、桂子さんは「あとで」か「今夜は駄目」かを言うのである。最近はそのどちらかを言う機会も少なくなって、桂子さんは飲物を届けると黙って先に寝てしまう。自分も夫君もこの方面の事には淡泊な人間に属するのではないかと桂子さんは思う。それはあればあったで御馳走のように喜ばしいものではあるが、なくても別段気にはならず、今日は是非とも御馳走が食べたいと心が騒ぐこともない。桂子さんの方にも他にすることが多いので、夜はどうしても遅くなり、疲れてもいるので、横になればすぐ眠ってしまう。そして眠りが足りないまま朝を迎える。誰かの小説の女主人公が、秋の女の朝寝はとても甘いもので、などと妙なせりふを吐いていたのを思い出したが、朝寝などしていられない桂子さんには秋でも冬でも朝は起きるのがつらいだけである。

休みの日だったが子供たちは早くから起きて騒いでいる。やがて智子さんが自分の部屋のピアノを叩きはじめる。モーツァルトを時々間違えながら弾いている。こちらの方がグレゴリオ聖歌よりもはるかにましだと思って聴いていると、貴君が桂子さんを起しに来る。桂子さんが、今日はお昼までこうやって寝ているつもりだから智子と二人で朝御飯を作って食べなさい、とからかうと、貴君は、

「駄目駄目。起きないとヴァイオリンをもってきて耳のところで弾いてやるから」と言う。活動的な子で夜は遅くまで起きていて、朝は早くから起きて遊ぶ。祖父君が庭でキャッチボールの相手をさせられることもある。今日は早くしないと雅子叔母さんが迎えに来るからと言って騒いでいる。桂子さんは今日の茶事のために二人の子供を下の妹のところに預けることにしたのである。

結局桂子さんはいつもよりは少し遅く七時過ぎに起きた。半東《はんとう》を仰せつかっているので朝寝を楽しんでいるわけにはいかないのである。茶室の花は藪椿《やぶつばき》にして桂子さんが活ける。それを今日の亭主の父君が見ていると、夫君の山田氏も茶室の様子を見に来た。山田氏は席には出ない。結婚した当時は桂子さんやその母君に表の方を習ったりしていたが、最近は止めている。結婚前に習っていた仕舞の方もいつとはなしに止めている。今日は所用で午前中から外に出るが、そのついでに子供たちを雅子さんの家まで届けてもいいと言いに来たのである。雅子さんからも電話があって、「中の姉さん」つまり桂子さんのすぐ下の妹が急に子供を連れて遊びに来ることになったので、智子さんと貴君をこれから迎えに行くのは億劫《おっくう》だと言う。それなら子

供たちをお願いしますと桂子さんが言うと、連れて帰るのも引受けることにしようと夫君は言った。

「何時頃終るの」

「四時近くまでかかるかもしれないわ。そのあとは引続きお酒になりそう」

「あの顔ぶれではね」

「あなたもその顔ぶれに加わって下さい。シェリー位でしたら私もお相伴させてもらいますから」

正午前に客が揃《そろ》って、桂子さんが白湯《さゆ》を運ぶと、耕一君も着物である。正客は林さん、末客は宮沢氏の夫人の三津子さんとなっている。桂子さんには、林さんの顔を見るのはこれが最初である。鷗外の『独身』に出てくる寧国寺という坊さんではないが、この林さんも「殆ど無間《むかん》断《だん》に微笑を湛《たた》えている」感じの人である。およそしかつめらしい顔のできそうにない人で、あとの客も亭主とは親戚《しんせき》同然の付合であるから、茶室の中はいたって和やかで、名残りの茶の気分が漂うというわけにはいかない。外はよい天気で、忍びこむ冷気も虫の声も秋の野を渡る風の気配もない。桂子さんは亭主を助けて忙しい思いをしていたので殊更そう感じたのかもしれなかった。しかし終ってみると行く秋の午後の太陽はすでに弱って吹く風も冷たく、茶室の中のとは別の時間が流れ去ったことを知らされて急に寂しさを覚えた。

客が応接間の方に揃ったのを母君が出てもてなしている間に桂子さんは着物を脱いでゆったりした絹のワンピースに着替えた。そこへ夫君に連れられて子供たちも帰ってきた。お客様が見えていると知ると、智子さんは行ってピアノを弾いて聴かせると言う。

「上手に弾けないと迷惑なさるわよ」

「上手に弾ける。ソナチネの七番を弾くわ」

「またあれか」と貴君が言う。「僕はヴァイオリンを弾くよ」

「お前のヴァイオリンの伴奏はお断り。キラキラ星しか弾けないんだから」

桂子さんは子供たちが言い争うのに、二人とも弾かなくてよろしいと断を下し、おやつを与えると、夫君と一緒に応接間に出ていった。

二人が挨拶をする。林さんは相変らずの「無間断の微笑」で、乾杯のしるしに山田氏と桂子さんのシェリーのグラスに自分のを合せてから、話の続きに戻って、

「とにかく牧田さんの『まあいいじゃありませんか』には不思議な魔力がある」と言って宮沢三津子さんの顔を見た。「本当にそういう気分になって腰が落着いてしまう。要するに、どうでもよくなるんですな」

「何だか悪魔の誘惑みたいですね。でも」と三津子さんは立ち上りながら言った。「今日はどうしても誘惑に負けていられない日で、これで失礼させていただきます」

「このあと下らない仕事を引受けているようで」と宮沢氏も口を添えたので、三津子さんはもう一度挨拶をすると、玄関まで送られて帰っていった。

「どうですか、シェリーから始まったものだからこのあとそのままアルコールが強くなったようなのにして」と牧田氏がコニャックの瓶《びん》を出すと、

「結構ですな」と、まず林さんが嬉しそうにグラスを受取った。

「近頃三津子さんはすっかり真面目になられたようだね」

牧田氏がそう言うと、宮沢氏は痩《や》せてますます猛禽《もうきん》の感じの出てきた顔を向けて、

「いや、昔から真面目なんですよ、あれは」と言う。「それが近頃大真面目になった」

「自彊不息《じきょうやまず》。お書きになったものを拝見するとそれに加えて聖女の趣きが出てきました。大したものです」

「桂子さん、この人は何でも褒めるが、本当はちっとも褒めていないという恐るべき人物だ」

と宮沢氏が言う。

「こちらへいらっしゃい」と林さんが自分の隣の椅子を示して桂子さんを手招きした。「私は佳人の隣がいい。そういう趣味ですから悪しからず」

桂子さんがそちらに移ると、右隣が林さんで左隣が耕一君である。

宮沢氏が林さんに先程の「聖女」の定義を尋ねた。林さんはたちどころに答える。

「聖女とは万人を愛する女ですな。万人に愛される女がpublic woman」

耕一君が小声で桂子さんに、「母は去年からこれなんだ」と言って十字を切って見せた。桂子さんは驚いた。驚いたが頭の中で素早く検算してみると、三津子さんに関してそういう答が出ることは納得が行きそうなので桂子さんは三津子さんの入信の事実を受入れることにした。先程から父君や宮沢氏が言っている真面目になった云々の話はそれを指していたのである。勿《もち》論《ろん》、父君の言い方には宮沢氏夫妻との間である期間続いていたswappingのことも含まれている。桂子さんは最初そちらの意味だけを念頭において父君の発言を聞いていたのである。今判明した正確な意味は、昔はあんなこともやっていた三津子さんが、そんな悪い遊びとはすっかり絶縁したばかりでなくキリスト教に入信するに至るとは、ということであった。

桂子さんはその頃の、というのは爽やかな顔をして秘密の遊びをやってのけていたらしい宮沢三津子さんに一方的に好意を抱いて、今思えば若い修道女が年上の偉い修道女に思慕の念を燃やすのに似た関係を勝手につくっていた。しかしこの熱はいつとはなしに冷めて、桂子さんは三津子さんに興味を失った。耕一君の継母になる人であるが、自分も耕一君も結婚してしまったあとは、耕一君の母としての三津子さんに対する関心も消えてしまった。宮沢三津子さんは桂子さんにとっては要するに宮沢氏の夫人で、女にしてはまともな発言をして手堅く仕事を続けている一人の評論家であるにすぎない。

「実はこれが最近の流行でして」と桂子さんの父君が言った。「出版記念会その他で人が集まると、かならず耳にするのがAもはいった、Bもはいったそうだ、Cも近くはいるらしいという話。それからそこに来ていない人の病気の話。あれはもういけないらしい、あいつも大分悪いようだとかね。まあ、当節心身の病気が多いんですな。その誰かが入信したという話を聞くと、不謹慎なことですが、その人間が発狂したという話を聞かされたような気がして、それは結構なことでとも言えず、つい悲痛な顔をしてうなずくばかりですよ。こちらは商売をしている人間だから、正気を失ったのか正気になりすぎたのか、いずれにしても神様と教会の支配下にはいる人がふえてくるのは余り有難くない。大体、そういう人は面白いものを書かない。中には自分は文学者としてもう行詰まってしまったからと言って洗礼を受ける人もいる。本当に行詰まったのなら、その商売を止めればいい。それが、神が自分を選んだとか何とか言って神様を母親か後見人に仕立てて物を言うようになる。物を書く人間で、洗礼を受けてから水を得た魚のようにエネルギーが湧《わ》いてどんどん書けるようになったと言われる連中がいる。それはそうかもしれないが、そのエネルギーは健康な人間のエネルギーではない。躁鬱病《そううつびょう》の人間が躁の状態の時に見せるエネルギーが正常でないようなものです」

桂子さんは父君の長広舌がいささか気になったが、言っていることはいちいちもっともだと思ったし、父君は酔うほどに悲憤慷慨《こうがい》する型の人間ではなく、むしろ上機嫌で、こういうところでしか言えないことを言っていたので、桂子さんも林さんに倣って微笑を絶やさずに話を聴いていた。

「おっしゃる通り」と宮沢氏がうなずく。「これは伝染病ですな。私もね、家内が発病した時腹が立って離縁しようと思ったが、考えてみると相手は病人なんだな。長い潜伏期間を経てとうとうこの病気になった。これは可哀そうな病人なんだと思うと、こちらも責任を感じてしまう」

桂子さんは宮沢氏がいつになくしんみりした物の言い方をするのに肩すかしを食ったような戸惑いを覚えた。

「こういう真面目な話は止めにした方がいいかもしれないが」と牧田氏が林さんの方を見て言った。「ここはやはり若い頃戦闘的な atheist だった林さんの御意見を聴かなければいけませんな」

「私は今でも戦闘的な atheist のつもりですが」

林さんはまずこう訂正して、琥珀《こはく》色の液体の宝石を通して宮沢氏に笑いかけた。

「宮沢さんの場合は、要するに奥さんを取られて神様に嫉妬しているんですよ。しかし神様だかイエスという男だかに心を移してしまった奥さんを、それならもういらないと追払ってしまうこともできない。可哀そうなのはわれわれ老年にさしかかった男の方で、裏切った女でも何でも女房というものがなくてはやっていけないんですな。われわれ、神様もキリストもないとすれば女房のほかに何がありますか。もっとも今はこうしてカミュがある」

「若い人の場合はどうかな」と宮沢氏が言う。「と言ってもここにいるのは『老』が三人、『壮』が三人、『青』はいない」

「三十にして立ってしまえば『壮』にはいるのですか」と桂子さんが言った。

「そうです。ただし女は而立《じりつ》しない」と宮沢氏が言う。

「男も四十にして惑わなくなる前ならやり直しができるでしょう。あるいは、裏切った女を殺す手もあります。オセロはあの時何歳だったか……」と耕一君が言うと、林さんが、

「これは物騒な話になってきました」と肩をすくめた。「『壮』の場合はともかく、『老』の男には余り勇ましい解決の仕方は残されていない。まあ、老いては女房に従うことですな。宮沢さんもこの際おはいりになってはいかがです」

「冗談じゃありません。文字通り年寄りの冷水だ。何とか派の、川の水に全身をざんぶり浸すのをやられた日には肺炎になって死んでしまう」

「先生の奥さんはカトリックでしょう」と山田氏が言った。「カトリックなら普通は滴礼というやつですから肺炎の心配だけはありません」

「駄目駄目。やっぱり年寄りの冷水です」

「先程の牧田さんじゃありませんが」と林さんは微笑の量を一段とふやした温顔を宮沢氏の方に向けて言った。「例の『まあいいじゃありませんか』でしてね。あれが病気の一種だとしても、まあいいじゃありませんか、いろんな病気にかかる人がいても。宗教と梅毒は人間についてまわるもので、ヴォルテールのように必要だから発明しなくてはいけないと言うよりも前にすでにあった。そしてそれが現在もある以上、ある種の人間がそれを必要としていることは間違いない。しかしその必要は、現に宗教があるからそれを求めるという形で起ってくるのかもしれませんね。人間、見たことも聞いたこともないものに必要を感じて欲しがるわけにはいかない」

「林さんの atheism は人間は God がなくてもやっていけるという説でしょう」と牧田氏が言った。

「正確には」と林さんが言った。「God がなくてもやっていける人間もいるかもしれない、ということです。つまりそういう反例が一つだけあればいいのでして、それが例えば私であってもいい。しかし私自身が死ぬ直前に突然入信しないという保証はない。それで私としてはそういう可能性を極力ゼロに近づけようと工夫しています。その結果、私もどうやら中江藤樹《なかえとうじゅ》の言う狂者の域には達したようですな。シナでは荘子、天竺《てんじく》では釈迦《しやか》に達磨《だるま》あたりが立派な狂者だと藤樹は言っているが、狂者の下の狷者《けんしや》の段階ではまだ例の病気にかかる危険が大きいでしょうな」

桂子さんはこのあと母君の手伝いをしに台所の方に立ったりして、三老と二壮がどんな話をしたかを知らない。林さんは八時頃帰った。一定の酒量に達するといつもそうするらしいが、微笑を浮かべたまま不意に立ち上がると、「ではこれで失礼」と言って風の如く去る。玄関に見送った桂子さんにも林さんが酩酊《めいてい》していたかどうかわからなかった。

夫君が桂子さんに大事な話があると言いだしたのはそれから数日後の夜の書斎でのことである。大体、山田氏は話を単刀直入にしない。かならず序論のようなものを付けたり断りを言ったりして、見方によっては勿体《もったい》を付けるようにとられる言い方をする。その序論的な部分を省略して結論を言えば、山田氏はすでにカトリックの洗礼を受けていたというのである。「実は」から始まる結論の部分で山田氏はそのことを打明けたが、桂子さんの頭にまず浮んだ感想は、そもそもこれは「実は」で済む話ではなかろうということであった。桂子さんは落着いた声で、いつ、どこでかをきいた。去年、パリでというのがその答えであった。その時山田氏は桂子さんの顔を見ないで、壁のしみか自分の中の何かを見ながら自分の考えていることをしゃべっていたので桂子さんの尋常ならざる顔つきを知らない。山田氏が最後にいずれは桂子さんも「受洗する」ことを望んでいると言った時、一方ではこの「受洗する」という特殊な言い方を滑稽に感じながら、桂子さんは自分が今最悪の事態を迎えていることを覚《さと》った。

「考えておきます」と言って桂子さんは自分の寝室へ行った。

朝早く目が覚めて、桂子さんは睡眠不足の熱い砂の詰まった頭を冷やすために散歩に出た。家からしばらく歩くと曹洞宗《そうとう》の大きなお寺がある。土塀《どべい》の奥に数個の実を残した柿の木が深い蒼天に枝を伸している。初冬の朝の冷たい風が天を渡り、桂子さんの頭の中を吹き抜けた。三好達治に「残果」という詩があったことを思いだしながら桂子さんは自分の長い影を追うようにして一時間ほど歩いた。

第三章　寒樹依微

青天の霹靂《へきれき》という言葉があるけれども、桂子さんが夫君から去年パリで洗礼を受けたことを打明けられた時の気持を形容するのにこれは適当な言葉ではない。青天というより冬の曇天がにわかに下がってきて頭上を圧する感じである。その低い空から見えない縄梯子《なわばしご》が垂れていて、灰色のブーツをはいた憂鬱な天使が下りてくるというのは歌の文句に出てきそうな光景であるが、桂子さんの前に現れたのは黒い異形のものであった。侏儒《しゆじゆ》とも傴僂《くる》ともつかぬ黒々とした塊で、目鼻も見えず前後の別もさだかならぬ何やら得体の知れないものが立ちはだかったのである。しかもそれは夫君の山田氏から派遣されたもののようにも思えるし、もっと不快な想像をするなら山田氏の体内から出てきたもののようにも思える。いずれにしてもそれ以来桂子さんはこの異形のものを介さずには夫君を見ることができない。そのうちにそれが夫君そのものに見えてきたりする。桂子さんはかつて経験したことのない生理的不快感を覚えた。頭に鈍痛を、胃に時々疼痛《とうつう》を覚えるのである。この両者に睡眠不足が加わって、朝歯を磨く時などに嘔《は》気《け》を催すことがある。生まれてから三十年間、至って健康で病気らしい病気をしたことのない桂子さんには、この不快感と折合いをつけて暮すのは容易なことではない。

三寒四温の何日かが過ぎて師走にはいると底冷えの日が続いた。雲一つない空に太陽が昇っても家の中はなかなか暖まらない。桂子さんが仕事をする部屋は二階の南と西に面した洋間で、陽の当らない朝のうちはまだ暁方の冷気が居残っているようであった。西の窓越しに外を見ると、磨き抜かれた蒼穹《そうきゆう》の下に冬の街の景色が広がっている。樹の多い街で、常緑樹の黒い塊に混って枯木立が枝を張りめぐらしている。遠方に葉の落ちた巨木の一団が天を衝いているのは街道沿いに残っている欅《けやき》の並木らしい。桂子さんはその逆立つ髪のような大樹の群れに目をやりながら、「寒樹依微遠天外」という七言律詩の一句を思い出した。「白日隠寒樹」という句もどこかで読んだ記憶がある。この景色を雪曇りの空の下で見れば蕪村《ぶそん》の「夜色楼台万家図」とビュッフェの素描とを合せたような絵になる。そう思うと雪を待つ気持が動いて、年内に雪は降るだろうかと桂子さんはぼんやりした頭で考えた。

そんな風に放心状態に陥ることが多くなったのは何かの病気の徴候かもしれないと自分でも思うことがある。朝から体の節々に疲労が感じられる。風邪の始まりのようでもある。気を取直して本を開こうとしたが、机の上に積み上げてあるどの本にも手を触れる気がしない。第一が新約と旧約の聖書である。第二が夫君の書いた本や雑誌論文である。こちらは一段と読む気が起らない。大体、桂子さんは夫君の書いたものを全然読んだことがない。その理由を説明するのはむずかしいが、桂子さんの直観が「一切読まない」を原則とするのが賢明であると教えてくれるのである。夫君のものよりは聖書がまだ読めそうで、それも新約よりは旧約の方が、と思っているところへ下でチャイムが鳴った。

とたんに頭にスイッチがはいって桂子さんは午前中に三輪鏡子さんという人が訪ねてくることになっていたのを思い出した。これは桂子さんのところの家事の一部、特に料理の方の手伝いに来てもらうことになる人で、昔の言葉で言う女中とも家政婦とも違っていて、あちらの昔の小説に出てくる料理女とも違う。昔はこういう種類の仕事はなかったし、今でも適当な呼び方はまだなくて、要するに通いの料理人である。それがたまたま女性であるのは当節その方面の男の本職を個人で抱えたりするのは困難だからで、桂子さんと母君の希望としては、一通りの料理さえできれば素人の女性でよいのである。桂子さんも母君も料理を作ることは嫌いな方ではないけれども、それが六人の家族のための毎日の勤めとなると気分の上で負担が大きい。そこでこの家の料理の水準を維持してくれるだけの人がいれば昼と夜の食事はその人に任せてもよい。先月この話が何度目かに食卓の話題に出た時、珍しいことに山田氏がそれなら心当りがあると言い出したので、その人、つまり三輪鏡子さんに一度足を運んでもらうことにしたのである。

三輪さんは山田氏の大学の事務長をしていた人の未亡人で、もともと料理には趣味というよりも執心があったらしい。数年前に三輪氏が過労から心臓発作で亡くなったあと、鏡子さんは何度かフランスに遊び、各地の有名店を歴訪してきたと言う。何でもミシュランの三つ星の店は全部廻ったそうで、この話をきいた時桂子さんはいささか胃にもたれるような気分がした。そして中年の陽気で豊満な婦人を思い浮べた。例えばルノアールの描く婦人である。ところが現れたのは小柄で一風変った顔の婦人であった。蜜蠟《みつろう》のような肌に日本人離れのした目鼻立ちである。その道具立てがまたひどくこぢんまりしている。桂子さんはたちまちクラナッハ描くところの女を思い浮べた。「アダムとイヴ」のイヴでもよいしヘーラクレースを囲む女たちの誰かでもよいが、とにかくクラナッハの手になる女以外の何者でもない。繊細に描かれた目と瞼《まぶた》と眉の上には茹《ゆ》で卵をむいたような額があって、淡くて薄い髪は丹念に編まれて頭の上に束ねられている。薄くて赤い唇から子供の歯ほどの異常に小さな歯をのぞかせてひどくゆっくりと、絶え入りそうな調子で話す。その声は、これも信じがたいことだったが、かぼそくて高い少女の声である。夫君からきいていた年齢は確か五十歳前後ということだったので、桂子さんは魔女か妖怪《ようかい》の類を相手にしているような気分に襲われた。これはそうざらにはお目にかかれない人物であるばかりか、間違いなく桂子さんのもっとも苦手とする型の人物である。

第一、話していてまるで呼吸が合わない。

三輪さんはしゃべり方こそゆるやかであるが独特の饒舌《じょうぜつ》で一を問われると十を話すまで止め

ない質《たち》らしい。

「フェルナン・ポワン以後のフランス料理の傾向は材料の持味を生かした軽い傾向のものになっておりまして、私もニニョン風の重いものよりも最近の傾向に従う方が皆様のお口にも合うかと思いますし……」

「おっしゃる通りです。うちではまず母があっさりした味付けが好きで……」

「そのあっさりというのとも少し違いまして、軽さというのはソースに特徴があって……」と三輪さんは細かい話にはいり、料理の哲学のようなものを述べ、フランス料理の歴史にも及んで、ユルバン・デュボアとかポール・ボキューズとか、桂子さんの知らない名前が沢山出てくるに至っては桂子さんもただかしこまって御高説拝聴と観念するほかなかった。三輪さんの話は紡ぎ出される糸のように切れ目なく続く。桂子さんがようやく一つ質問すると、一時止まった紡ぎ車がまた廻りはじめて同じ調子で話が紡ぎ出されていく。その間、三輪さんの両手は掌を上にして膝《ひざ》の上で組まれているが、自由に動く二本の親指は糸を巻きとる時のような動作を続けて止まることがない。うっかりそれを見つめると催眠術にでも掛かりそうである。いや現に三輪さんは催眠術を掛けているつもりなのか、伏せている目を時々上げては掛かり工合を確かめるように桂子さんの顔を見る。大変な人物を雇うことになったものである。桂子さんは何とか口実を設けてこの奇妙な料理人を雇わずに済ませる方法はないものかと思案したが、相手は桂子さんが出す条件のほとんどを二つ返事で受入れ、自分からは厄介な条件を持出すこともない。とにかくいい料理を作って喜んで召上がっていただくのが自分の喜びだと言うので、桂子さんもその人生哲学には感服してみせるほかないのである。

「ところでフランス料理以外では」と桂子さんがたずねると、三輪さんはそのクラナッハ風の顔に微笑を浮べて、

「茶懐石もできます」と答えた。再度桂子さんは観念した。フランス料理に飽きた時には休んでもらおうと思ったが、その時には上品な懐石風の料理が出てくることになる。

「御註文《ちゆうもん》とあればどんなお惣菜《そうざい》でもお作り致します。琉球《りゆうきゆう》のチャンプル、薩摩《さつま》の豚骨《とんこつ》から北海道の三平汁まで、各地方の郷土料理でも、北欧のでもポリネシアのでも、お好みに応じてお作りします」

「うちではそんな大それた註文なんかないんです」と桂子さんはあわてて言った。「子供は広東《カントン》料理も好きですけれど、そちらの方はいかがですか」

「残念ながら中国の料理だけは私の手に負えません。あれもなかなか結構なものでございますが、何しろ御覧の通り体力に自信がありませんので炒《チアオ》や爆《バオ》の料理には最初から手を出さないことにしております。湯《タン》なら何とか……」

「確かに、あの菜刀《ツアイ・ダオ》と重い鍋子《グオ・ツ》と強い火は女には扱いかねますわね。うちではよく黄鶴楼に行

きますから、中国料理の方は特にお願いしなくてもよさそうです」

「一つだけお願いがございます」と三輪さんが最後に切り出した。「私、この通り口も手も頭も緩慢なものですから、料理には時間がかかります。山田先生からは料理以外のお手伝いも、というお話でございましたけれども、実際問題としてその方までは手が廻らないと存じます。それに正直なところ、私、洗濯も掃除も大嫌いで、自分では碌《ろく》にやったことがございません。多分、午後一杯は晩の食事の仕度にかかるだろうと存じますが、その代り充分御満足していただけるものをお作り致します」

「そんなに丹精こめて作っていただくと口に入れるのも勿体ないような気がしますわ」と言った時には桂子さんは完全に観念していた。あとはこのおかしな料理人が余りおかしな料理を作らないことを祈るのみである。

そのあと桂子さんが台所に案内すると、三輪さんは道具や設備を仔細《しさい》に調べて、註文を付けるところは何もないと言った。台所は去年西独製のシステム・キッチンというのを入れて改造したばかりで、鍋《なべ》から包丁に至るまで道具は最上のものが揃っている。主に桂子さんが仕事をしているこの台所だけは誰に見せても間然するところがないはずだと桂子さんは思っている。三輪さんという人は何を考えているのかその表情からはうかがい知れないところがあるけれども、この台所を見て、圧倒されたというのではないが多少複雑な表情を浮べた。やがてその顔は欲しくてたまらないものを目の前にした子供の顔に変り、台所を出る時に立ち去りがたいという風に後を振り返った。

三輪さんは住込みでもいいと言ったが、当分の間は通いで来てもらうことにした。三輪さんがこの家で暮すとなれば適当な部屋を用意しなければならない。それは可能であるし、通いよりは住込みがよいに決っているけれども、桂子さんの感情は、できればああいう人と一つ屋根の下では暮したくない、と桂子さんの頭の半分に囁《ささや》く。

しかし「ああいう人」とはどういう人のことだろうか。桂子さんは三輪さんを送り出すと父君の書斎に行って美術全集の中からクラナッハの絵を探した。「アダムとイヴ」は見つからなかったが、「不釣合いな恋」の娼婦やホロフェルネスの首を持ったユディットにも三輪さんの面影は認められる。ただしユディットの方は三輪さんとは違って大変な美女である。ファン・デル・グースの「原罪」に出てくるイヴにも似通ったところはある。目と眉と額、特に薄い眉の感じはこれらの絵の女と三輪さんに共通するものであった。

その時不意にシンバルを打合せるような音を立ててある考えが閃《ひらめ》いた。それはあの人も信者ではないかということである。何の根拠もなしにそれならカトリックだろうと桂子さんは判断したが、よく考えてみると案外ありそうなことだと言えなくもない。三輪さんを紹介すると言い出したのは夫君である。大学の事務長の未亡人だと言う。それは本当だとしても、この未亡人と夫君が知合ったのは例えば教会でだったということはないだろうか。そうだとすると、今後家族と一緒に暮すことになる三輪さんは敵の一味であり夫君が導入した援軍である。桂子さんは勝手にそこまで想像してみたが、それならそれで逆に闘志が湧いてくるような気がした。闘志と言うからには今や桂子さんは夫君をはっきり「敵」と見なしたわけで、これで話は明快になる。その敵と戦って、こちらが勝つか一定の条件の下で停戦に持込むか、二つに一つしかない。桂子さんは簡単に停戦するつもりはないし、戦って自分が負けることは全然考えていない。負けて「受洗する」ようなことは天が落ちてくるのよりもありそうにないことだからと桂子さんは決めてかかっている。負けることがないとわかっている戦だと思えばまことに気が楽である。それなら桂子さんの方が勝てるだろうか。桂子さんの勝ちは夫君の「棄教」を意味する。これには桂子さんも自信は持てない。恐らくそういう形で決着が付くことはあるまいと思われる。その時はどうなるだろうか。停戦は現状の固定、つまり入信した人間と入信しない人間の共存ということになるのだろうか。桂子さんはこの形の停戦条約締結はありえないと思っている。それが可能ならば今から停戦すればよい、と言うよりそもそも開戦しなければよいのである。そこで停戦は平和的共存をもたらすものにはならない。冷戦的共存につながるわけでもない。夫婦の間で冷戦的共存の状態を固定するという解決は解決として意味をなさない。とすればその形の停戦状態はやがて破れて再度の戦闘となる。

桂子さんはこのあとすぐ耕一君に電話を掛けてみた。丁度土曜日だったので、耕一君に会社の仕事がなければ午後会うこともできる。耕一君は会社にいて、一時には指定の場所に行けるという返事であった。桂子さんは「ついている」と思ってこれで鬱から躁へと気分はすっかり転換した。大体において桂子さんは何かをしようとする際「ついてない」と肩を落とす目に遭うことがないのである。あるいは、つきがなかったような事例は桂子さんの方で簡単に忘れてしまうのかもしれない。

「それでは一時に渋谷のロアジス。今日は御馳走しますからお楽しみに」

「何かいいことがあったようですね」と耕一君は広報室の同僚の手前丁寧な調子を崩さずに言った。

「いいことではないの。とても悪いことがあって、その相談なの」

「そうですか。それは楽しみですね。ではいずれそのうちにまた」と耕一君は電話を切ろうとする。

「一時にロアジスですよ」と桂子さんは念を押した。

十一時半に貴君を幼稚園から連れて帰ると、十二時過ぎに学校から帰ってくる智子さんと二人のことは母君に頼んで、桂子さんは車を呼んだ。耕一さんにちょっと相談したいことがあって、と母君には事実を言った。

「信さんには」と母が妙に気を廻した様子を見せるので、桂子さんは、

「その通りに言っておいて下さい。夕方には帰るそうだから」

「桂子は」

「私は五時までに帰ります」

母君は明らかに桂子さんが夫君より前に帰ることを望んでいる顔を見せた。

ロアジスは去年同級生が集まる会合に使ったほか、父君と二度ばかり食事をしたことがある。神南の住宅街の一角にあって、蔦《つた》の這《は》う石塀に囲まれた庭と煉瓦造の建物が桂子さんには気に入っている。シェフはウーティエの店で修業してきた星野さんで、桂子さんの父君の友人の甥《おい》だと言う。まだ三十代の人であるが料理は本格的である。夫君も、それから料理狂の三輪さんもこの店のことは知らないと思うが、当分は教えないでおくつもりである。

耕一君は先に来てシェリーを飲みながら待っていた。

「いい店だね」と耕一君がグラスを上げて目で挨拶するのに桂子さんも目で挨拶を返す。これが二人の間の流儀で、手を握る代りに視線で握手するのである。早速星野さんが挨拶しに来た。桂子さんに耕一君のことを「御主人で?」と訊《き》く。星野さんの微笑はそうは思っていないことを明らかに示しているので、桂子さんも同じ種類の微笑を浮べて首を振り、「元恋人です」と答える。星野さんが手書きのメニューを広げて「本日のお薦め料理」を説明してくれたので桂

子さんはワインとともに星野さんに任せることにした。

「僕もお任せにします。ただし桂子さんの二倍は腹が減っている。サラダだけはこの珍しいのにしよう」

耕一君はそう言ってキャビアとイクラと甘海老《あまえび》と海胆《うに》のサラダを指定した。

「私も今日はいつもの一倍半は食欲があるので、この間のチキンレバーのテリーヌを入れておいて下さい」

星野さんが「ごゆっくり」と言って引下がると、耕一君は桂子さんの顔をまぶしそうに見て、

「君もやっと三十か」と言った。

「やっとかとうとうかわからないけれど、この秋でそういうことになりました」

「君の誕生日にはまだブリュッセルにいた。何か贈ろうと思いついたのが誕生日のことで、間に合わないから止《や》めにした」

「それは残念でした」と桂子さんは肩をすくめて見せた。

耕一君と向い合っていると顔に熱線を感じる。別に耕一君が熱い視線を送ってくるというのでもないのに、太陽のかけらに近づいた感じがする。男女を問わず容姿端麗ということはあるもので、この耕一君がそうである。美しいものを見つめ、美しいものから見つめられる時に桂子さんはいつもかすかな輻射熱《ふくしゃ》を感知する。しかしそういう桂子さん自身が近頃では珍しくな

った典型的な美人なのである。この二人が窓際の席で向い合っていると、はいってきた何組かの客は申合せたように二人を一瞥《いちべつ》して通り、帰る客はもっと時間をかけて二人を見較べて行った。

土曜日の午後にしてはすいていて、やがて店の中は二、三組の客を残すだけになった。桂子さんと耕一君は食事の間はとりとめのない話をしながら星野さんの料理を楽しんだ。明日からやってくることになった三輪鏡子さんなる怪料理人のことも話題に供したが、そこへデザートの説明に来た星野さんがこの話を小耳にはさんだのか、

「その方、三輪さんとおっしゃるんですか」と言った。

「御存じですか」

「多分その方でしょう。われわれ仲間では有名でして、フランスにもよく来ていました。私がいたウーティエの店にも二度ばかり現れましたよ」

「お客さんとしてでしょう」

「ええ。随分変った方ですが、舌は確かなようです」

「料理の腕の方は」と桂子さんがたずねると、星野さんは皮肉の混った微笑を浮べた。

「余り料理を作る方のようには見えませんね。趣味で作るとか神様にお供えするために作るとかいうのなら話は別ですが。プロの料理というものにはある程度の力と速さが必要で、ああい

うあちらの絵に出てくるような人にはどうですかな」

「今度、うちの料理人になってもらうことにしたんです」

「それはそれは」と星野さんは大袈裟《おおげさ》に目を丸くして見せた。「でも御家庭の料理ならあの人に向いているのではないですか。何しろ舌は確かです。一度憶《おぼ》えた味なら再現できる人でしょう。私の店で一年も修業すれば立派な家庭料理人になれますよ」

デザートが終ると、星野さんは二人に談話室に移ってはと勧めた。「そちらの方にコニャックでもお持ちしましょう」と言うので、耕一君はコニャックを、桂子さんはブリストル・クリームを頼んだ。談話室というのは革張りの肘掛《ひじかけ》椅子を並べた部屋で、白砂を敷いた中庭に面している。低い土塀の向うに寒椿《かんつばき》が並んでいて、その落花が庭の白砂を赤い絨緞《じゆうたん》のように染めている。人の手で敷き並べたかと思われる見事さである。桂子さんと耕一君は庭の方に向いた椅子に並んで腰を下ろした。

この中庭の赤い陽だまりを見ているうちに桂子さんは夫君の入信のことで今更耕一君に相談することもないような気がしてきた。それでも耕一君が、

「ところで、今日は山田さんのことかい」と口を切ったので、桂子さんはうなずいて、目に笑いを浮べながら、「実は」と話し始めた。耕一君は意味のない間投詞を発するだけで格別驚いた様子もなしに桂子さんの話を聴いていた。

「それで、御感想は」と桂子さんが言った。

それには直接答えないで、今度は耕一君の方が「実は」と言って、去年山田氏とザルツブルクで会った時のことを話した。

「その時にはもう洗礼を受けていた。山田さんはビールを飲みながらそのことを打明けて、それでどんなものだろうかと僕の意見を訊いた。つまり君がどう思うだろうかというわけさ。僕はまずいことになりましたねとだけ言っておいた。すると山田さんも、うん、まずい、まずいことはわかっている、と繰返しているうちにすっかり酔っぱらって、その話はそれきりになった」

「それをお二人とも今まで黙っていたわけね」

「弁解させてもらうと」と耕一君は真面目な顔になって言った。「僕が君にそのことを急報しておいたら、日本に帰った山田さんはたちまちアガメムノーンと同じ目に遭うんじゃないかと心配だった」

「私がクリュタイムネーストラーで」

「そうそう。君は恐しい女だからね。山田さんが裏切ったのを知ってただで済ますはずはない」

「流石《さすが》に元恋人はよくわかっていらっしゃる」

桂子さんはふざけた調子でそう言ったが、目は笑っていないのを自分でも感じた。

「同じ裏切りでも、カッサンドラーを連れて帰る方がまだましだろう」

「でも、それが本当に私を裏切ったことになると思うの」

「背信行為と言えるかどうかわからないが、一種の契約違反のような気はする。君はキリスト教の信者になる人と結婚したつもりはないだろうからね」

「勿論《もちろん》」と桂子さんは言った。「でも、そういう素質をもった人を選んだのは私の責任でもあるんだから、山田ばかりを契約違反だと責めるわけにもいかないわ。何よりも自分が馬鹿だったことにショックを受けているわけで、それでこの間から質の悪い病気にかかっているの。自己嫌悪病というやつ」

「私って馬鹿な女ねという病気か。君には一番似合わない病気だね」

「生まれて初めてそんな情ない病気にかからせたことで山田を許せないと思うの」

「君が何と言ったって、山田さんはそういう君を無限に許すだろうね」

「それはどうにも我慢できないことね。こちらが許さないと言ってるのに向うに許されるなんて我慢できない。実を言うと、今日、私の方ははっきりと開戦の決心を固めたの」

「それなら僕の方は友好的中立、好意的不干渉で行くことにしよう」

「同盟国にはなってくれないの」と桂子さんはわざとがっかりしたように言った。

「ならない。僕の方はこの戦争に荷担したところで何も利益がない。御馳走になっておいて冷たいようだけど」

「冷たい人ね。でも御馳走の分だけ相談には乗っていただくわ」と桂子さんは笑った。「要するに、開戦に踏み切っていいかしら」

「見通しは」

「私の方は負けないし、向うも負けない」

「すると収拾の方法はどうなるの」

桂子さんは改めて思案するというのではなくて、その言葉を口に出す態勢を整えるために間をおいた。それから割に軽い調子で言った。

「離婚ね」

「双方満身創痍《そうい》の痛み分けというわけだね」

「その時はそこまで行かないでうまくやるわ。戦力を消耗しない段階でけりをつけます」

「そういう見通ししか立たない戦争を敢えてする必要が、君にはやっぱりあるのかしら」

「ありますとも」

桂子さんは断乎《だんこ》として開戦を唱える将軍のような気分になってその理由を説明した。桂子さんとしてはキリスト教に入信した人とは夫婦の関係で一緒に暮すことはできない。これは桂子さんの信念なり偏見なりの問題であるから、そのことに万人を納得させるに足る理由はない。ましてキリスト教徒を納得させるだけの理由などあるはずはない。そこで桂子さんの偏見と独断のままにその理由を言うとすれば、キリスト教を信じて生きなければならない人間は異常である。あの種の信仰は精神の病気なのである。桂子さんは精神の病人と夫婦の関係を続けることができない。我慢してついには自分も同じ病気にかかることで夫婦の関係を全うする人もいるであろうが、桂子さんにはそれはできない。従ってここから始まるのは一種の宗教戦争あるいはイデオロギー戦争になるほかない。

「今のところ僕は君が負傷しても引取って介抱してあげるわけにはいかない」と耕一君はやや沈んだ声で言った。

「いいわ。私が戦死した時に葬っていただければ」と桂子さんも同じように沈んだ調子で答えた。

「君が戦死するとはどういうことだろう。そんなことは考えたくない。それより奇想天外で、しかし考えてみれば現実的でもあるようなシナリオも書けなくはないけどね。そのシナリオの前提は、僕の方でも宗教戦争ではないが世俗的な戦争を始めて、離婚という結末を作り出すことだ。実は目下のところこちらもそういう情勢にある」

「その話は是非きかせていただきたいわ」

「別に面白い話ではない。俗に言う性格の不一致というやつだよ。君はまり子の正体を知らないと思う。それを話すと多少面白いかもしれないが、詳しい話は次回のお楽しみにしよう。今度は僕がいい店に案内する。それまで宣戦布告はお互いに見合せた方が無難だね」

「そういうことにしましょう」と桂子さんも言った。家に帰る時刻がそろそろ近づいていた。

耕一君は立ち上がろうとする桂子さんを制して額に掌を当てた。

「少し熱っぽいね」

「本当は風邪気味なの」

耕一君はクロークで桂子さんのコートを受取ると、馴れた手つきで着せてくれた。

桂子さんが家に帰ったのは五時前で、夫君は六時頃になって帰宅した。夫君の方から三輪さんのことをきくので、桂子さんはおかしな会見の一部始終を話して、フランス料理の講釈には閉口した、と笑った。すると夫君も笑って、

「フランス料理ならまだいいさ。あの人に聖書のことをきくと何時間でも講釈してくれる」と言った。

桂子さんは、予想が当って「やっぱり」とはしゃぎたい気持になったが、そこはそ知らぬ顔で、

「やっぱりカトリックなの」とたずねた。

「パリで何度か会ってね。実を言うと僕をカトリックの方に後押ししてくれた一人だ」

山田氏は至って無邪気にそう言うので、桂子さんも感心したようにうなずいて見せた。

「それで、三輪さんの料理を試食なさったことはあるの」

「何度かあるね。あの人の下宿で」と山田氏は無造作に言った。「のろいのが難だが、料理の腕はなかなかのものだ」

桂子さんは安心したようにまたうなずいて見せたが、この時桂子さんの頭には夫君と三輪さんとの間にはもっと大きな秘密があるに違いないという想像が明滅した。そしてそれはそのまま理由もなしに確信に変った。

食卓で三輪さんのことを子供たちに披露して、「明日から本格的なフランス料理がいただけるわよ」と言うと、子供たちは喜んで口々に言った。

「僕が作ってもらいたいのはローストビーフとモリライス」

「ハヤシライスでしょ」

「馬鹿、ふざけて言ったのに」

「私はまずクレープシュゼット」

「懐石料理もお上手だって」

「麻婆豆腐《マーボードーフ》は」

「さあ、どうかしら。中国料理が食べたい時は黄鶴楼へ行けばいいわね」

母君は一人浮かない顔をして言った。

「私は余り手のこんだお料理でなくていいけどね」

その夜桂子さんは早目に寝室にはいった。仰向《あおむ》けに寝て文庫本のブラウン神父物を読んでいると、夫君が桂子さんのベッドにやってきた。「少し風邪気味なの」と桂子さんは言ったが、「今夜は駄目」とは言わずにされるままにされて応じていた。むきになって拒否するつもりはなかった。宣戦布告はまだ先のことなのでこれまでの習慣が続いてもおかしくはない。桂子さんは頭の切換えが早いので今夜はいつものように応じることに決めたのである。しかし頭の中では雑念が動いていて気持が集中しない。神に跪《ひざまず》く人が同じ姿勢をとって淫らなことをしていていいものだろうかと桂子さんはつい不謹慎なことを考えてしまう。すると自分たちのしていることが何とも滑稽に見えてきて思わず笑い出しそうになる。夫君が熱心になればなるほどその滑稽さが募って、とうとう桂子さんはくすぐったいと言って本当に笑い出した。山田氏は驚いた顔を見せて桂子さんから離れた。今まで桂子さんにこういう顔を見せたことはなかった。どうやらこれで事実上の交戦状態にはいったことになると桂子さんは悟った。

「やっぱり今夜は駄目。もうやすみましょう」

桂子さんは笑いを残したまま敵をいたわるように言った。

第四章　紙鳶跋扈

おやつの時間に三輪さんがまた子供たちを相手に講釈をしている。

「ブリア・サヴァランという人がいました。ほら、お菓子にサヴァランというのがあるでしょう、その名前になっている人で、グルマンディーズの聖者でした」

「グルマンディーズって何？」

「おいしいものを食べてよろこぶことですよ」

「じゃあ私たちグルマンディーズちゃん」

「お前たちはただの食いしんぼうですよ」と桂子さんが口をはさむ。

「特に貴さんはお菓子専門のグルマンですわね。それはともかく、そのサヴァラン先生がホット・チョコレートの本格的ないれ方を本に書いています。今その通りに作ってさしあげますから待ってらっしゃい」

三輪さんは子供たちがヴァン・ホーテンの鑵《かん》を持出してきたのが気に入らないようである。

三輪さんの話はいつもこういう調子で教育的で、半ば以上は桂子さんにも向けられているようなのが桂子さんの方では気に入らない。ブリア・サヴァランに準拠するところのチョコレートの本式のいれ方は、三輪さんによるとまず一杯分として一オンス半ばかりのチョコレートをとる。これを水で溶かし、徐々に温めながら木製の匙《さじ》で掻《か》きまわす。これを十五分ほど煮立てる。溶けたチョコレートが固まりかけたところを熱いうちに供する、というわけで、その間三輪さんは、サヴァランが折紙を付けたチョコレートは、サン・ペール街二十六番地の元薬剤師ドヴォー氏なるチョコレート師が製造したもの、これは王室御用の品で、などとぶつぶつ講釈を続けている。子供たちは化学者の実験か魔女の秘薬の調合でも見るように三輪さんのすることを見守っている。果しなく続く講釈は魔女の呪文《じゆもん》のように聞える。チョコレートに限らず、三輪さんが何かむずかしい名前の料理を作る時に子供たちがこうして魔女の仕事ぶりを見物にくることが何度か続いたので、桂子さんは子供たちに台所へはいることを禁じた。知らず知らずのうちに子供たちが魔女の魅力の擒《とりこ》になるか聖女の感化を受けるかすることを恐れたのである。しかし今のところ子供たちの方も不逞《ふてい》の小悪魔で、三輪さんのことを珍奇な人種と見て好奇心を燃やしているにすぎない。好奇心はそのうちに衰えて、いずれ三輪さんを台所に棲《す》みついた猫位にしか見なくなるだろうと桂子さんは高を括《くく》っている。

ところで三輪さんがこの家の台所に棲みついたというのは本当の話で、年内も余日少なくなってから三輪さんはとうとう希望通り階下の六畳の部屋を確保して住込みの形を完成するに至った。桂子さんと母君とは陰に陽に抵抗を試みたが、正面切って反対する理由がない以上三輪さんの申出を受入れるほかなくて、桂子さんとしては内堀まで埋められたような気がした。おかげで年末年始は自分たちで忙しい思いをしてもいいからこの奇妙な料理人を敬して遠ざけておこうという思惑もあっさりと潰《つい》えて、桂子さんは母君と顔を見合せて肩をすくめた。三輪さんの方は話が決まるや、日本では見たこともないあちらの骨董《こっとう》品のような堂々たる寝台と一緒に引越してきたが、その晩、桂子さんはこの六畳の部屋がパリの薄汚いアパルトマンの老寡婦《かふ》の部屋といった工合に変貌《へんぼう》しているのに辟易《へきえき》して、爾後《じご》三輪さんの部屋をのぞくことはやめようと決心した。自分の家の方はと訊くと、荷物を一室に片付けて人に貸すことにしたと言う。時々は休みをとって家に帰ってくれるだろうという期待もこれですっかり打砕かれたことになる。

「実は先生もその方がいいと勧めて下さったものですから」と三輪さんは言いそえた。

先生とは山田氏のことである。

「何だか背水の陣を押付けたみたいで悪い気もするわ。極端な職住近接で気が休まる時がないとしたらお気の毒で」

「その点なら御心配はいりません。こうして一人になれる部屋も頂戴しましたから。それにこれでも一人になると言うか二人きりになると言うか、その術を心得ておりますから」

桂子さんはその言い方を呑みこむ時魚の小骨のようなものが咽《のど》を刺すのを感じた。一人でだか誰様と二人でだか、ともかくこの人物が異様なことをして異様な姿に変っているところを見せられるのは何としても御免蒙《こうむ》りたい。

「そういうことなら三輪さんのサンクチュアリーには絶対に踏みこまないようにしましょう。子供にもそう言っておきます。時々刑事になって家中の部屋を調べてまわることがあるものですから、そのうち令状をもってお部屋に踏みこむかもしれません」

「よろしいじゃございませんか。私、これで子供好きなんでございますよ。お宅のお子様たちはエスプリとエネルギーの塊で、おそばにいるだけで愉快になりますわ」

桂子さんは笑いながら、この悪い二人組を唆《そそのか》して三輪さんを攪乱《かくらん》する手はないものかと思案した。

その時チャイムが鳴って桂子さんが玄関の扉を開けるとそこに帽子をかぶって立っていた長身の英国人のような訪問客は思いがけないことに林さんで、だから間違いなく日本人だった。

「忙しいですか」と言いながら林さんはコートを桂子さんに預け、帽子は自分で帽子掛けに掛けて応接間に通った。先日は失礼を、と桂子さんが挨拶をしかけるのを林さんが両手で抑えるようにして、

「あの時、来年になったら一度遊びにいらっしゃいと言いましたが」と、例の無間断の微笑を

桂子さんの方に向けながら林さんは突然立寄ったわけを説明した。「考えてみると来年まであと何日も残っていない。それで案内状代りに本人が歩いてきたわけで」

あの時というのはクリスマスの一週間ほど前の十二月にしては狂ったように暖い日の午後、神田のビアホールで偶然出会った時のことを指している。桂子さんはその日幼稚園の父母の会の役員をしている若い母親二人とクリスマスに園児に配る贈物を仕入れに神田のある問屋まで来たが、用を達したあと、そのうちの一人がこんな陽気だと生ビールが飲みたくなると言った冗談を真に受けたふりをして、前に何度か耕一君と来たことのあるそのビアホールと洋食屋を兼ねたような店に連れを案内したのである。そこが何の変哲もない店であるのと生ビールが旨《うま》いのと、昔なら文人、今日ではそれに「化」の字を追加した名前で呼ばれる人が多く来るので有名な店であることを、桂子さんの連れの一人も知っていた。二人はいずれも桂子さんと同年輩の顔も頭も十人並み以上の女性で、生活の程度も似ているので役員たちの中ではよく気が合う方である。

「ここで生ビールを一杯飲んだら、次は小川町の洋菓子屋でコーヒーとバヴァロアというのが若かりし頃のお極《き》まりのコースだったの」

「御主人が学者だから、この辺でよくデートしたんでしょう」

「それが違う相手となの。当時の恋人と、ね」

「山田さんにも人並みに恋人なんていかがわしい人がいたの」

そんなことをにぎやかに話しながらその店にはいり、丁度午後の一時を過ぎて昼食の客の数も減ったテーブルの一つを三人で占領して、桂子さんたちは思い思いの料理を註文《ちゅうもん》し、生ビールを一杯ずつとって、それに桂子さんの推奨する牛タンの塩漬け、通称「塩タン」をとって乾杯した。師走も半ばを過ぎると、この町はいくらか閑散として、店内にも学生風や教授風の客は多くない。桂子さんは半分ほど飲んでいい気分になった。無理をすれば一杯は飲めるけれども無理をしない流儀なので、あとはスプーンでビーフ・シチューの肉とソースをすくってゆっくりと食べている。連れの一人が横目使いに反対側の窓際の客を指しながら声をひそめて「ねえねえ」と言った。話の種になる人物を発見したのである。

「素敵じゃない、あそこの、ほら、白髪の老紳士って感じの人」

「そうね。文化人と言うか、西欧的知性の塊がビールを飲んでるってところかしら」

「お二人とも案外古き良き時代の女子大生みたいな感覚ね」と言いながら桂子さんも目を移すと、午後の逆光に縁取られた彫の深い横顔があった。それが林さんで、向うはすでに桂子さんを認めていたのか、目が合うのを待っていたように手をあげて笑いかけた。それから林さんは自分でコップを持ち、あとの料理はボーイに運ばせて桂子さんたちのテーブルに移ってきた。

その飄逸《ひょういつ》な様子と微笑とで桂子さんの連れを安心させてから、

「林と言います。桂子さんのボーイ・フレンドで」と林さんは意表を突く自己紹介をした。「ここの方が眺めがいい。佳人が三人。それにここはいつも私が坐ることにしている席でしてね。勿論空いていればのことですが。今日は珍しい方が占領してらっしゃるものだから、さっきから注目していたわけですよ」

桂子さんも連れの二人を林さんに紹介したが、残念なことに二人とも林さんのことを知らなかった。林さんがテレビに出ないのと新聞で広告されるような本を書かないのと、それから二人とも本というものを読まない生活をしているのとで、林啓三郎の名前も知らないのはむしろ当然である。桂子さんもそういう連れの二人に林さんがどんなに偉い人物かを説明しようとしても言葉に窮するほかなくて、例えば碩学《せきがく》とか博識とかのありふれた言葉も今では半ば死語になっている。その代りに知識人とか文化人とかが跋扈《ばっこ》していることになっているけれども林さんはその仲間にも分類できない。仮に並みの知識人が精神の武道の現役で通用している選手であるとすれば林さんは現役を退いたような顔をしているが、その道の達人、名人の類である。武道の場合なら老いて体力を失えば麒麟《きりん》も駑馬《どば》に劣るで現役の壮者とは勝負にならないということがある。精神の武道にもそれと同じ事情があるかどうか桂子さんにもよくわからないけれども、少なくともこの林さんは体力にまかせて踊り狂う現役の知識人を指一本で顚覆《てんぷく》させるだけの秘技を保持しているに違いないと思っている。林さんが若い頃書いたものを読むと、しばしばその秘技が使われていて、それは必殺という形容に値するが、知識人という動物は驚嘆すべきしぶとさを備えているので、林さんのその必殺の批評で刺された知識人の誰かが恥じて死んだという話はまだ聞かない。それで徒労を感じたのか、ある時期の林さんは秘技を見せることはやめて、もっぱら精神の武道の模範演技だけを見せていた。それには仮想の敵を必要とする。『人類の病気』がその模範演技の一つで、そこでの敵がキリスト教だった。桂子さんはそれを読んで殺気を感じた。しかし林さんのことを怖い人だと言うのは必殺の批評を恐れる人の言で、桂子さんは林さんを少しも怖い人だとは思っていない。力が違いすぎて相手にされる気遣いもないし、それでなくても林さんは他人に対しておよそ攻撃的でない人だった。林さんが刀を抜くのは他人がつくりだした観念に対してである。

そういうわけでその日も桂子さんたちを前にした林さんはただの面白いおじいさんで、桂子さんの連れの一人は帰りの電車の中で林さんの話し方が落語家の誰かに似ていると言いだしたほどである。ともかくその日は林さんが三杯、桂子さんたちが一杯のビールを飲んで、林さんの手でいつのまにか勘定が支払われたのち、別れ際に林さんが桂子さんに言った言葉が「来年になったら一度遊びにいらっしゃい」だった。

「それで、三日か五日の午後はどうですか」と林さんは腰を下ろすなり言った。

「五日にお邪魔させていただきます」

三日は耕一君の家に子供連れで行くことになっていたので桂子さんは五日の方をとり、それも一人で伺いたいがと付け加えた。

「勿論」と林さんは目を細めてうなずいた。「邪魔者は来ない方がいいんです」

この邪魔者の中には子供たちのほかに夫君も含まれているようである。桂子さんは頭の計算機をすばやく作動させた。林さんのこの間からの誘い方には、何か二人だけで話したいことがあるようにもとれるふしがある。その話とは夫君の入信と関係のある話だろうか。仮にそうだとすると、夫君の入信のことを林さんに話したのは父君を措《お》いてない。桂子さんはこのことを父君にだけ耳に入れておいたのである。いずれ詳しい話をするからそれまでは、とこの件は当分パンドーラーの箱から出さないでおく了解が暗黙のうちに成立したと思っていたのに、はやばやと林さんに相談を持ちかけたりしたのだろうか。桂子さんはそのことで別に心外に思ったわけではなくて、父君の配慮がもしもそんな風に働いていたとすればむしろ有難いことで、林さんとその件で話をするのが楽しみのような気持さえした。しかし以上はすべて桂子さんの臆測である。父君から、林さんに一度相談して御覧と言われたわけでは無論ないし、第一父君がこのことをどの程度深刻に考えたかも不明であって、桂子さんが事務的に報告すると父君は驚いたように唸《うな》り声をあげたきり何の感情も洩らさなかった。しかし、と桂子さんはもう一度都合のよい推測をしてみたが、あのノー・コメントこそ父君が事態を重大に受取った証拠ではなかったかとも思われる。

「この間、あの店で」と林さんが笑いながら言った。「あなたの流儀が私と同じなので感心しました。私は塩タンか香肉でまず一杯飲む。それからビーフ・シチューかタン・シチューでもう一杯。これがお極まりのコースでしてね」

「昔の習慣がつい出たようです」と桂子さんは言ったが、実は昔林さんと同じことをやっていたのは耕一君で、この間は桂子さんがそれを無意識のうちに再現したのだった。「ところでチョコレートをお飲みになりますか」

「いただきましょう」

「丁度今うちにブリア・サヴァランの処方で本式のいれ方をすると言って頑張る人がいますから」

「ショコラ、ショコラーデ、チョコラータ、いずれもいれ方と同時に飲み方、あるいは飲む場所が大事だと誰かが言ってましたね。ショコラならマルキーズ・ド・セヴィニエのサロン・ド・テに限るとか」

「それに上等のマロン・グラッセでもあると申分ないでしょうけれど、生憎《あいにく》」

「いや、生憎で結構。ともかく十五分ほど待ちましょう」

その間に桂子さんは、宗教と神について頭の中を整理するのに便利な本はないだろうかと林

さんにきいてみた。林さんは驚いた顔もせず、無間断の微笑を浮べたまま、

「ドイツ語が読めるなら *Historisches Wörterbuch der Philosophie* の Gott の項でも読んで自分で整理してみると面白いでしょうが、まあ読みやすいものでは Foundations of Philosophy シリーズの一冊にはいっているジョン・ヒック、ヒックスではありません、ヒックの *Philosophy of Religion* あたりですかな。宗教で使う言葉の分析とか、神を信じる根拠、信じない根拠といった議論も出ています。その種の議論を並べたものとしては、ジョン・ホスパーズの *An Introduction to Philosophical Analysis* の第七章でもいい。でもあなたの狙いが無神論の砦《とりで》を築くことにあるのなら、というよりこちらの勝手な推測で、あなたに一番合いそうなのを推薦させていただくとしたら、やはりエピクロスですかね。エピクロスの境地に達して神だの宗教だのを一切考えないで済ますのが最上の健康法です」

「神々は、いたとしてもどこかでアンブロシアでも飲んでいて、我々とは全然没交渉である。この世界は神々とは無関係に動いている。人間は死への恐怖から神を作り、その神を恐れる。ところが死を恐れることはない。なぜなら、生きている時には死は存在しない。死が存在する時には我々は存在しない。つまり本音を言えば神々はいらないというわけですね」

「そう、神様に隠居してもらおうということで、それがあなたのような方には一番よく似合う哲学らしい。もっともこのあなたのような方というのは意味をなさない言い方ですな。私はあ

なたを知っているつもりになって幻を見ているのかもしれない。やっとショコラが現れました」

三輪さんがニトログリセリンでも捧《ささ》げもつような様子でチョコレートを運んでくると、桂子さんは三輪さんを林さんに紹介した。三輪さんは黙って頭を下げてから上体を動かさないゆるゆるした足の運びで引込んだ。いつのまに用意してあったのか、マロン・グラッセを銀の皿に盛ったのが出ている。

「クラナッハの絵に出てくる人だとお思いになりませんか」

「名言です」と林さんは嬉しそうに言ってチョコレートを一口飲んだ。「これは旨い。ところで、あのクラナッハの御婦人、見たことがありますよ。アルケストラートだったか、小さな店で隣のテーブルに坐っていた。こちらも店を出るまで充分鑑賞させていただいたからあの人だったことには間違いない」

「渋谷のロアジスのシェフもあちらで何度か三輪さんを見たと言っていました」

「一度見たら忘れられない婦人の一人でしょうな」

それから林さんは立ち上がって、今日のむずかしい話の続きはまた五日に、と言い残すと、帽子をかぶって風のように姿を消した。

三輪さんは和風のと洋風のと大量のおせち料理を作って疲労困憊《こんぱい》したらしく元日から寝込んでしまった。二日までに大勢客が来て、特に二日の夜には二人の妹が夫婦子供連れで来て食べていったのに、三日になってもまだパテなどが残っている。智子さんと貴君は三輪さんのおせち料理にはすっかり飽きてしまって、朝からラーメンが食べたいと強硬に主張している。この日は午後耕一君のところへ子供を連れて遊びに行くことになっていたが、夜の食事をみんなで黄鶴楼でしてはどうかと思いついたので、桂子さんは朝のうちに耕一君の家に電話をかけてみた。まり子さんが出て、大したものはできないが今日は是非うちでゆっくりしていってもらいたいと強く言うので、桂子さんも黄鶴楼は諦《あきら》めて、昼食を近所のイタリア料理の店で軽く済ませてから行くことにした。

夫君の書斎をのぞいて、「そろそろ出かけましょうか」と言うと、夫君は読んでいた本から上げた顔をはっきりと桂子さんに向けないまま生返事をした。桂子さんはたちまち『蓼喰《たでく》う虫』の冒頭のところを思い浮べた。

実を言うと、数日前の夜、二時頃までかかって寝床の中で読んだばかりだったが、それはさらにその数日前耕一君と電話で話した時にこの小説の話が出たからである。ロアジスできいた話では耕一君とまり子さんの夫婦の仲が危機的様相を帯びているというか、慢性化した悪い状態にあるというか、とにかく普通ではなさそうだったので、桂子さんは夫婦子供連れで遊びに行く機会に二人の様子を実地に偵察してみようと思い、そのことを耕一君に話したところ、電話の向うで耕一君は、一度や二度偵察したところで自分たちの異常な仲を感知するのはむずかしいだろうと言う。

「一言で言えば、僕たちは『蓼喰う虫』と同じような関係だ……読んでないかい？　谷崎潤一郎の『蓼喰う虫』の要と美佐子の夫婦のことさ」

桂子さんも谷崎潤一郎にそういう小説があることだけは知っていたが、読んだかどうかも記憶にない。多分読んでないのだろうと思ったので、文庫本を買ってきて寝床で読んでみた。自分の妻をその恋人の男に譲ろうとする話である。この話自体には思いあたるところがあったけれども、小説は読んでいなかったことがわかった。桂子さんは谷崎潤一郎の小説を読むたびにその文章が上手なのに感心する。しかしその割に読んだ小説の数は少ない。『細雪《ささめゆき》』を読んで上等の料理に満腹したような気分を味わったのを最後に、戦前のもの、特に『卍《まんじ》』から『吉野葛《くず》』までのいくつかは読んでない。『蓼喰う虫』もまだ手をつけてなかった一品料理の一つに当る。今度桂子さんはそれを読んで久しぶりに三輪さんなどとは違った一流の玄人の料理に出会ったような気がするとともに、いくつかの理由で興奮もさせられたので、その夜は目が冴《さ》えて四時頃まで眠れず、遠くを走る始発電車の音を聞いた。

第一に、耕一君とまり子さんも要と美佐子のように離婚の意思を固めたまま適当な時機を待って表面上だけを夫婦で通しているというのだろうか。まり子さんにも「須磨の方」の人、つまり阿曽《あそ》なる人物に当る恋人がいるのだろうか。そして耕一君はまり子さんがその恋人を、「世間的に疑いを招かない範囲で……愛することは精神的にも肉体的にも自由である」といった内容の協定文案をまり子さんに示し、まり子さんもそれを受入れて、耕一君夫婦は正式の離婚および夫人の譲渡という形の最終の解決を待つばかりになっているのだろうか。しかし桂子さんをもっとも刺戟《しげき》したのは、『蓼喰う虫』の要が美佐子を見て、「そう云う風にちらと眼に触れる肉体のところどころは、三十に近い歳のわりには若くもあり水々しくもあり、これが他人の妻であったら彼とても美しいと感ずるであろう。今でも彼はこの肉体を嘗《かつ》て夜な夜なそうしたように抱きしめてやりたい親切はある。ただ悲しいのは、彼に取ってはそれがほとんど結婚の最初から性欲的に何等の魅力もないことだった。そうして今の水々しさも若々しさも、実は彼女に数年の間後家と同じ生活をさせた必然の結果であることを思うと、哀れと云うよりは不思議な寒気を覚えるのであった」という感慨を抱くくだりである。耕一君もまり子さんに対してこれと同じであったと仮定してみることは大層刺戟的に思われる。その仮定は、やっぱりそうだったのか、そうなるのは当然で、またそれでよかったのだという気持をごく微量ながら起させる。と言ってもこれは大事に思っていた男を他の女に取られた女がその男と女との不仲を知って溜飲《りゅういん》を下げるという感情ではない。桂子さんは耕一君との結婚を止《や》めると自分は自分でさっさと山田氏と結婚したのであるから、まり子さんに特別の感情を抱く理由はない。また耕一君をまり子さんに預けたというようなつもりもさらさらない。桂子さんにすれば、耕一君は耕一君で自分とは違う型の美人を奥さんに見つけたことにまずは手紙の文句に言う大慶至極という気持を抱いたのである。それにもかかわらず耕一君が要と同じくまり子さんを「精神的にも肉体的にも」愛していない状態が数年に及んでいるとすれば、桂子さんはこれをもまたいささか慶《よろこ》びたいのであって、こうした自分の感情の迷路を根気よくたどって出口を探しているうちに浅い眠りに落ちたのだった。

それ以来、桂子さんはいろいろと想像を組立てては壊してみたが、その中には美佐子の阿曾に当る人物がひょっとして夫君の山田氏だったとすれば、というありそうにない想定も含まれていた。万一事態がそうなっていたとすれば、二組の夫婦の間で交換が行われてすべては解決するかもしれない。しかし桂子さんとしてはそれを望んでいるわけではない。当面桂子さんが考えているのは山田氏との離婚をどうするかという問題で、これは交換が成立つように耕一君の方の条件がととのうかどうかとは関係がない。

桂子さんは生返事をした夫君に重ねて、

「今日はあなたもいらっしゃるんでしょう。それなら少し早目に出てサンマリノでおひるを食べて行こうかと思うけど」と催促した。

山田氏はやはり生返事をしたが、今度は腰を上げた。着替えにとりかかるつもりらしい。『蓼喰う虫』の美佐子と違って桂子さんは夫君の着替えの手伝いをすることはない。アイロンをかけたりブラシをかけたり、着るものの世話はするけれども、コートを着せかけてやったこともないし、ネクタイを選んで手渡すようなこともしない。やがて山田氏は黄土色のカシミアのブレザーコートに着替えて下りてきた。

「まり子さんと会うのは何年ぶりかな」

それがこの日の第一声で、今度は桂子さんが「さあ」と曖昧な返事をした。子供たちは久しぶりに父親と外出するのを喜んで、二人で争って両側から山田氏の手を握り、時々跳びはねたりして歩いていく。桂子さんはそれを三歩下がって見ながら、自分の「敵」が子供たちにとってはやはり父親であることをどう処理するかという、もっとも考えたくない問題をいやでも考えないわけにはいかなかった。

食事をして電車に十分ほど乗って耕一君の家に着いたのは一時過ぎだった。今の家は大きな公園を見下ろすマンションの十階になっている。耕一君が何度か単身赴任をしたり外国にも派遣されたりして、普通の家ではまり子さんが残るにしろ長い期間空けておくにしろ不自由なことが多いので、三年ほど前から今のマンションを買って移ってきたという。その話はまり子さんがした。桂子さんも調子を合せながらまり子さんを充分観察して、まずその主婦らしさが必要以上に身についた様子に驚いた。小学校や幼稚園の父母会で知合った三十歳前後の母親たちと別に変ったところもない。ただ子供に対しても慇懃《いんぎん》丁寧過ぎると思われるような話し方をする。貴君と同い年のまゆ子ちゃんという女の子は、独特のゆっくりしたしゃべり方を始めとして挙措全体がまり子さんのそれの原型か縮小版と言えるほど酷似している。桂子さん自身が、日頃余程変っていて妙にシニカルなところがあると思っていた智子さんも、このまゆ子ちゃんと並べてみると、潑溂《はつらつ》とした普通の子供に見える。そして年齢はかえってまゆ子ちゃんの方が上のように見える。落着き払ったゆっくりしたしゃべり方で、自分がしゃべりだすと相手をなかなか割込ませないようなところがある。それに「あたしは」を連発し、他人のことはすべて自分と比較する材料としか見ていない。智子さんはしばらくするともう渾名《あだな》を付けた。「のろまゆのまゆ子」というのである。

「わかる？　微温湯《ぬるまゆ》とのろまゆ」

「わかるけどおよしなさい」と桂子さんは智子さんを睨《にら》んだ。

貴君は空高く浮んでいる住居が珍しくてバルコニーに出たがった。桂子さんも一緒に出てみると、南側の目の下は池のある公園である。東側のバルコニーに廻った時、桂子さんは同じ高さのところに沢山の凧《たこ》が浮んでいるのに驚いた。もっと低いところにはさらに多くの凧が群れをなして風にもまれている。近くにある総合グランドで凧上げ大会が行われているところだとのまり子さんの説明である。そこへ約束があったらしく同じ階の子供が二人誘いに来て、まゆ子ちゃんも凧上げに行くことになった。「失礼して、一時間ほど行ってきますから」と言ってまり子さんが子供たちを連れて出ようとすると、山田氏も一緒に行くと言いだした。

「こう見えても古い人間だから、昔田舎の子供がやっていたことなら大概上手にやるんですよ。凧上げ、メンコ、剣玉、輪廻し、何でも器用にやります」

桂子さんはまり子さんに子供たちの面倒を見させるのは悪いと思って自分も一緒に行くと言ったが、まり子さんは大丈夫だからと制した。

「主人が一人取残されてしまいますわ。コーヒーでも召上がってお話してらして。あなた、おもてなしの方をよろしく」

こうして耕一君と二人残されると期せずして「交換」の形ができあがってしまったことに気が付いて、桂子さんはまずそのことを耕一君に言った。

「たまたまこうなっただけさ」と耕一君は軽く片付けた。「もっともまり子は本当のところは何を考えているのかよくわからない人間で、特に近頃では表面のところでしか話は通じない」

「そう言えばどこかお芝居をしている感じがあるわ」

「どこまで行ってもあの調子だね」

「いつからそうなったの」

「最初からかもしれない。ただし僕の方が気が付いたのは子供が生まれることになった頃からだ。ところで、コーヒーにする？　シェリーもあるよ」

桂子さんはシェリーの方にして、辛口のアルフォンスを一口飲んでから、『蓼喰う虫』のことをもちだした。

「あれ、読みました。興味津津たるものがありましたよ」

「それで？」

「それでって、お訊《き》きしたいのは私の方よ。例えば、まり子さんを譲渡する相手があるのかとか、例の、『一、まり子は当分世間的には耕一の妻であるべきこと』といった覚書を交換するところまで行っているのか、とか」

「事実は小説ほど明快には行かない。万事お見通しの神様がいて筋書を作るわけではないから、それぞれの人物が言いたくないことは隠したり嘘を言ったりしている限り、事の真相は誰にもわからないのさ。美佐子と違ってまり子は告白したわけではない。多分これからもそういうことはしない女だろうね。それで、僕の方ではいろんな証拠の断片を寄せ集めてほとんど間違いないと判断しているが、まり子には阿曾氏がいるね。しかしそんなことはあなたの方の疑心暗鬼でしょ、という態度でまり子は一切ノー・コメント。僕の方もこのことについては何も訊かない。そういう段階だよ。要は何年もの間美佐子に手も触れないでいるというが、その点では僕も要と同じだ」

「それはそれは」と桂子さんはおどけた調子で言った。「あなたの方も何かと御不自由でしょうに」

「何人かのルイズならいるので間に合っている」

耕一君は笑いながらそう言ったが、その笑い方が余りに憂鬱そうなので桂子さんはこのことにはそれ以上立入らないことにした。話がとぎれて、まり子さんや子供たちが早く帰ってこないかと待つ気持が起った。桂子さんはもう一度東側のバルコニーに出てみた。凧の数は一段と増えたようで、まさに紙鳶跋扈である。遠過ぎて凧の糸をもっている地上の子供たちは豆粒ほどにしか見えない。桂子さんは目を望遠レンズにして懸命にそれらしい姿を探した。こちらに手を振っている子供もいる。あれがそうかも知れないと思って桂子さんは両手を振った。いつのまにか耕一君もバルコニーに出てきて隣で手を振っていた。

第五章　暮雪霏霏

帰りの電車の中で桂子さんは考えた。

結局のところ耕一君とまり子さんの間にどうにも処理できない危機というものはあるのだろうか。仮にあるとしてもそれは旅をしていたヘーラクレースが路上に見つけた林檎《りんご》のようなもので、むきになって踏みつぶそうとしたり鉄の棒で殴りつけたりしない限り、それ以上大きくはならないものではないか。イソップによれば、この林檎のお化けは「争い」で、ヘーラクレースが逆上して相手をすればするほど膨れあがる。そこに姿を現してたしなめるのがアテーナーということになっている。桂子さんはできれば自分がアテーナーの役を買って出たいような気がした。

そんな調子のいい考えが浮んだのも、あれから夫君とまり子さんと三人の子供たちが凧上げから帰ってくるとみんなで飲んで食べて愉快に騒いだおかげで桂子さんの気分もすっかり陽あるいは躁《そう》の方に傾いてしまったからである。桂子さんは、人間を分裂病型と躁鬱病型に分けることができるとすれば明瞭な躁鬱病型に属するが、時折鬱の状態に陥ることはあっても長くはとどまらない。速かに気分を変えて鬱から躁に、あるいは陰から陽に切換えるのを得意とする。幸いこの日は躁と陽の塊のような子供たちがいて、凧上げで頰を真赤にした貴君を先頭に三つのつむじ風が舞いこんできてからは部屋の中は騒然となった。智子さんに「のろまゆのまゆ子」という渾名を付けられたまゆ子さんも柄になくはしゃいで大声を立てる。子供たちがブロックで未来風の乗物を組立てたり怪盗ルパン何世だかになったつもりで走りまわったりしている間に、山田氏と耕一君は、耕一君があちらで安く買ってきたというカミュのバカラを空にするまで飲み、途中で百鬼園の説を実地に験《ため》すべきことに意見が一致しておからでシャンパンを飲んだ。桂子さんとまり子さんはシャブリか何かを飲んで、子供たちを種にした話に花を咲かせる。気が付くと外は暗くなっていて、智子さんと貴君は十階の窓から見える街の燈を珍しがり、地上の星空とか大きな宝石函《ばこ》とかに見立てて喜んでいる。その二人が今夜は泊りたいだのまゆ子ちゃんと三人でお風呂にはいりたいだのと言いたてるのを抑えて桂子さんたちが辞去したのは八時過ぎだった。

「今日は君もかなり飲んだね」と電車の中で夫君が言った。

「まり子さんと二人でシャブリを半分位でしょう。今日は少し自信が湧いてきたわ。酔っぱらわないで酔っていられるすれすれのところを歩いて足を踏み外さないこつがわかったみたいで。陶然というのか、この状態でいると頭が冴えてよく働くの」

「僕はもっと先まで行って頭が痺《しび》れてきた。何しろよく飲んだからね。宮沢君と二人でバカラを一本あけてしまった。まり子さんも君と同じ位飲んだようだが、あの人の飲み方は危険だね。飲んでも君のように生気潑溂とも陶然ともしてこない。どこか沈んだところがあって本当は酔っていない。それで飲めばいくらでも飲めて、それから突然……つまり、危いところがある。不幸な人らしいね。前からそうだったのか……」

いつになく夫君はよくしゃべったが、電車に乗っている時間は短かったので、桂子さんは夫君の観察に対しては特に思うところを述べるに至らなかった。それに「不幸な人」という言葉遣いには妙に憐れみがこもっているようで、それが気になる。

桂子さんはまり子さんともにぎやかにしゃべり合っていたが、その間に気が付いたことの一つにまり子さんの独特の物の言い方があった。まり子さんは、例のゆるやかでおとなしい口調ではあるけれども、しばしば物事を断定的に言うのである。やがてそれが偶然でもちょっとした癖でもなくてまり子さんの本質から来るものであることを桂子さんは疑わなくなった。例えばどの店はよくてどの店は駄目だとか、何はどの店が一番だとか、話は食べもののことから始まって健康法に及び音楽に及び、子供の教育法にも及んで、まり子さんは控え目な口調ながら中身はひどく断定的に自説を述べる。その自説の出所は大概世間に流布している説の一つであるが、通説ではなくて異説の類、またはいささか逆説めかした説であることが多い。しかし大抵どこかで耳にした説ではある。それで桂子さんはちっとも斬新《ざんしん》な説をきかされた気がしない。ただ感心せざるを得ないのは、まり子さんの主張には現に自分で験してみたがやはりそうだったと、いちいち実証の裏付けが用意されているのである。青竹を踏んでみたら果然効き目があった、といった調子である。これは少なからず煩わしい。しかし実証をもって裏付けようのないこと、例えばリヒテルが、シューベルトあたりならともかく、ハイドンを弾いても「ハンマークラヴィア」を弾いても最高だといった判断を強いられると、桂子さんも思わずむらむらとしてひとこと言いたくなる。大体桂子さんの神経はリヒテルが何を弾こうと同調しないようにできていて、早く言えばリヒテルは大嫌いである。それを言うと、まり子さんは十年ほど前に日本に来たリヒテルを聴きに行って涙がこぼれそうなほど素晴しかったと主張してやまない。

要するにまり子さんの話には、何は何に限るという断定が多すぎる。落語の殿様なら「秋刀魚《さんま》は目黒に限る」で御愛嬌《あいきよう》であろうが、これを余り真面目にやられては叶《かな》わない。桂子さんは子供の教育についても、これだけは駄目という否定の形での意見や流儀はもっているが、これに限ると断言したり人に推奨したりするほどの立派な方針も妙案も持合せていない。健康法しかり、食べものの好みしかりで、桂子さんは駄目なものを避けるけれどもこれこそ絶対などと何かに固執することがない。そう言えば自分にとってはキリスト教もその駄目なものの一つだったことに気が付いた。精神の健康法についても桂子さんは特別に何かに縋《すが》るということをしない。まり子さんの場合はこの縮っているという自覚が本人にはなくて、独断の鎧《よろい》に身を固めて妙に自信たっぷりでいる。案外頭の悪い人ではないだろうか。

桂子さんはこの結論を夫君に洩らすことは差控えた。以前なら誰かのことを二人してこんな調子で鑑定しては大いに興じたものである。そういう時はその人を頭がおかしいか悪いか、あるいはその両方か、さもなければもっと悪性の病気かという診断を下してめでたく落着することになっていた。強いて言えばこれが桂子さんの精神の健康法だった。今はその相棒の夫君が病人になってしまったので桂子さんは誰かと一緒に他の誰かを鑑定して楽しむ機会に恵まれないでいる。林さんはそんなことのお相手をお願いするには畏《おそ》れ多い人である。

五日は朝から曇り空が低く下がっていた。夕方には雨か雪になりそうな天気だったが、桂子さんは予定していた通り着物で出かけた。

林さんの家は変った造りである。一見したところ間口十間はありそうな本陣構えを思わせる。伊那谷《いなだに》あたりの本陣の建物を移したのかもしれないと桂子さんは勝手に想像しながら妻壁に付けられた出格子の端正な線に目を留めた。ところがよく見るとこの出格子が蝶番《ちようつがい》で開く仕掛けになっているらしい。これが正面で、玄関は左手にあって式台が見える。桂子さんはそちらに廻ってみたが、どうやらそこからははいれないようで、正面右手からはいった土間の奥にあるのが本当の玄関の扉であるらしい。ノッカーに手をかけた時、思いがけなく引戸になっていた扉がひとりでにあいて林さんがそこに立っていた。

「やあ、いらっしゃい」と嬉しそうな微笑に迎えられて中にはいると、黒ずんだ太い柱が立ち並んだ間は夥《おびただ》しい書物で埋っていて、桂子さんは廊下と言うより書架の間の迷路を歩いたような気分で林さんの書斎の一角に通された。ミラノのボフィーのものと思われる籐《とう》の椅子に腰を下ろして部屋の様子を見ると、ここもまた黒光りのする木と白い壁のほかは書物で、南は畳敷の縁側があって広いガラス戸の外に石庭が見える。この書斎の西に続く部屋との仕切りには腰高障子が使われている。それが半分あいていて、変ったいろりが見える。いろりを囲んでロの字形のテーブルと椅子がある。つまり腰掛け式のいろりというわけでこれも林さんの工夫らしい。

「変な家で驚いたでしょう」

「ええ。玄関だと思ったところに出入口がないのにはあわてました。でも見れば見るほど結構なお家ですね。伊那かどこかの本陣をお移しになったのですか」

「伊那ではないが善光寺街道の途中にあった家を移して好きなように手を加えたものです。この書斎にしている部屋が本陣の上段の間になりますかな。別に日本の古い家が好きでたまらないというわけじゃない。畳を敷いてあるのもそこの縁側と二階に一部屋だけ。ただね、家というものの形と材質については避けたいものがいくつかある。ガラスは止むを得ないとして、合成樹脂を始め得体の知れない材料は使いたくない。見えるところに金属も使いたくない。というわけで出来上がったのがこの家ですが、私は懐古趣味でもないし『自然に還れ』主義でもないから、これでも便利な仕掛けはいろいろ採入れてあって、住み心地は悪くない」

そう言えば家の中は微風が循環しているようで、煖房《だんぼう》器具らしいものは見えないのに足もとが寒かったり顔がほてったりすることもない。夏はこのまま微風が涼風になるのだろうと桂子さんは感心した。

「御覧の通りの貧乏暮しでしてね」と林さんは肩をすくめた。「何しろ女中が一人しかいない。今から見ると谷崎の『台所太平記』の磊吉《らいきち》の生活は王侯貴族の生活ですな。今は一億総中流だか何だか知らないが、女中が使える人も女中になる人もいなくなってみんな平等に貧民になった。私なんかその貧民の典型ですよ。たった一人の女中が現れました」

出てきたのは一見して奥さんだとわかった。林さんのように無間断ではないにしても同じ質の微笑が奥さんの顔にもあって、これは長年一緒にいるうちに林さんのが感染したものかもしれなかった。いつぞやは病気で風炉の名残りを失礼して、と言いながら奥さんは薄茶の茶碗を籐のテーブルに並べ、その時に両膝をついた姿勢が優雅であると同時に少女のようにういういしく見えて桂子さんはとっさにある人を連想した。亡くなった堀田先生の、これも今は行方知れずになったままこの世にはいないあの奥さんが頭に浮んだのである。顔も声も姿も似ているようで、話し方まで似ているような気がする。そして齢は林さんの奥さんの方が上らしいが、こちらも若い頃はという留保抜きで大変な美人である。この奥さんのことを客に紹介するのに澄まして女中ですと言う癖については桂子さんも父君から聞いて知っていた。林さんの言う女中が一人しかいない貧乏暮しとはこの広い家で奥さんと二人きりの生活をしているということで、それから奥さんをまじえて三人でしばらく話したことはこの貧が人を遠ざける性質についてだった。老年にさしかかった夫婦だけの家では大勢の人間が出入りしてにぎやかな空気が絶えないような生活はどうしてもむずかしくなる。

「磊吉のように五人も六人もとは言わないが、せめて二人は欲しい。取敢えず桂子さんのところにいるフランス料理の達人とやらを譲っていただけませんかな」

「条件次第では譲ってさしあげてもいいんですけれど」と桂子さんも冗談の調子で言った。

「ただ、あのクラナッハ描くところの婦人には連れがいます。そこがお気に召さないのではないかと心配です」

「何か憑《つ》きものでもしているんですか」

「イエス様という連れがいるようです」

「やはりそうですか」

林さんは少し複雑な顔になってその微笑の色を濃くした。

「それで私にとっては少々工合の悪い人なんです。大袈裟に言えば敵」

「すると目下家の中にあなたの敵は二人ということですか」

「御存じでしたか」と桂子さんも微笑の色を濃くして林さんを見返した。前に想像したのが当っていて、夫君の入信のことを父君から聞いているらしい。林さんはうなずいて、

「今日はそのことでお話したくて御足労願ったわけで」と言いながら桂子さんのグラスにシェリーにしては少し色の淡い酒を注いだ。「原酒だとか吟醸だとかややこしい名前が付いていますが、要するに純粋な米の汁です。ところでその御婦人のことですが、イエス付きで引取ってもいいですよ。実は昔、私もあなたの言う敵を身辺から追っぱらったことがある。今の女中の前の女中ですが」

桂子さんは少なからず驚いた。その話は父君からもきいていない。恐らく父君も林さんからきかされていないのではないか。前夫人との離婚のことはともかく、その前夫人が入信していたということは、である。

林さんは窓の外に目をやった。

「とうとう雪になりました」

そう言うと林さんは立って畳敷きの縁側に出た。桂子さんもそれに続いて、夢の世界の出来

事のようにゆっくりと落ちてくる雪を見た。

「あちらに移りましょう。雪になるとやはり火のそばがいい」と林さんが言った。同じことを実は桂子さんも考えていた。ゆっくりと舞い下りてくる雪が次第にその数を増すにつれて、雪ではなくて空間が動いて上へ上へと際限もなく「落ちて」いくような錯覚に襲われ、ガラス戸の近くにいると軽い眩暈《めまい》を覚える。奥まったところにある炉にはガスの火が燃えている。そのまわりを口の字の形に幅一尺余りの欅《けやき》の板が囲んでいて、それが食卓になり、木の椅子が八脚ばかり置いてあるのが林さんの工夫になる腰掛式の囲炉裏である。「やっぱりこちらですか」と言いながら奥さんが酒と肴《さかな》を並べた。桂子さんが庭を正面に見る位置に坐る。その右手に食卓の角をはさんで林さんが坐り、「ここだとお酌がしやすいでしょう」と目を細めて笑った。

結婚する前にはよく父君の酒の相手をした。その時、桂子はお酌が上手だ、間の取り方がいいと褒めるのが父君の酩酊《めいてい》した証拠の口癖になっていた。結婚してからはその口癖を耳にする機会がほとんどない。娘の酌で飲むのを遠慮してか父君は家で飲むことが少なくなり、たまに飲んでも桂子さんはお酌をしない。山田氏は家ではワインしか飲まないし、それもグラスが空になったら桂子さんが注いで瓶《びん》の半分をあけたところでおしまいになる。これはお酌とは言えない。桂子さんには夫君の盃《さかずき》を充たしながら酒の相手をした記憶がないのである。

林さんの飲み方は父君のとは違っていて、自分がしゃべっている間は盃の動きもなめらかで切れ目がない。盃はつねに手の中にとどまり、卓上何寸かのところに静止したかと思うとすぐゆるやかな曲線を描いて口に移ってはまたもとにかえる。そのリズムは話のリズムに合っていて、と言うより話の方がこの盃の動きに従って進んでいくようで、桂子さんはその両方の端然として優雅な進行ぶりに感心した。林さんが箸を動かすのは話の切れ目か桂子さんが短い受け答えをしている間に限られる。桂子さんの話が長くなって佳境に入るか微妙なところにさしかかるかすると、林さんは盃を置き、空にしたまま注がせずに桂子さんの話を聴く。それが林さんの前で話をする人にある種のこわさを感じさせる。あの無間断の微笑にもかかわらず、である。

酒を運んできた奥さんにそのことを言い、林さんの飲み方に魅せられたことも話すと、奥さんは笑って、

「今日はこれで大分恰好を付けてるんですよ」と林さんをからかった。「近頃若い綺麗《きれい》な方とお酒を飲む機会に恵まれないものですから。あなた、桂子さんの前ですっかり固くなってらっしゃるんじゃありませんか」

「つまり前の女中にはああいう軽口が叩けなかったということですな。それが致命的でした」

林さんは奥さんが台所に立つとそう言って突然話を前の夫人のことに戻した。それとともに

盃がまた宙に浮んでその優雅な動きを再開したので、桂子さんはこれもまた優雅ならっきょう形をした古伊万里《こいまり》の牡丹《ぼたん》文の大徳利を傾けて林さんの手中の盃を充たしながら話に耳を傾けた。

「その前にこの古伊万里ね、お父さんから頂戴したものです。さっき出ていた備前の方はお父さんから強奪したやつです」

「道理で、この牡丹は見覚えがあると思いましたわ」

「実はこれも強引にねだって頂戴したもので、お恥しい。どうも私は注ぎ口が鳥の口みたいになったのや胴にくぼみがあったり妙にねじれていたりするのが苦手でしてね。酒器も女も姿がすっきりしていなくてはいけない。それで思い出したが、女が鳥か河童《かっぱ》の口をして天に在《まし》ます何とかだの主よだのと敬虔《けいけん》なことを口走るようになるともう駄目です。これが前の女中の場合でしてね。大体、私は女に精神なんてものがなくても何とも思わない。困るのは精神のグロテスクな戯画を見せられることです。ヒステリア、ギリシア語のヒステラつまり『子宮』から出てきた言葉ですが、あの女のキリスト狂いも子宮の不調から起ったヒステリアの一種だったかもしれない。病める精神というより病めるヒステラを突きつけられたようで、何とも不気味なものだった。若い頃私が二年ほど一人でヨーロッパをうろついていて実家に残してあった間にあの病気にかかってしまった。それも母親と一緒にです。母娘二人きりの女でした。どうですか、このヒステラ説、唯物論的に過ぎますかな」

「私も常識のレヴェルでは唯物論で間に合せている方ですから」と桂子さんは言った。「ただ、そのヒステラ説は女専用ですね。男の場合はどこの不調からあの病気になるのでしょうか」「この間エドガール・モランという人のものを読んで気が付いたことの一つに」と言いながら林さんは桂子さんの盃に熱燗の備前の徳利から注いでくれた。「観念はウイルスのようなものだということがある。観念もウイルスと同じで、増殖するには生きた細胞なり人間なり、生体にはいりこむ必要がある。観念ウイルスは生体の精神的遺伝コードに取りついてこれを換骨奪胎すると自分がそこに居坐って生体を支配するようになる。丁度日本語の文章に外国語の文章が混入して、ワタシユーヲ愛シマス式のおかしな文章ができあがるようなものでしょう。しかし舶来ウイルスの支配を受けない人もある。つまりウイルスの侵入を許さずに自分の精神的遺伝コードが保持できる人で、こういう人は少々ウイルスを浴びてもキリスト病やマルクス病にかからない。これはなぜかということです」

「自分の精神の世界に日本語なら日本語で書かれた狂いのない文章をもっている人は、I love you とか creatio ex nihilo とかが簡単に紛れこんでくることはないのでしょう」

「そう、言葉ですね。言葉が確乎《かっこ》たる秩序をなして名文の域に達してなくてはいけません。ところが、日本語の達人ほど外国語も立派に使えるという事情もあって、使っているうちに日本語を棄てて外国語の方を読み書きしゃべるようになる人もいる。フランス語ならフランス語に帰依するわけです。高級な人間でキリスト教にはいる人にはこの型が少なくない。言葉を使って考えつづけて最高の洗練に達した時、気が付くとその言葉遣いがカトリシズムのものに近づいているということはベルグソンにもあったしフッサールにもあった。自分で考え抜いたつもりのものが、蔽《おお》いを取られてみれば実はカトリシズムそのものだったという恐しいことがあるのかもしれません。この蔽いを取ることがギリシア語のアポカリュプテイン、つまり新約聖書で使われている黙示とか啓示とかのもとの言葉ですがね。恐らく山田さんの場合もある時アポカリュプテインされて自分がカトリックにはいるべきことに気がついたのでしょうな」

「誰がアポカリュプテインするのですか。神ですか」

「と彼らは言います。啓示は神の意思による神の行為だというわけでね」

「すると山田は神に選ばれたということになりますか。白羽の矢が立って」

「人身御供《ごくう》にでもなったみたいですな」と林さんは笑った。「それで林重太郎に狒狒《ひひ》退治ならぬ神退治を頼みにきた」

「というわけではありませんけれど」と桂子さんも笑った。口は笑っているが目は笑っていない笑い方である。「狒狒もろとも人身御供の方も退治していただけるなら退治していただきたい位です。私としてはあの人が神に選ばれるような種類の人間だったことが困ります。あの人たちの言い方では神に選ばれたということになるかもしれませんけれど、普通の見方では、環境が病気になる素質をもった人間を選び出したということですから」

「その不幸な、いや本当は不運なと言うべき病人を許してやることはできませんかな」

「病気になる素質は遺伝なり運命なりによって配給されたと考えれば、病人の責任を問うことはできません。ですから許すも許さないもありません。もしも自由意志によって病気になったのなら、一つは本人を助けて病気を治すか、もう一つは本人の意思を尊重して病気の中に放置しておくか、このどちらかだと思います。でも第一の方は本人が自分の病気を病気と認めて治す気になることが絶対の条件です。ところが病気の性質上これは無理な相談で、何しろこの場合は確信犯、いいえ確信病患者が相手なんですから。私には看護婦はとてもつとまりません。

先生の場合はどうなさいましたか」

「私がヨーロッパから帰った時、ひと目で気がふれたとわかる女が二人私を迎えて、早速治療に取りかかったわけですよ。私の治療にね。つまり二人の病人は私を病人と見て看護婦ごっこを始めた。信仰のベッドに縛りつけて聖書の言葉を煎《せん》じて飲ませにかかる。こちらは逃げようとする。すると母娘二人がかりで、これ聟殿《むこどの》、ねえ啓三郎様という調子で追いまわされることになる。丁度テレビの『必殺何とか人』の中村主水《もんど》そっくりの境遇ですな」

「そういうのを御覧になるんですか」と桂子さんは笑った。そこへ出てきた奥さんも笑って、こう説明した。

「あれはよく見るんですよ。見るたびにおれも中村主水そっくりだったと言うんです。よくよくいじめられたんですね」

「主水と同じ種無し南瓜《かぼちゃ》でなかったのがせめてもの救いで」と林さんが言うと、桂子さんは思わず、

「それは存じませんでした。先生にはお子様はいらっしゃらないものと勝手に決めていました」と正直に言ってしまった。事実桂子さんは林さんの子供のことを聞くのはこれが初めてである。

「どことなく種無し風に見えますかね」

「私と一緒になったのは種が終ったあとでしたわね」

「いや、今にして思えば私は終始種無し南瓜だったような気がする。そう思いたいですな。あの女が生んだのは多分処女懐胎の子で、私の子ではなかった。この子も洗礼を受けましたが、二十歳を過ぎてから転向した。母親のプロテスタントにプロテストしてカトリックになった。大学を出てからフランスに渡って、ジャック・マリタンやエティエンヌ・ジルソンあたりの影響を受けたらしく、トミスムの哲学者になって、今は日本に帰ってある大学でフランス語とラテン語とヨーロッパ中世哲学を教えている」

「私から見ると俊太郎《しゅんたろう》さんは首から上だけは間違いなくあなたの子ですよ。いつかここでお二

人で飲んでいらした時なんか、声と言い話し方と言い何だか哀《かな》しくなるほどそっくりな父と子でしたわよ」

「あの男に対してはプロテスタントを蹴《け》とばしたことに免じて罪一等を減じてある」

「本当は一日置いてらっしゃるのではありませんか」と言いながら奥さんの手が伸びて林さんの盃を充たした。桂子さんは奥さんが林さんの右に腰を下ろしてお酌の仕事を取返してくれたことに半ばほっとすると同時に半ばは残念な気持がした。二人肩を並べているところを見ると、鳥の番《つがい》のように、これは間違いなく同じ巣の中に体を寄せ合っている夫婦である。そのまわりにある温い空気は長い時間を材料にして綿飴《わたあめ》のような工合にできあがったものらしく、桂子さんと夫君のまわりには全然ないものだった。この先数十年を一緒に暮す可能性はほとんどなくなった以上、桂子さんにはもはや縁のないものだと考えた方がよい。突然、桂子さんは林さんの夫婦にあって自分には欠けているものがあることを知らされて不幸を感じた。この欠如の感覚は不幸と呼ぶほかないものであることを桂子さんは認めて、これまで自分には不幸などありえないと決めていたその仮定が崩れていく奇妙な感覚に耐えなければならなかった。体の中で骨が砂に変って崩れていくような気がする。

桂子さんの変化に気付いたのか、奥さんがごく自然に桂子さんの隣に来て坐ると、「まだよろしいかしら」と独り言のように言って桂子さんの盃を充たした。「さっきからキリスト病の話が出ていますけれど」

　奥さんは確かに「教」ではなくて「病」と言って、そのあとを言う前に微量の皮肉を含んだ微笑を浮べた。

「主人の場合は余り参考にならないかもしれませんわよ。何しろ、主人はあの病人たちを叩き出したのではなくて病人たちから逃亡したようなものですから」

「実は追い出されたのでは」と桂子さんも奥さんに追随して林さんをからかう目で見た。

「私の名誉のために言っておきますが、そういう事実はありません」と林さんは真面目な顔で否定した。「あの女どもに言わせれば、入院治療中の病人が一人脱走したということになる。今でもどこかの国では病人をつくるために強制入院させて治療するそうだが、あとは治療の甲《か》斐《い》あって本物の病人になるか、病人になったふりをするかして退院するしかない。退院したところでその国全体が精神病院になっていて、ここから脱走することは不可能に近い。何の話でしたかな。そう、病人が医者に化けて病人をつくる話。これは驚くべき弁証法的発想で、何かの事情からこの病院に入院させられた人はかなり高い率で発病する。内村鑑三の場合もそうだった。気が付いた時は内村のはいっていた札幌農学校が病院になっていて、まわりは医者と病人ばかりだった。内村一人が抵抗しても如何《いかん》ともしがたくて、ついに内村は、『余は如何《いか》にして基督《キリスト》信徒となりし乎《か》』によれば、意志に反して、強制されて入信したことになっている。というような仔細《しさい》を述べた本だから、これはその表題の如くhowについて書いたもので、whyについては結局何も書いていない。それはまあそうでしょう。何故基督信徒となりし乎、whyときかれてbecauseとたちどころに答が出てくるようなものではない。環境に対して自分がいかに反応していかに変化していったかを述べるしかないから、これはhowです。ところで山田さんの場合のhowについて、私は知らないが、詳しい事情を訊いてみましたか」

「訊いていません。訊く気にもなれません。反吐《へど》を掻《か》きまわして分析するような話は聞きたくありませんから。言ってもしようのないことながら、山田に対してはやはりwhyと言いたいんです。なぜあなたはキリスト病にかかるような人間なのかと」

「怖い詰問ですね。喉もとにwhyの刃をあてがって、答え方次第ではそいつが一閃《せん》する」

「向うも同じようにwhyの刃を突きつけるかもしれませんわ」

「そういう血腥《ちなまぐさ》い話になる前に離れてしまうということですか」

「最初から結論がわかっていることで、つまらない話になりました」と言いながら桂子さんはそろそろお暇《いとま》した方がよい頃だと思って外の暗さをうかがった。

「大雪になりそうですわ」と奥さんが言った。

林さんは立って畳敷の縁側の方に行った。音もなく落ちてくる雪に吸い寄せられるように桂子さんもガラス戸に近づくと、林さんが急に振りむいて、

「いい人を探すことです」と言った。「これが私の結論」

桂子さんは否定的な結論が出たあとに来ると思っていたことをいきなり言われて意表を突かれた。

「一緒に踊れる相手でなくては駄目。それから今度は桂子さんが惚《ほ》れる男でなくては駄目。桂子さんに惚れる男はいくらでもいるでしょうが、その中からいい買手を選ぶのはもういい。今度は自分が買手になることです。本当に気に入った品物があれば、single か married かを問わなくてよろしい。今の家内を見付けた時は married でした。ジョン・ステュアート・ミルみたいにハリエット・テーラー夫人が未亡人になるのを待つわけにはいかないので、譲ってもらいました。大変な出費でしたが、我が人生の最大にして最良の買物だった。今日言いたかったのはそういうことです。山田さんとの戦争なんて、つまらないことじゃありませんか」

「桂子さんによからぬ知恵を吹きこんでは駄目ですよ」と言いながら奥さんが姿を現した。

「車がまいりました」

「よからぬことと言えば」と林さんはいくらか酩酊の勢を借りた調子で言った。「桂子さんを俊太郎の嫁にもらったらと、去年の風炉の名残り以来考えてみては、ああこれは駄目、と頭の中で御破算にする。何しろあいつはカトリックの神学者ですからな。これは話にならない。勿論、いまだに独身です」

車は玄関のところまで来ていたが、雪はその車も掻き消すほどに降りしきっていた。

第六章　天上大風

　桂子さんは階下の自分の部屋で目を覚ました。頭は眠りの綿毛のようなものに半ば包まれたまま、体は温い空気にくるまって、窓の方に顔を向けて横になっている。頭を動かすと芯《しん》の方にまだ昨夜の酔いのかけらが残っているようで軽い頭痛がする。桂子さんは頭の中が寒風に吹き払われた冬の空のように晴れ上がっているのを好むけれども、今はその状態からは遠くて、頭の天井は低く、花曇りの気分である。しかしそれも悪くはないと思う。花曇りの頭には薄日が差している。窓の障子にも薄日が差している。雪は止《や》んだらしい。さっきから庭で子供たちが雪を投げ合って大騒ぎをしている様子だったが、次は雪だるまを作りにかかったらしく、三輪さんを呼んでだるまの目鼻口にするものはないかと相談しているのが聞える。話の細かい中身は聞きとれない。自分が起きていって相手をしなければと思いながら、桂子さんは頭をもちあげる気になれなくてまた目を閉じた。

　無力な病人になった心地である。責任のない子供に戻った気分にも似ている。そのうちに盆に水差しとコップをのせて母君が来てくれないものかと考える。子供の時病気をしてそういうことがあったかどうか、桂子さんは記憶の倉庫を探してみたけれどもその記憶は見つからない。ほとんど病気らしい病気をしたことのない子供だったし、母君に甘えたり頼ったりすることのない子供でもあった。それが今はいささか無力で心細くて誰かに看護してもらいたい気持が働く。その誰かとは誰だろうかと考えて、桂子さんは自分でも意外なことにやはりそれは母君を措《お》いてないと思った。消去法で消していくと、三輪さんも夫君も父君も消えて、残るのは母君だった。化粧していない顔を見られて困らないのは母君しかないようである。夫君の場合は時に見られることがあっても止むを得ないというのが普断の気持で、今はむしろ見られることを避けたい方に固まっている。

そのこともあって、現に桂子さんが目を覚ましたのはこれまで夫君とベッドを並べていた部屋ではない。大晦日《おおみそか》に桂子さんは自分のベッドを二階の夫婦の寝室から階下の八畳の部屋に移したのである。これは中学生になった時から桂子さんが「自分の部屋」として寝起きしていた部屋で、東に出窓があり、南は障子を開けると長い縁側に通じている。柱の木の色も古くなって、それと同じ色の書きもの机があり鏡台がある。書物はその時々に読むものしか置いてない。数年前に増築した方の二階にある桂子さんの仕事部屋は、結婚後も増えつづけて片側の壁を天井までふさいでしまった書物とテクノの白いL字形の事務机の収まったオフィス風の部屋で、そこにいる時は「執務中」の気分になる。階下の八畳の間は桂子さんにとって純然たる「私室」である。それも大体は夜だけの私室で、昼間はここにいることが滅多にないから、子供たちが桂子さんを探してやってくることもない。子供たちはこちらを「お母さんのお部屋」と呼び、二階の仕事部屋の方を「白いお部屋」と呼んでいる。

いつか庭の子供たちの声は聞えなくなっていた。桂子さんは昨夜家に帰ってからのことを思い出してみたが、家に着くと着物を着替えるのが先だと思いながら食堂で子供を除く家人全員とかなり長い間おしゃべりをしていたようで、ただその中身はほとんど思い出せなかった。林さんのことが主な話題で、前の奥さんのこと、俊太郎氏のこと、今の奥さんとの結婚のいきさつなどを主として父君から訊きだそうとしたが、父君は一緒にコニャックを飲んでいる山田氏の手前もあるのか、少し酔いの廻った桂子さんの好奇心を適当にあしらっていた。「本当はもっと面白いことを御存じなんでしょう」と桂子さんが言うと、父君は、「いや、君子の交りさ」と逃げた。山田氏が林、ではなくて森俊太郎氏を知っているという事実は桂子さんをそれほど驚かさなかった。その方面の人たちはみなどこかでつながっているようだから、と無遠慮な感想を洩らしたのと、母君が入れてくれたコーヒーを飲んだところまでは覚えている。着物を脱ぐ時、鏡の中の自分の目が少し赤いのを気にしたことも覚えている。

桂子さんは寝返りを打つと、林さんが話したことを頭の中でもう一度点検しにかかった。特に別れぎわに林さんが口にした片言には無視できない異常な意味が含まれていたように思われる。林さんの場合は、世間に例のないことではないが、ジョン・スチュアート・ミルや谷崎潤一郎の場合と似た結婚をして、父君の簡単な説明によればやはり相当なスキャンダルになることは免れなかったらしい。林さんは同じようなことを桂子さんがやってもいいではないかと煽《せん》動《どう》めいた言い方をした。桂子さんはそのことについては格別、異常を感じない。そうしなければ済まなくなるほどの「買物」をする羽目に陥ったら自分もそうするだろうと桂子さんは思う。それよりも、妙に釈然としないものが残るのは、去年風炉の名残りで見た桂子さんを俊太郎氏の嫁にもらったらと林さんは考えたということで、これは酩酊して頭が混乱していた林さんのその場の思いつきだったのか。そうでなくて去年から実際にそう思案しては頭の中で御破算にしたというのであれば、確かにそれは「よからぬこと」である。何しろその時も今も、桂子さんはまだ山田氏の妻である。それを息子の嫁にと言う父親の魂胆はいかにも穏やかでない。

そこまで考えて桂子さんは苦笑した。林さんがそんな妄想《もうそう》を頭に宿したこと自体が山田氏に対して失礼ではないかと、いささかむきになりかけている自分に気が付いたのである。林さんの発想は何やら野球選手のトレード話に似ている。

子供たちの声は絶えて庭は静かになっている。さては、と考えて桂子さんは笑いを嚙《か》み殺した。二人の子供たちが静まりかえっている時は大概何かよからぬことをしている時であるという経験法則がある。静のあとにはしばしば爆発があり一寸《ちよつと》した破局がある。桂子さんは用心のためそろそろ起きることにした。

酔いの去ったあとの荒れを直すつもりでいつもより化粧には念を入れた。爆発が起るのを期待して、その期待を楽しむようなところもある。しかし期待に反して爆発は起らないので、桂子さんは髪を整えると食堂の方に行った。母君もいない。三輪さんもいない。父君はまだ寝ているなら離れの寝室、起きているなら書斎の方であろうが、いずれにしても子供の相手をしているとは思えない。子供が行っているとすれば母君つまり「おばあちゃん」の部屋だろうか。桂子さんはインターフォンで母君を呼び出してみた。

「子供たち、行ってますか」

「いいえ。朝早くから起きて庭で走りまわってたけど、雪だるまもおじいちゃんが手伝ってどうにかできあがったようだし。朝御飯もとっくに済ませましたよ」

「信は」

「散歩だと言って出かけましたよ。今日は日曜日だから」

母君のこの言い方は山田氏が教会に出かけたことを教えていた。勿論、散歩もするのだから散歩に出かけたというのは嘘ではない。母君によれば「信さんもなんであんなものにはいったのでしょう」ということになるが、その「あんなもの」に母君はもともと無関心で多少の軽蔑《けいべつ》を抱いていると同時に、桂子さんが夫君の行動を快く思っていないことも察知している。桂子さんは今は軽蔑以上の気持を抱いているので、夫君が日曜毎に教会に行こうがどこかで祈りを捧げようがそれによって心を動かされることはない。心が硬化したあげくの無感動の状態である。教会にいる夫君の姿を自分の目で見さえしなければよいので、どうぞ御勝手にという気持の桂子さんはカフェ・オ・レーを作ってクロワッサンを食べた。それから苺《いちご》を三粒ほど食べると二階の子供部屋に上がっていった。

部屋の戸を開けてみるまでもなくそこにはいないことがわかった。二人の共犯者が息を凝らしてよからぬことに熱中している気配はまるで感じられないのである。それで桂子さんは一段と悪い予感がした。子供たちのいるところはもうここしかないという確信をもって桂子さんは三輪さんの部屋の前に立った。

「子供たちがお邪魔していませんか」

三輪さんの声で「はい」という返事が聞えた。いつになくうわずって曖昧な声だったが、子供たちを「かくまっている」ことは明らかだったので、桂子さんは厳しい調子で、「お前たち、出てらっしゃい」と呼びかけた。無駄な抵抗は止めておとなしく出てこいという気合である。子供の返事はなくて、再び三輪さんの声が「どうぞ」と言う。桂子さんはそれならばと引戸を開けた。

子供たちが妙に緩慢な動作で立ち上がるのが目に映った。それが桂子さんには跪《ひざまず》いていた姿勢からのように見えた。桂子さんは白い小さな困惑の顔が二つこちらを向いたのを黙殺して三輪さんの部屋の中へ踏みこんだ。何やら淫靡《いんび》な犯罪の現場に踏みこんだ感じがしたのは桂子さんのただならぬ興奮のせいだったかもしれないが、桂子さんにしてみればその直観は当っていたと言うべきで、テーブルの上にもベッドの上にも一見してキリスト教関係のものとわかる絵本が数冊、開かれたまま散らばっていた。顔の長い、痩せた中年の男が裸で磔《はりつけ》になって血を流している絵も目に止まった。桂子さんのもっとも嫌いな絵である。言わせてもらえばあれは変質者のための変質者による変質者の絵だと、かつて思ったことがあって、その気持は今も変らない。そして三輪さんの手の中には子供向きの絵入りの聖書らしいものがあった。

「子供たちに何をしたんですか」と桂子さんは冷静な声で言った。それから答を待たないで言い直した。「子供たちに何をさせたんですか」

三輪さんは度を失っていた。その顔は白い布のようで、それも水をかけられた布のようで、ただ面白いことにその水が見る間に乾いていく。乾いたシーツのようになった顔はもう驚いてもいないし動揺もない。いつものクラナッハの女の顔を取戻して三輪さんは上目遣いに桂子さんを見た。

「聖書のお話をしてさしあげて、それからお祈りを……」

桂子さんも三輪さんが落着くと負けずに落着いて丁寧な調子で言った。

「そういうことをしていただいては困るんです。動物の調教は私が致します。あなたにもそれをする権利があるとおっしゃるなら話はこれで打切りにさせていただいて、今晩にでも明日からのことを御相談致しましょう」

なるべく子供たちにはわからない言い方をしたつもりだった。桂子さんはそこまで言うと三輪さんの言訳を待たずに子供たちの頭を押して廊下に出た。引戸を閉める前に三輪さんが深々とお辞儀をしているのが見えた。

子供たちは桂子さんの様子がいつもと違うことで色を失った顔をしたまま黙って桂子さんについて二階の仕事部屋まで来た。

桂子さんは決闘を済ませたあとのように動悸《どうき》が激しいので、子供たちにソファを指さしただけでしばらく物を言わなかった。

「お母さん、怒ってるの?」と智子さんが言った。

「三輪さんのお部屋にはいったから?」と貴君が言った。

「もう怒ってないわ」と桂子さんは少しかすれた声で言って笑おうとしたが、いつもの笑顔にはならないのが自分でもわかった。

「まだ怒ってるんだ。怖い目をしてるんだもの」

「貴君、余計なこと言わないで」

姉の智子さんは貴君をたしなめて自分はうなだれたままだった。

「三輪さんのお部屋にはいったのもよくないけど、三輪さんから神様のお話を聞くのはお止めなさい。お母さんはそういうお話は嫌いだから」

「イエス様のお話も？」と貴君が訊き返したが、貴君はその「イエス様」を「エス様」と聞えるように発音した。

「駄目。その人のこともお母さんは大嫌いです」

「その人って、イエス様も神様なんでしょう。神様の子供だっていうから」

「三輪さんたちはそう思ってるでしょう。お母さんはそういうお話は信用しないの」

「でも神様にお祈りしてはいけないの」

「何と言ってお祈りしたの」

「いい子になれますようにって。そしてクリスマスにはモーター付きのレゴか自転車がもらえますようにって」

「ばかね、それはサンタクロースにお願いすることでしょ」

「智子はどんなことをお祈りしたの」

智子さんは桂子さんの気持を忖度《そんたく》するようにちょっと考えてから答えた。

「天使になって天国へ飛んでいけますようにって。でも、それは死んでからのことでしょう？

生きてるうちはそんなことできないんでしょう?」

「できないわ。それに今はまだ死んでからのことは考えなくていいの」

「そうね、私はあと七十年位生きるから、もっと年をとってからでいいのね」

桂子さんはようやく目のあたりに微笑を取戻したが、このあと子供たちの質問に答えるのは大変なことだと気が付いた。例の「赤ちゃんはどうして生まれるの、どこから生まれるの」式の質問攻めに遭ったことはまだないけれども、神様のこととなると、ごまかせばいくらでもごまかせるがそうはしたくない以上、容易ならぬ難問ばかりである。頭がよくて思考が的確に働く智子さんは案の定正門から攻めこんできた。

「神様って本当にいるの」

「反対に訊くけど、智子はお化けがいると思うの」

「わからない」

「がしゃ髑髏《どくろ》とか縊《くび》れ鬼はいないと思うけど。田舎じゃないから。でもぬらりひょんとか口裂け女はいるかもしれないな」と貴君が真面目に考えこみながら言った。

「そんなものいるわけないじゃないの。ドラキュラなら昔いたけど」

「二人ともいい加減ね。本当のところはよくわからないんでしょう。神様も同じです。いると思う人もあるしいないと思う人もあるの。あなたたちも、もっと大きくなったらどっちかということがわかってくるでしょう。それまではわからないままでいいの。これはよくわからないことだと思ってればいいの」

「三輪さんは神さまがいらっしゃるって言ってたわ。それは絶対確かだって」

「なぜ確かなの」

「なぜかと言えば」と智子さんは天井を見て考えてから言った。「この世界があるのは誰かが創ったからで、そうでないとこの世界はないんでしょう。その創った方が神様なんですって」

桂子さんは智子さんがこの年齢の子供にはわかるはずがないような高級な論理を頭に入れているのに舌を巻いたが、しかしこれは正しい証明にはなっていない論理だから、桂子さんの方でも、ジョン・ステュアート・ミルが『自伝』の中でその父が使ったとして紹介している戦法を採用することにした。

「なるほど神様が創ったからこの世界はあるのね。それじゃ神様は誰が創ったの」

「神様のお父様とお母様、かしら」

「するとそのまたお父様とお母様もいるわけね。それもみんな神様だとすると、神様は大勢いることになるわね」

「おかしいな。神様はやっぱり一人でしょう」

「そのたった一人の神様は誰が創ったの。誰が生んだの」

「誰も生まない。ずっと大昔から神様はそのままいたの」

「そういうことがあるなら、この世界だって大昔のそのまた昔からあったと考えてもいいでしょう。誰が創ったのでもなしに、ひとりでにあるの。そしていつまでもある。姿はいろいろに変るかもしれないけど」

そう言いながら、桂子さんは宇宙の開闢《かいびゃく》についてはbig bang theoryももっともらしいような気がするので少し困ってしまった。

「エホバという神様のことを書いた『旧約聖書』という本に、このエホバが天と地を創り動物を創り、最後の日に自分に似せて人間の男と女を創ったお話が出ているの。この話でも、いろんなものを作る材料はその前からあったみたいよ。エホバはそれを使って形を作ったわけね。でもなんのためにエホバは世界と人間を創ったんでしょうね。お母さんにはエホバの気持がわからない。全部創るのに六日かかってくたびれたので、エホバは七日目をお休みの日にしたの。神様の日曜日というわけね」

話しているうちに桂子さんはひどく疲れた気分になった。この「創世記」の冒頭の部分は読むたびに天地創造なる仕事の徒労を味わされるようで疲労を覚えるのである。少しも胸がはずまない。まるで孤独な独身男の自らを慰める行為を見せられるようで気が滅入《めい》ってくる。何が楽しくてこのエホバは存在しているのだろうかと思う。それも一人きりでいて、一人きりでするのを誇っているけれども、これはオリュンポスの山上でアンブロシアを飲みながら騒いだり喧嘩したり下界の人間共の運命にちょっかいを出したりしながら不死の生活を楽しんでいる大勢の神神の話に比べて、面白くもおかしくもない話である。桂子さんはギリシア人の想像になる神神の話を愛好しているが、ユダヤ人が発明したエホバの物語は何度読んでもついになじめない。安井《やすい》息軒《そっけん》という儒者《じゅしゃ》は『辯妄《べんもう》』の中で口を極めてこの嫉妬深くて気紛れで自己中心的な神をこきおろしていた。桂子さんはしかしそれ以前に、唯一人いる神という観念に人間の考え方として正常ならざるものを感じる。神が世界の外にいて世界を創造したということであれば、この世界は神の製作した機械または家屋と同じで、人間が特別にその使用と管理を任されている。しかし人間が利用する機械やその中に住む家はもはや世界というべきものではなくなる。いわば世界は消滅したのである。これに対して、ギリシア人の想像によればまず世界があってその中に人間と神神とが住む。カール・レヴィットに従って世界と人間と神についての二つの見方を右のように区別してみると、桂子さんは自分が与《くみ》するのは明らかにギリシア人の見方だと思う。世界をそれ自体として愛することは神への敵意であるという考え方にはなじめないし、教皇イノセント三世の contemptus mundi（世界蔑視）という言葉などは病人の気分を表わしているのではないかと言いたくなる。

病人が病人でありつづけるための必要から偉大な病人に帰依してありとあらゆる奇妙な治療

――決して病気そのものを消滅させるための治療ではなく病気を一層強く固定するための治療――に身をゆだね、自らも例えば祈りのような治療儀式を行うことを桂子さんは否定しない。それが宗教というもので、各人がその病気の有無、軽重に応じてある宗教にはいることは自由だと思っている。ただ、他人にも自分と同じ病気を感染させて病人仲間を増やそうということをやられると困るのである。ところがある種の宗教はかならずこれを熱心にやる。また同時に、その病気そのものではないがその病気から派生した世界観の普及に努める。神が世界を創造したというのもその一部である。桂子さんは小さい子供にキリスト教神学にもとづく世界観を叩きこまれては困ると考えている。子供が大きくなって、自分の内部にその種の世界観や「神」を必要とするような病気を見出《みいだ》した時に初めてその病める思想に身を任せることにすればよい。ただし尋常の育て方をする限り、二人の子供がそうして発病することはまずないだろうと桂子さんは思っている。いやそうだろうか。本当に大丈夫だろうか。子供たちは山田氏つまり父親の遺伝子を受継いでいるではないか。父親の場合は四十歳を過ぎてから発病したのである。

「三輪さんの神様って何人《なにじん》なの。キリストってどこの国の人なの」

「ユダヤ人でしょう。だから私たち日本人はもともと関係がないんです。さあ、今日はここまでにして、雪だるまでも見に行きましょう」

桂子さんも子供たちも平常の精神状態に戻って庭の大きなヒマラヤ杉の下に鎮座していると

いう雪だるまを見に庭へ出た。

雪は場所によっては膝を没するほど積っている。樹の多い庭は昨日の午後からの雪で別世界に変っていて、どこかの雑木林を見るようであった。ただ、離れから池をめぐって母屋のテラスに通じる飛び石の小道は雪掻きがされていて、ヒマラヤ杉の下の雪だるまにはその雪も使われていた。子供たちに訊いてみると、雪掻きをやりながら雪だるまを手伝ってくれたのは「お父さん」ではなくて「おじいさま」だと言う。

「お父さんはこんなことをちっとも手伝って下さらない人だから」

智子さんのその言い方には非難や失望よりも山田氏をそういう人間だと諦《あきら》めてしまった中年の女のような調子があって、桂子さんは胸を刺される思いがした。朝早く子供たちは父親の部屋に行って一緒に雪だるまを作りましょうと誘ったが、用があるからと断られたらしい。桂子さんは刺された胸のあたりから熱い血の塊のような怒りがこみあげてくるのを覚えた。それを言葉にして口に出せばこうなる。教会なんかに行く暇があったらなぜ子供たちと一緒に雪だるまを作ってやらないのか。そちらの方がよっぽど大事ではないか。勿論桂子さんは口には出さなかった代りに、抑えた怒りの一部が転じて自分を責める刃となるのを感じた。昨夜の飲み過ぎで朝寝をしたために子供の相手をしなかったのは自分も同罪のようなものだと思って、桂子さんは、

「お父さんの代りにお母さんが手伝ってあげればよかったけれど、寝坊しちゃって御免なさい」と言った。

子供たちはそんなことより自分たちの作品を見せて説明することに夢中だった。見ると雪だるまの目は昔から炭団《たどん》と極《き》まっているが今はそれがないのでじゃがいもを黒く塗って目にしてある。貴君がその眼球を裏返して見せると、こちら側には睫《まつげ》の長い夢見るような女の子の眼が描いてあった。桂子さんは吹き出した。その時智子さんが黒い毛のブラシを口の上に付けた。三人が涙を浮べて笑いころげているところへ父君が出てきた。

口髭《くちひげ》を生やした夢みる少女の顔の雪だるまを見ると、父君は黙ってブラシの上下を逆にした。子供たちが一段と笑いころげるのをあとにして、二、三歩足を運んだところで父君は振返って桂子さんを目で呼んだ。

「三輪さんのところへ行ってお話を聴いてはいけませんよ」と子供たちに言ってから桂子さんは父君について応接間にはいった。

天井の高い寒い部屋なので去年床の下に煖房《だんぼう》装置を入れて足もとから温まるようにしてあった。桂子さんがコーヒーでも入れてきましょうかと言うのを断って父君はいつになく真面目な顔を桂子さんに向けた。

「一杯欲しいところだが、あの人にここへ持ってこさせるのも変な工合だろう。何か子供たちと問題を起したのかね」

「大変な問題を起しました」と桂子さんは笑いながら言った。そして事のいきさつを話していくうちにその笑いは次第に顔の中に吸いこまれて汗の乾いたあとのようなこわばりが頰に残るのが自分でもわかった。

「辞めてもらってはどうだ」

父君は話を聴いたあとで淡々と結論だけを言った。

「最後にはそうするつもりです」

「あの人に来てもらったことにそもそも無理があったと見ていたが、いつものお前らしくないことだね。トラブルをうまく避けて通るのがお得意じゃないか」

そう言われてみると、桂子さんも三輪さんをこの家に入れた時の自分の態度には、トラブルの種を排除するどころか進んでそれにぶつかっていくような力が働いていたことを認めざるを得なかった。夫君の「顔を立てる」配慮もなかったとは言えない。しかしそれよりも、三輪さんという「敵の一味」を敢えて受入れてトラブルの火種とし、最後は「全面戦争」に持ちこむことを秘かに考えていたのではないか。父君がそこまで見通しているかどうかは不明だとしても、「いつものお前らしくない」と父君に指摘されたことが、桂子さんには自分の意図を察知され、かつ非難されたかのように痛かったのである。

「しかし話というのはあの人のことじゃないんだ」と父君は三輪さんのことは第二義的な問題だという調子で片付けて、もっと重大な話を切り出す前の緊張からか、壁の方に目をやった。その目が洋酒の瓶が並んでいるところに留ったのを見て、桂子さんは立って行ってシェリーのグラスを取り出した。

「これでいいですか」

「昼前からコニャックでもないな。それでいい、お前もやるかね」

「迎え酒というのはまだやったことがありませんけど」と言って桂子さんも同じグラスとドン・ゾイロの辛口を出してきた。「何やら深刻なお話らしいから、飲みながらうかがいます」

「こちらも飲みながら話そう。言いにくい話だからね」

「山田とのことかしら」

「結局はそのことになるが、直接には別居してはどうかという話さ」

「私が山田とですか」

「いや、お前たちと私たちとは別々に暮した方がよくはないかという話だ。女房の親と一緒に暮すのは山田君にとって何かと工合が悪いんじゃないか。これは最初からわかっていたことで、だからお前たちが結婚してからマンションに移ったが、孫が生まれるとまた舞い戻ってきた恰好になって、これがやはり不自然な形だったと言わざるを得ないようだね」

「私は無論のことですけれど、山田もその方がいいと本気で賛成してくれたはずでしたわ」

「本気は本気だったろうが、そういうこととは関係なしに、不自然なものは不自然なので、お前にはこの形がいいとしても山田君にとってはどうだろう。山田君はこの家に婿養子に来たわけじゃない。今の状態だとこちらの勢力が強過ぎて、山田家というものがないに等しい。これがどうもよろしくないね」

桂子さんは父君に一番痛いところを突かれてそれがある程度事実であることを認めないわけにはいかなかっただけに、かえってむきになって、それは少し違うと抗弁したい気持だった。しかし今はそのことで議論しても仕方がないので桂子さんは次の仮説を述べて父君の意見を求めた。つまり山田氏が牧田家の人間に取囲まれていることが山田氏を圧迫し、ついにキリスト教へと追いやる一因となったのではないか、という仮説である。

「山田はこの家の中に自分の居場所がないということもあって教会の中に救いを求めたのかしら」

「それもないとは言えないだろうが」と父君は桂子さんのその仮説に熱のない反応を示した。

「要するにお前の中に居場所があれば問題はなかったのさ」

「そんな風に御覧になっていたの」

「そこは夫婦の間の機微に属することだから何とも言えない。ただ私から見て、お前はなかなか守りの堅い城だね。山田君は攻めあぐんで、今では城壁の囲りに形だけの兵を残して主力は別の方面に移してしまったんじゃないか」

「辛辣《しんらつ》な観察だわ。少々悲しくなる位」と桂子さんは涙の気配の感じられる目を父君に向けた。

「私は城門を開けっぱなしにして自由に城の中に出入りしてもらうつもりだったけれど。そうしたとしても自分が落城したことにはならないという自信はあったんです。むしろ山田の方が西洋のお城かゴシックの寺院かで、私の方からはそこにはいろうという気が起らなかったことは確かです。でも両方の城の間で行き来があったことも確かですよ。それでお互いに外堀を埋めたり城壁の一部は取り壊したりして、戦争に至らない関係を維持してきたつもりです。別にこれが綺麗事《きれい》だけの冷たい関係だとは思いません。私たちの関係がおかしくなったのは、御承知の通り去年の秋からのことです。相手がいつの間にかひそかに城の模様替えをしていたと言うか、城の中にもう一つの城を築いていたと言うか、とにかく私にとっては不可解なことをやっていた。これでは城同士、これまでのような付合いを続けるわけにはいかないということになるじゃありませんか」

「そこのところは外交交渉で解決して新しい関係を見つけるしかないだろう。そのためにはこの際私たちがお前たちから離れて局外中立の立場をとる方がいいんじゃないか。まあ、そう思ったわけだ」

「それが裏目に出ることもあるんじゃないかしら。今二人きりで正面から交渉すると、あっという間に行きつくところまで行ってしまうしかないような気もするんです。私としてはお父様の加勢や仲介がほしいわけではありません。今のところ、環境を変えて解決を図るよりも、今の環境のままで答を探す方がいいような気がしています」

「なるほど」と父君は桂子さんの考え方にも理解を示した。「来週からヨーロッパに行ってくる。その問題は飛行機の中で考えてみよう。お前もさっきの私の案をもう一度検討して御覧」

桂子さんは昼前に夫君が帰ってくると、三輪さんと顔を合せないうちに一通りの報告をしておいた。夫君はわずかに眉を上げて目を見張る表情を示しただけでそれほど驚いた様子はなかった。何事にも大袈裟に驚いたりしない人であるが、最近は殊にそれが徹底して、ついに無感情の境地に達したのかと思われることがある。桂子さんに言わせればそれもまた病気の一つの症候なのであるが、今も夫君は複数の感情の対立しあう動きをことごとく抑圧した結果の平静な顔を桂子さんに向けている。相手の城は異常なほど補強されて桂子さんの方から使節を送っても城門の前で型通りの応対を受けて引上げてくるしかなさそうである。

「三輪さんのこと、それでいいですか」と桂子さんが念を押すと、夫君は意外なほどあっさりとうなずいた。

「君が言う通り、三輪さんが子供たちのことを心配する必要はない。われわれの責任でやればいいことだから」

桂子さんは夫君のこの言い方の大部分が気に入らなかった。あれを善意で「心配する」という風に受取るべきことではない。「必要がない」ではなくて口を出す「べきでない」のだし、「われわれ」と言っても自分たちは「異心二体」だし、自分は子供をキリスト教徒にするために何かをするつもりは毛頭ない。三輪さんがやったことを親ならやっていいということではない。

取敢えず桂子さんはこの最後のことだけは夫君にはっきりと言った。

「つまり私たちの間で最後の結論が出るまでは子供に特別なことはしないでおきましょう、ということなの。現状固定です。いったん染まってしまったら簡単に漂白はできませんから。その代り私も子供たちに染まりにくくなるような加工を施したりはしません」

「無理に白紙の状態におこうとすること自体が不自然かもしれないが」と山田氏は余裕を見せるような言い方をした。「今のところ君がこの立場を認めるはずもないから、君の出した条件で手を打とう。僕も子供には特別の話も教育もしない。三輪さんにもさせない。ところで、君の言う最後の結論とは何のこと？」

「あなたがキリスト教を棄てるか、私が信者になるかということです」

「そんな結論が簡単に出るのかね」

「出ないことがわかった時には別の次元の解決があるでしょう」

桂子さんは笑いながらではあるがこの話はこれで打切りという勢をこめてきっぱりと言った。

夕方から空模様はまた険悪になった。空は墨を流したように黒く、夜にはいると地上には大した風もないのに天上に風の塊があって駆けめぐっている気配がする。また大雪になるかもしれないと言い合いながら子供たちを早目に寝室に送りこむと、桂子さんは昼間夫君に対して自分だけ言いたいことを言ったのが気になっていたので、コーヒーを入れて夫君の書斎に行ってみることにした。大きくておとなしい犬を叱りつけて鞭《むち》で叩いたあとのように少し気がひけて、かわいそうな気がしてならないのである。桂子さんは自分のもとの先生であった夫君を犬に擬した不謹慎さがおかしくて一人で舌を出したが、そのままの一人笑いの顔で部屋にはいると、

「コーヒーでもいかがですか、先生」と言った。

「先生はよしてくれよ」

夫君は珍しく軽い調子で桂子さんに応じた。

「しばらくお邪魔していいかしら。これからはむずかしいお話を聴いたり議論をしたりする時には『先生』で行くことにするわ。あなたも教室で学生に説明する時の調子でおやりになる方がいいでしょう」

「僕のクラスには君みたいにきつい学生はいないよ。英語やフランス語の教師仲間で君は評判だった。教壇でいい気なおしゃべりをしていて、君が顔を上げてきっと睨《にら》んでいるのに目が合うと本当に怖かったそうだ」

「先生は怖くありませんでしたの」

「僕だけは怖くなかった。それでこういうことになっている」

二人はカップをちょっと上げて乾杯の真似事をした。

「また雪でも降りだしそうなお天気で、空の高いところを風が走っているみたい」

「そう、それでさっきから『天上大風』という言葉を思いだしていたところだ」と夫君は目を細めて言った。「良寛和尚の書にある言葉で、昔、高僧の遺墨を集めた本で見たことがある」

「あの本に出てるかしら」

桂子さんはすばやくそういう題の大型本に目を止めて、書架から取り出してきた。

「それにあったかもしれない。拙《つたな》い字だと思ったが」

「三好達治が『天上大風』を題にした詩を書いていたのは覚えていますけど」と言いながら、桂子さんはページをめくって良寛の「天上大風」を見つけた。

「どうだい」

「嫌いです、どちらかと言えば」

「そうだろうね」と夫君がうなずくのを見ながら桂子さんはこういう時に相手の好みがどうであるかを推察しないで、これは嫌い、あれは駄目とはっきり言いすぎる癖が自分でも多少気になった。

「先生は？」

「僕も好きじゃない。こういう字は自分には書けそうもない」

桂子さんがそろそろ引上げようとした時、夫君は急にこんな話を始めた。

「ついさっき読んでいた本に出ていたが、ドイツであった話らしい。ある女が廃人の世話をした。ずっとその廃人の世話だけをして生きた。やがて廃人は老いて死んだ。それから世話をしていた女も死んだ。今はお墓が二つ並んで立っているという話。これはどう思いますか、牧田さん」

夫君は桂子さんが学生だった頃の呼び方をした。桂子さんは教室で不意に準備不足のところを当てられた時のように、少々あわてた。

「立派な話だと思いますけど」

「本当にそう思いますか」

「正直なところは違います」

「そうでしょう。しかし僕はとても美しい話だと思う」

「これが美しいってどういう意味ですか」

「どういう意味でも、君はその言葉は使えないと思うわけでしょう」

「使えません。立派だとは、建前上、挨拶代りに言いましたが、美しいという言葉を使う気持にはさらさらなれません。自分ではその女のようなことはやれそうにないし、やる気もありませんから。さっきの良寛の書に対する先生のコメントと同じで、自分がやらないことを美しいと憧《あこが》れてみても仕方がありません。だからその話も本当は嫌いなんです。私なら廃人や病人の世話だけをして死んでいく人生はまっぴらだと、まあ虫のいいことを考えています」

「君しかその世話を引受ける人がいなかったらどうする?」

「まさか福祉政策の貧困だと叫ぶわけにもいかないでしょうから、諦めて世話だけはします。責任は果たします。でもそれだけが自分の人生だと思うような、病人じみた考え方はしません。極力、楽しいこともいろいろやりながらその廃人の面倒も見るように工夫します」

「なるほど、君の定義によると、病人の世話をして生きることも美しい人生だと思う人は、すでに病人だということになるわけだね」

「そうなります」

「それではこの際君に打明けておかなくてはいけない」と言って夫君は坐り直した。「実はぼくは正真正銘の病人だと思う。君は僕の面倒は見てくれないかしら。自分も病人になって病人を看護するのはいやだと言うことかしら」

桂子さんはほんの数秒の間返答に窮したが、すぐに姿勢を立て直した。

「そういう条件付きでなら病人のお世話はできません。普通の生活をしながら、その片手間にならできるだけのお世話はします、えらそうな口を叩くようで恥しいけれど。ただしそれには私の方にも条件がありますよ。病人は病人らしく看護人の言うことを聞いて、何よりも御自分で病気を治そうという意欲を奮い起して下さらなくては。例えば、病気のもとである神様とやらも頭の中から追っ払ってしまわなくてはいけないし、聖書も駄目、グレゴリオ聖歌も駄目、こっそりお祈りをするのも駄目。それを守っていただけるなら私はさっきのお話の女以上に献身的にお世話をします」

「その条件を問題にする前に、とにかく僕の病気がどういう性質のものかを知ってもらわなくてはいけない。今度は君に先生になってもらってその話を聴いてもらおう」

桂子さんははなはだ居心地が悪くなった。夫君の目に異様な光が宿っているように思われて、これまで夫君の体の中にひそんでいた異星の生物が体を食い破って、あるいは体を脱ぎ捨てて、今にも出てくるのではないかという妄想に頭を捉えられていた。

「そのお話、今聴くんですか」

「今」と夫君は言った。

「それならコニャックでも持ってきます。何か飲みながらでないと、心穏やかには聴けそうにもありませんから」

「それは僕も同じだ」

桂子さんは夫君と顔を見合せて笑ってからコニャックを探しに行った。

第七章　雪花撩乱

桂子さんは棘《とげ》の生えたバカラの瓶の「ルイ十三世」と聞いたことのない名前のアルマニャックを一本もってきた。「ルイ十三世」の方はあと僅かしか残っていない。山田氏は「お父さんががっかりなさるといけないから」と遠慮してアルマニャックの方を開けようとしたが、夫君のそういう遠慮を無用のことと思いながらも、桂子さんは頭の半分で、夫君の立場からすれば何につけてもそうなるのはもっともなことだとうなずいていた。父君の「別居の提案」の意味が改めて胸に響いた。しかし桂子さんは細かいことにこだわっていちいち考えこみたくない性分なので、夫君の遠慮をあっさり無視して、

「どうせいただくならいい方からにしましょう」と言って「ルイ十三世」をグラスに注いだ。

「それもそうだ」と夫君もあっさり応じた。

「瓶が変っているから気に入っているだけで、なんなら同じレミー・マタンのV・S・O・Pを少々入れておいたってわかるような人じゃありませんから」

山田氏は桂子さんのこの言い方には乗ってくる様子を見せずに、やや沈痛とも見える真面目

な顔をして、「ルイ十三世」の香りにいわば耳を傾けているようだった。桂子さんは夫君にこんな風に謹厳な顔をされるのが前から苦手である。前からと言うのは学生の頃からで、ただしその頃は相手は先生だったからその苦手の感じは学生が一般に先生に対して感じる窮屈さと区別がつかなかった。結婚してみると改めてそれが気になるのである。気になることに気が付いてからは、桂子さんは夫君をまじまじと見るようなことをしなくなっている。そしてそのことも自分では知っている。

学生の時には夫君はまだ先生以外の何者でもなくて、教壇でしゃべったり大学の構内を歩いたりするのを桂子さんも遠慮なく観察していた。教師というものは学生たちの多数の目で絶えず観察される存在で、殊に女子学生の目は教師のネクタイの趣味の悪さから鼻毛の伸び工合までを見逃さない。桂子さんもそうやって当時の山田助教授を観察していた女子学生の一人だった。女子学生の間では山田助教授の評判は悪くなかった。悪く言う者はほとんどいなかったが、ごく少数の例外は当時の「全共闘」系の女子学生で、その言い分によると「山田は反動」ということになっていたらしく、直接知らない学生までが誰かの貼ったレッテルに従ってそう言っていた。山田助教授のことをよく知っている学生ほど悪く言う理由がないので悪く言わない。どこから見ても立派な先生なのである。背も高い方で、顔立ちも整っている。眼鏡はかけていない。典型的なインテリの風貌《ふうぼう》というわけではないが、大学の先生以外の商売には見えない。

一部の女子学生に人気を博するのに欠かせない軽薄さや愛嬌はない。当時学生たちが盛んに使っていた「イカす」という評言を集めるのに必要な要素も皆無だった。悪と毒と精気と下品さと冷酷さと頽廃《たいはい》とを微量に含んだ魅力があって颯爽《さつそう》としていなければ男は「イカす」とは言ってもらえなかったので、そういう要素が皆無のように見える山田助教授が女子学生から「イカしている」などともてはやされることは考えられなかった。もっとも山田助教授のことを「あの先生はイカさない」と吐いて捨てるように言う女子学生もいない。ほとんどの学生は、口に出しては言わなかったが山田助教授のことを立派な先生だと思っていたのである。これに学生に対して甘いという要素が加われば大多数の学生が口を揃《そろ》えて「いい先生」だと言ったに違いない。

桂子さん自身は山田先生の容貌にもネクタイの趣味にも不愉快な要素を見出《みいだ》さなかった。その上、精神の容貌と挙措に関しては、他のどの先生よりも優れたものがあると桂子さんはひそかに評定していた。だから山田先生を指導教授に選んだのであり、そのことに満足と自負の念を抱いていた。桂子さんが亡くなった堀田先生の世話でこの山田先生と結婚する気持になったのも、同じ考え方を延長して行き着いた結論と言うべきであって、つまり桂子さんはここでも自分が知っている限りの男と比較して一番立派だと思える男、間違いなくAクラスだと思える男を選んだのである。山田氏が「イカした」男であったからではないし、山田氏に魅せられたり惚《ほ》れたりしたわけでもない。そういう「愚行」とは無関係に意思を決めるのが結婚ということで、自分がしたのもそのような結婚だと桂子さんは当時思っていたし、今でも思っている。

ただし山田氏については、結婚してからいささか予想が外れたと思ったこともある。山田氏の精神の姿形やその動き方には、その頃山田氏がやっていた仕舞に見られるような、端正な型があるものと桂子さんは思っていた。そして山田氏自身はどちらかと言えば型にはまったところがある人間であろうと想像していた。しかし結婚して実際に山田氏と組んで踊ってみると、相手は意外に懐が深く、その動き方には端倪《たんげい》すべからざるものがある。その一例が閨房《けいぼう》の事に関する山田氏の大胆さでありこだわりのなさである。桂子さんは最初、夫君が大学の先生らしく謹厳かつ小心に、型通りのことだけを行い、悪くすればそもそもこの方面のことには余り関心を示さないのではないかとさえ想像していた。この勝手な予断が裏切られたことは桂子さんにとってよろこばしいことだとしなければならないが、同時に夫君に底の知れないものを感じるようになったのは桂子さんにしてみれば相当な誤算である。とりわけ、耕一君夫妻との間でswappingめいたことまでやったのは驚くべきことで、山田氏の精神は跳びはねたりはしない代りにどんな領域にでも平然と滑りこんでいくことができるのかもしれないと、桂子さんは多少薄気味の悪いものさえ感じた。こういうことはうまく行かないからということを理由にして一度限りで止めにした本当の理由も実はそのことに関係がある。むしろそういうことが自由自在にやってのけられるような精神というものに桂子さんとしては疑いを抱いたのである。

爾来《じらい》、桂子さんは夫君の表面をしげしげと目で観察することは止めて、俗に言う「心眼」を以《もっ》て見るつもりで夫君の動きを感知するように努めている。いわば一緒に踊るのに、相手の足の動きを見る代りに、むしろ目を閉じて体全体で相手の動きを見ていこうというやり方である。しかしこれは失敗だったのかもしれない。すっかり慣れて夫君のことは目で見なくてもわかるつもりになっていたのが実は錯覚で、見なければわからないものを見ていない状態が続いていただけのことではなかったのか。その疑問が起ってきてからは、桂子さんは再びその大きくてよく光る目で夫君の心身を観察している。そういう目で見つめていると、夫君の顔は誰のものともわからない他人の顔、いや人間でないものの顔、解読不可能な文字の刻まれた蟹《かに》の甲羅のように見えてくる。さらに見ているうちにそれは『嘔吐《おうと》』のロカンタンが見たという奇怪な木の根のようにも見えてくる。桂子さんは高校生の時サルトルの小説をいくつか読んでそこに出てくる精神病的なイメージに感心したことは記憶にあるが、サルトルという人間は好きではない。今夫君を奇怪な木の根か、得体の知れない存在の塊の如くに見立てたとしても、それでロカンタンのように「吐き気」を催すというわけではない。

「お顔を拝見する限り、とても病人とは思えませんけど」

桂子さんは笑いをたたえた目を夫君に向けてそう言った。

「病気にもいろいろあって」と夫君も笑いを含んだ声で答えながら、まず「ルイ十三世」を一口飲んだ。「末期の癌みたいに七転八倒するような痛みがあるわけではない。かと言って鬱病でもないから、特別鬱々とした顔になることもない。何か深刻な精神的葛藤《かっとう》があってそれが悩める顔となって表れるというのでもない。この病気が進行している間も、顔の仮面を平静に保つことなら何でもない。だから一度僕の甲羅を剝《は》がして中を見てもらわないと何が進行しているかは君にもわからないだろう」

「そういう気持の悪いことはできません。勘弁して下さい」と桂子さんは大袈裟にしりごみする様子を見せた。「大体、蟹って大嫌いなの」

「その割にはよく食べるじゃないか」

「脚ならね。それと罐や瓶にはいった肉は大好きだけど、甲羅の中は駄目」

「それなら蟹の話は止めよう。人間に戻って、bystander の話で行こう」

「ドラッカーですか」

「こちらはドラッカーと違って adventure のない bystander だ。それで救いがない。好奇心が旺盛《おうせい》で、見たことがどんどん本にでも書ければ、bystander にとってはそれが救いになる。ところが bystander が outsider の意識をもち始めるところから病気が始まる」

「それは病気というよりも間違いでしょう?」と桂子さんは言った。「bystander は最初から

insiderになりたいなんて思ってはいけないんです。insiderでないという特権を確保しているのがbystanderだとすれば、bystanderたる者、自分も所詮outsiderでしかないなんて嘆いてはいけないんです」

「bystanderの倫理なら、確かに君が言う通りでなくてはいけない。僕の場合はその倫理に合わないから病気なんだ。outsiderと言っても尋常のやつではない。例えばマッチ売りの少女のようなのが普通のoutsiderで、これは平面が壁で内と外に仕切られたその外の方にいる。家の中には火が燃えていて暖かくて家族の団欒《だんらん》がある。家の外には雪が降っていて自分のほかには誰もいない。マッチ売りの少女を中に迎えてくれる家があれば少女はinsiderの平面に移ることができるが、そういうことはありえない。二つの平面をつなぐもの、あるいはinsiderとoutsiderの間のcommunicationとしてはマッチとお金の交換だけ。しかしマッチは売れない。というわけでcommunicationも成立しない」

「それでマッチ売りの少女はcommunicationの手段、つまり自分の言葉を燃やして幻のinsideをつくって、その中にはいっていく。現実の平面上の仕切りを越えることはできなかったけれど、この世という平面を離れて天国へと昇っていく。何だか外国文学講読の時間みたいね」

「そう、マッチ売りの少女は天国かどこか上の方へ昇っていったが、僕の場合は反対でね。穴の中に落ちこんでいくと言うか、ともかくだんだんと沈んでいく。桂子や子供たちやお父さんたちは堅い大地の上で嬉々として生活を楽しんでいる。僕はbystanderとしてそれを見ている。やがて自分の正体はoutsiderだと気付いた時にはもう自分の目の位置が下がってくる。そのうちに桂子たちの踊っている脚だけが目の高さに見えるようになる。すべては馬鹿げていてすべては空しいと思いながら僕は自分だけの穴に落ちこんでしまう。底まで落ちてしまえば安定する。しかし穴の中は死の匂いがする。それが余り不愉快ではない。むしろ快い。これでは駄目だと急に怖くなる。そこで必死になって跳ねあがる。気持を躁《そう》の状態に切換えて懸命に跳びあがる。それから何食わぬ顔をして君たちと手をつないで踊るふりをする。しかし手を放すとまた体が沈んでいく」

「病気だわ」と桂子さんは溜息と一緒に言った。「明らかに病気ですよ、先生」

「病気だ。さしあたり捉《つか》まるものがいる。治療のことは別として、当面誰かの手に捉まらないことには死んでしまう」

「私の手にお捉まりになればいいじゃありませんか」

「いつも捉まりっぱなしというわけにもいかないだろう。君たちは堅い土の上に立っているが、僕の足もとはどういうわけか底なしの泥になっていて、すっかりぶらさがってしまわない限り体の平衡も保てない」

「私の力には限度があるけれど、あなたの体重位、引張り上げます。こういう言い方が傲慢《ごうまん》不《ふ》遜《そん》でないなら、助けて差上げます」

「一時的にはともかく、それはやっぱり不可能だ。君にさっきの話のドイツの聖女になれと言うわけにはいかない。人間業では駄目なんだ。そこでおのずから唯一の解決が見つかった。僕が全体重をかけてぶらさがっても絶対に大丈夫な一点が論理的に言って存在するはずで、そのことに気が付いた時は嬉しかったね。丁度重症の糖尿病患者が、インシュリンが見つかったおかげで生き延びる可能性を摑んだようなものだ。ともかく、その一点、つまり神様に言葉の鎖を投げかけてぶらさがる。それがお祈りということで、そこからあとの話は内村鑑三ではないが、如何にして基督《キリスト》教信徒となりし乎《か》、何故ではなく、如何にして、という話になる。その話自体は君には大して興味がもてないかもしれないが」

「数学の方で言えば、まず解の存在、それも一意的な解の存在を証明した上で、その解がどんな形をとるかを突きとめるという手順ですね」

桂子さんは自分の理解のためそんな風に整理してみたが、肝腎《かんじん》の中身の方は今のところ桂子さんの理解を超えている。例えば唯一なる神の存在といったことが論理的に証明できるものかどうか。それはどんな論理によってであるか、皆目見当も付かない。そこで桂子さんは「如何にして」の方に頭を切換えて、かねがね訊《き》いてみたいと思っていたことをここで口に出した。

「その、先生は如何にして、回教徒ではなく、プロテスタントでもなく、カトリック信徒となりし乎ということですけれど、そこで三輪さんが何か重要な役割を演じているんじゃありませんか」

山田氏は、それはいい質問だという風にうなずいた。この質問がいずれ出てくることを予想していたのか、格別驚いた様子も見せなかったことに桂子さんの方がかえって驚いたほどである。

「お祭しのように」と山田氏は宙を見てゆっくりと言葉を選びながら芝居のせりふを暗誦《あんしょう》する調子で答えた。「あの人は僕にとって案内人であり看護人であり聖女にして娼婦でもあった。僕の例の沈んでいく病気を食い止めるために、必要とあれば自分の体を肉の穴にして、沈んでいく僕を受入れることまでしてくれた」

「聖女にして娼婦だったとはそのことですか」

桂子さんはやっとそれだけを言って、夫君がうなずくのを見ながら顔から火が出る思いだった。怒りではなくて恥しさのために首から上が炭火のように熱くなったのである。これはもう駄目だという結論がその炭火から青い焔《ほのお》になって燃えあがるのが自分でもよくわかった。駄目なのは夫君がパリかどこかで三輪さんとした行為よりも三輪さんとの間に結んだ関係の方であり、何よりも駄目なのはそれを告白する時の言い方である。それはすでに尋常の文体ではない。腹の中に仕掛けられたテープがあれを語ったのか、口を開けばあの文体で語るように頭の中の機械がすっかり取替えられているのか、いずれにしてもここに坐っているのはもはや人間ばなれのした何者かであるとしか思えない。桂子さんは、ロカンタンの「吐き気」というより、別の世界をうっかりのぞきこんでこの世界の大気とは異なる大気を吸いこんだような気分の悪さを覚えた。何かに悪酔いした時のむかつきと目まいを感じる。気が付くとコニャックの方もかなり飲んでいたようで、「ルイ十三世」の瓶はすでにからっぽになって、夫君はアルマニャックの方を飲んでいる。

「通俗的に言えば、三輪さんとのことでは君を裏切ったことになるので申訳ないが」と夫君は先程からの芝居のせりふの続きをしゃべった。「あれは一種の応急の治療のようなものだった。了解して許してもらいたい。僕の方には何やら治療を受けたという以外にほとんど何の記憶も残ってない位だ」

「別に気にもしませんけれど」と桂子さんは不快感を抑えながら言った。「あなたと三輪さんとのその治療行為は、想像しただけで不潔な感じがしますね」

夫君は不潔という言葉を誤解したようで、あれが治療以外の何物でもなかったことや、三輪さんの一方的な献身行為として成り立っていたことなどをもう一度説明しはじめた。桂子さんはそれを途中でさえぎって疲れたような声で言った。

「私が不潔だと言ったのは精神的なことや道徳的なこととはまったく無関係なの。文字通り汚いということなので、三輪さんという病人はどんなにお風呂にはいっても汚いんです。汚い部屋であのおかしな中年の御婦人とおかしなことをなさったなんて、その光景を想像しただけで気が変になります」

「確かに、尋常の精神状態ではできないことだと思う。今なら考えられないことだ。今では三輪さんも僕もその時のことが思い出せないほどだし、勿論、その時限りで、日本に帰ってからはどんな種類の治療行為もない」

「あってたまるもんですか」と言いながら桂子さんは立ち上がった。目は笑っている。自分の目の中でもう一人の自分が勝手に笑っている感じである。「不潔だと言ったのは失礼でした。訂正しておきましょう。何とも滑稽だということにしておきましょう。少し悪酔いしました。お休みなさい」

確かに桂子さんは悪酔いしてしまったようで、部屋に帰ると、吸いこんできた毒気の一部を笑いに変えて吐き出し、目まいとむかつきを覚えながら眠りに落ちた。

こういう時は朝早く目が覚めるもので、いつか夫君から入信のことを打明けられた時もそうだったが、頭の調子を整えるには早朝の散歩しかないと思って桂子さんはスキーの時の服装で外へ出た。

雪は夜のうちに止んだらしく、樹という樹に雪の花が咲きほこっている。足は自然にそう遠くない大きな寺の方に向かう。山門に至る石畳の両側には合せて十数本の見事な欅の大樹が立ち並んでいる。その差し交わされた枝の網の目一面に雪花が咲いた様子に桂子さんはしばらく目を奪われていた。いつだったか、雪が雨に変った時、ここを通っていると、はるか上空から枝を離れた雪の塊が落ちてきて傘を直撃され、息が詰まったことを思い出した。今は雪の花はしっかりと枝に付いて動かない。桂子さんはこの雪花《せっか》撩乱《りょうらん》の眺めに近頃にない歓びを覚えながら山門の方へ歩いていった。

第八章　細草微風

寒明けの頃になると庭の日だまりに蠟梅《ろうばい》が咲く。花の色の絶えた冬の庭の一角に蜜蠟《みつろう》の花の色が現れ、その一角に香りが漂うのを確かめた時から桂子さんの暦では春が始まる。そのあとは雪が降っても風花が舞っても、余寒であり春寒であって、桂子さんの暦は節気に従って雨水、啓蟄《けいちつ》、春分、清明と進む。

蠟梅の隣には黒花蠟梅が植えてある。こちらは初夏になると渋い花を咲かせるので、茶花に使うことにしている。その朝七時頃桂子さんが蠟梅を見てから新聞を取りに門の方に廻ると、トレーニング・ウエアを着てジョギング用の靴をはいた夫君が出てきた。

「あら、とうとうランニング教にも御入信ですか」と桂子さんがからかうと、山田氏は、「散歩に毛の生えたようなものさ」と恥しそうに笑った。「歩いたり走ったりで、公園をひと廻りしてくる」

「犬に咬《か》みつかれないようにお気を付けて」

桂子さんも笑いを残しながら勝手口からはいると早速風呂に火をつけた。汗を掻《か》いて帰ってきた時シャワーだけでは風邪をひきそうだと思ったのである。そこへ子供たちが着替えを済ませて下りてくる。

「お父さん、どうかしたの」と貴君が訊く。「ボクシングの人みたいな恰好して出ていったよ」

「ボクシングじゃなくて、プロレスをやることになったんですって」と桂子さんが真面目な顔をして言う。

「顔が余り怖くないから、覆面して『ドクター・ノー』とか『プロフェッサー・デヴィル』とか名前を付けるといいわ」と智子さんも真面目な顔で言う。

「それじゃ悪役なの」

貴君だけは半信半疑のままで桂子さんと智子さんの顔を見くらべている。

「そうよ。やるなら冷酷な悪役でなくちゃ」

「でも嘘でしょ、お母さん」

「テレビに出るようになるにはもっと体重をふやさなきゃね。背は高い方だからあれで充分だけど」

「あと百キロ位?」

「ばかね、あと百キロもふえたら『お化けカボチャ』みたいになるじゃないの」

智子さんは女の子のくせに時々プロレスを見るのでいろんなことをよく知っている。しかし自分では見たくて見るわけではなくて貴君が見るから仕方なくお付合いで見るふりをする。血が流れると貴君は逃げだすが智子さんの方はじっと見ている。祖母君は、「子供にあんなものを見せて」と桂子さんを非難するけれども、桂子さんは笑って取合わない。画面で流血を見ることがあっても別にいいではないか、と桂子さんは高を括《くく》っている。最近では智子さんの方も眉を顰《しか》める祖母君に向って、「大したことないわよ、どうせお芝居なんだから」などとしたり顔で言う。

三輪さんがワゴンで運んできた朝食を食卓に並べながら、桂子さんは父君に山田氏の突然の「一念発起」のことを話して、「お父様も一緒に走ってごらんになってはいかが」と言った。

「私はいいよ。まだこぶとりじいさんだから」と言って父君は子供たちの顔をのぞきこんだ。しばらく間をおいて智子さんが噴きだした。

「考え落ちというやつだな」

「何のこと？　ちっともわからないよ」と貴君がふくれっ面をする。

子供たちの食事が終った頃、山田氏が着替えを済ませて食堂にはいってきた。

「お風呂、どうでした」

「有難う。大分汗を掻いた。シャワーだけでは風邪をひくところだった」

山田氏は席に着くと、桂子さんの父君とゴルフの話を始めた。次の日曜日に父君に誘われてとうとう茨城《いばらき》の方までゴルフに出かけることになったらしい。これまではいくら誘われても言を左右にしてゴルフを始めようとはしなかったのが、先の大雪のあと、どういう気持の変化があったのか、ゴルフを始めることに決めて、何度か近くの練習場にも通い、父君の指導を受けたりしている。ランニングを始めたのも、コースに出るための準備らしい。桂子さんは、見るからに運動神経の鈍そうな夫君がどんな姿でゴルフをするのか、想像しただけで頰が弛《ゆる》んでくるのを覚えたが、驚いたことに、ゴルフも早朝のランニングも、夫君はそれをやると決めた時に桂子さんにも一緒にやらないかと誘いをかけてきたのである。桂子さんは笑って断った。しかしこの堂々とした仏像めいた体軀の夫君とお揃いのトレーニング・ウエアを着て、二人とも顔を赤くして走っているところは、想像しただけでも笑いが止まらない。

この朝も山田氏は食卓で、自分の最初の体験に照らしてひとしきりランニングの効能を述べたあと、桂子さんをまた誘った。

「私はまだこぶとりばあさんじゃありませんから」

「近頃お前は余り運動をしないようだね」と父君が言う。そう言えば結婚してからの桂子さんは、学生時代にやっていたテニスもスキーも一、二度やっただけで、ここ数年は夏子供たちを海やプールに連れていった時に泳ぐ位である。

「子供がもう少し大きくなったらまた本格的に始めます」

「テニス位ならまだお前に負けないかもしれないが」

「やるなら新しいのをやりたいわ。スキン・ダイヴィングにスカイ・ダイヴィング、ヨットにサーフィン」

「何ですか、危いものばっかり」と母君が顔をしかめた。「みんな近頃のお転婆娘がやるんでしょう」

「それほどでもありませんが」と山田氏がその「近頃のお転婆娘」を大勢扱っている大学の教師として発言した。「僕のクラスに、冬の間からサーフィンをやって、それもスキーと交互にやるもので真黒になってしまった子が一人います。それから水に潜る方では何やら免許皆伝みたいな資格をもっている子が一人。これはこの間うちに遊びにきた女の子の中にいた清水君だ」

「ああ、清水満智子さん。ピアノが大変上手なお嬢さんだったわね」

「ホロヴィッツの『カルメン変奏曲』を弾いてみせた子だ。頭もなかなかいい」

桂子さんは成人の日に夫君を訪ねてきた四人の女子学生の中で一番大柄で色が白くて一番美人のお嬢さんを思い出した。四人の中で一番と言うだけでなく、これまでに家に来た女子学生の中では別格の、と言いなおした方がよい。整った顔で大変頭もよさそうである。大きくて形のよい目をしているが、瞳《ひとみ》の色がやや淡いせいか、落着いてゆったりした印象を与える。その点が違うのを除けば自分を少しばかり大柄にして若くした同類の娘のように思われる、と桂子さんは自讃《じさん》を混えて、ひそかにこの清水満智子さんを贔屓《ひいき》にすることに決めている。

四人とも着物を着ていたので、客間にコーヒーを持っていった時桂子さんは、「これから成人式ですか」と訊いてみたら、四人は笑って、その中で、「私たち、成人式は去年済ませました」と答えたのが一番色の黒い溌溂とした娘だった。スキーとサーフィンに熱中しているというのはこの娘のことらしい。確か鷲山《わしやま》さんとか言った。夫君に訊いてみると、名前の方は「陽子」だと教えてくれた。

「そうだったわ。本当に鷲山陽子という感じの子だったわ」と桂子さんが感心したように言うと、夫君は、

「今度の土曜日にまた来るそうだ、清水君と二人で」と付け加えた。「高校時代からずっと仲良しのようだ」

「二人とも感じのいいお嬢さんだわ。成績はどっちがいいの」

「それは清水君の方がいい。何しろ学部で一番か二番だから。でも鷲山君も大変頭がいい。色は黒いが、よく見ると器量も悪くない。精悍《せいかん》な美少年といった感じでね」

「何か御馳走しましょうか」

「それは心配しなくていいだろう。二時頃、お得意のケーキを作って持参すると張切っていた

から」

「どちらが」

「どちらだと思うかね」

「そう訊くからには鷲山さんの方でしょう」

「その通り」

「満智子さんはそういうことをしないと思うわ」

「ケーキ位焼くかもしれないがね」

「ええ。でも自分で焼いたのをここへ持ってくるようなことはしないでしょう」

「なるほど。それは君の流儀ではないね」

「何だかあの子には私と同じ流儀でやってもらいたいような気がするの。例えば私がいなくなったあとの私の後任を推薦させていただけるとしたら、私は清水満智子さんを推薦致します」

「その時は君と同じタイプよりは鷲山君のタイプを選ぶかもしれないよ」

山田氏は冗談のつもりかそう言って笑った。

桂子さんも笑って、格別毒をこめるつもりもなしに夫君の選択を支持した。

「あるいはそれが正解かもしれませんね。鷲山さんなら御主人兼先生に導かれるままにカトリックになる可能性がありますね」

「人は見かけによらない。清水君だってすでにカトリックかもしれない。お父さんは会社の重役で外国暮しの長い人だから」

それから山田氏はその会社の名前を思い出したが、それは耕一君のいる会社だった。

「なるほど。それで思いついた。清水君は宮沢君に推薦するという手もある。再婚の話で清水君には失礼かもしれないが」

桂子さんはその大きな目をさらに何割か大きくした。

「まり子さんとの離婚が決まったんですか」

「決まったわけではないが、時間の問題だとまり子さんは言っていた」

「凧《たこ》上げの日にですか」

「そう、まり子さんと子供たちの凧上げについていった時にね」

話が佳境にはいったので、桂子さんはコーヒーを入れることにして、三輪さんにコーヒーの用意をするようにと言いつけた。

「理由は結局どういうことかしら」

「君も承知の通り、まり子さんという人は具体的な話をしない人で、謎《なぞ》めいたことばかり言っていた。宮沢君が本当の自分を見てくれない、自分を素通りして別の人を見ているようだとかね」

「耕一さんのせいにするんですか」と桂子さんは呆れたように言ったが、その別の人とはまさか私のことだとは言わなかったでしょうね、などと愚問を発するのは差控えた。「でもよくある話ではありますね」

「よくある話で、宮沢君は勝手に作ったまり子さんを見ているというわけだ」

桂子さんはこの抽象的な「よくある話」を信用しなかったので、『蓼喰う虫』の話をしてみた。

「あれは読んでない」と山田氏が言う。

そこで桂子さんがかいつまんで話の大要を説明する。今度は山田氏が信じられないと言う。

「生憎《あいにく》コロンビアは切らしております」と三輪さんが上目遣いに報告に来る。二人の話に好奇心を掻きたてられているかのような態度が見える。これは毎度のことなので、桂子さんは「それじゃモカでいいわ」と言って三輪さんを追い払う。「クリームは？」に、山田氏が「いらない」と言い、桂子さんは「入れます」と言う。

「それで」と桂子さんは抑えきれない笑いを洩らしながら三輪さんの背中を見やって声をひそめて言った。「私が想像を逞《たくま》しゅうするのに、まり子さんの阿曾氏とは、ひょっとして山田氏ではないかしら、ということなの」

「ひょっとしないね、今更」

山田氏はいささかむっとした様子で口を堅く閉じてしまった。冗談、冗談、と言うように桂子さんは肩をすくめて見せた。

「そうね、昔、京都へ行った頃ならともかく、今更、ということですね」

山田氏はそこで立ち上がって三輪さんに、「悪いけどコーヒーは僕の書斎の方に持ってきて下さい」

「お二つですか」と三輪さんがかぼそい少女のような声で訊きかえす。今度は桂子さんが声を大きくして、「勿論」と言った。

夫君のあとから廊下を歩く間、桂子さんは大きな背中を見ても、その持主が怒っているかどうかがよくわからない。多分怒っているのだろうということにして書斎についてはいると、夫君は妙にぎごちない調子で、「どうぞ」と肘掛《ひじかけ》椅子を指さした。

「ああいう話を食堂とか台所でするのは工合が悪い」

「御免なさい」と言って桂子さんは首をすくめた。それからまた立ち上がった。「コーヒーは私が持ってきます。あの人は料理人だから、女中の役をさせては悪いわ」

桂子さんは台所に行って、無表情で盆を用意している三輪さんに、「ホイップしたのはなかったかしら」と言って生クリームをホイップしたのに取替え、シナモンの棒も出してもらった。

あのあと、というのは山田氏と桂子さん、耕一君とまり子さんの二組が京都に行って相手を取替えることに成功したあとのことであるが、桂子さんの方は山田氏に一部始終を話してある。もっとも桂子さんと耕一君の間には夜を徹しての話と沈黙しかなかったので、その話の一部始終を伝えることが不可能である以上、山田氏への報告は完全とは言えないものだった。山田氏とまり子さんとの間であったことも桂子さんは京都から帰った夜の寝物語に詳しく聴いた。正確に言えば夫君の腕の中で聴いたのである。桂子さんの好奇心は生まれて以来最大の御馳走を味わった。桂子さんの方からも沢山質問する。夫君はそれに教室でのどんな質問に対する答えよりも懇切丁寧に答える。二人とも言葉を選び、どう表現すれば効果的に意が通じるかを考えながら言葉の綾取《あやと》りを続けるうちに夜が明けて鶏の声、鳩の声を聞いて、その朝も朝食のあとコーヒーを飲みながら桂子さんは寝物語の続きを聴いた。そして夜が来るとまた同じ話をねだる。これではまるで僕がシャハラザードだと言いながら夫君も新しい見方を探しては説明と分析と解釈と評価を試みる。

勿論、どんなに言葉を尽して語られても、桂子さんは夫君とまり子さんのそばにいて一部始終を目撃したわけではないから、想像するだけでは目に見るようにというわけにはいかない。言葉はどこまで行っても抽象的で、実物を見せるような工合には働いてくれないし、夫君がそういう言葉を使って精密な絵を描こうとすればするほど、桂子さんの頭の中にはクレーの絵のようなものが広がっていくだけである。その絵を二人してのぞきこみながら続ける質疑応答は

二人だけの暗号を使った極度に省略の多いもので、第三者が聞いてもわかるのは、

「大体、全部ヤッテミタ?」

「トテモ全部ハヤレナイ。セイゼイ三〇パーセント」

「Cモ?」

「勿論」

「抵抗ヲ排シテ?」

「ソレガ意外ナコトニ、無抵抗。トイウヨリ、Cニ関シテハヤヤ投ゲヤリ的ナトコロガアル」

「ソレ、ヨクワカラナイ。デ、Fハ?」

「シナイ」

「要求ハ?」

「シナカッタ」

といったくだりであるが、この種のわかりすぎることを詳しく書くのはその方面の専門家に譲ることにして、当時、夫君の報告の中で強い印象を残した部分を一つだけ挙げておく。それは次のようなくだりであった。

「君ニ比ベテ体ガ硬イネ。関節ノ柔ラカサガ足リナイ。コレハアノ場合、致命的ナ欠陥ニナルカモシレナイ」

この評言は妙に生々しく頭に残っていて、爾来《じらい》桂子さんはまり子さんを見るたびに、なるほど硬そうな体つきをしていると合点してはおかしくなるのである。

夫君はこうした寝物語がとぎれたところで、よく訊いた。

「トコロデ宮沢君トハ本当ニ駄目ダッタノ？」

これに対して桂子さんは次のように説明していた。

耕一君は桂子さんの中に大きな剃刀《かみそり》の刃が隠されていて、桂子さんの体のどこに唇をつけても、たちまち鋭利な刃が現れて唇を切り裂くような気がする。桂子さんにもそれがわかっていて耕一君に体をゆだねることができない。

「実ニバカバカシイヨウナコトナノ。最初ノ接触ガデキナイノ」

「ソノ刃物トイウノハ、ヤハリincestノ意識ナノカナ」

夫君は黙ってコーヒーを飲み、桂子さんはシナモンの棒でカップの中を掻きまわしている。

「それで、宮沢君とまり子さんの間は要と美佐子の間と同じになっていて、つまりもう子供が生まれることもないというわけだね」

夫君は天井の一角を仰いで何やら考える様子である。その点では自分たちも同じではないかと桂子さんは思ったが口には出さないでいた。すると夫君の方でそれを口に出したのである。

「まあ、われわれだって似たような状態だ」

「私たちの場合は目下神様をはさんで交戦中ですから」と桂子さんは強烈な内容のことをあっさりと言ってのけた。「それに三輪さんという汚い天使のこともありますし」

「われわれのことはともかくとして」と夫君もここはあっさりと会戦を避けて耕一君夫婦のことに話を戻した。「僕はまり子さんに阿曾氏がいるという説は採らない。まり子さんの性格から言って、ほかに恋人をつくるようなことはしないんじゃないかと思う」

「まり子さんの性格からと言っても、そこまでおわかりになるの」

「君よりは僕の方によくわかる機会があった。ああいうことがあると、包装紙をとった中身が見られる。勿論それで何もかもわかるということにはならないがね」

「余りしなやかでないとか」

「そう。どちらかと言えば、包装紙をとってみると多少失望させられるところがある。見掛けほどではないようなところがある」

「耕一さんにも同じような不満があるのかしら」

「不満はお互い様だろう」

「まり子さんも耕一さんについてそんなことを言ってたの」

「いや、昔の経験からする僕の判断だ」と夫君は慎重に言葉を選びながら言った。「カントによれば、啓蒙《けいもう》というのは人間が未成熟の状態から抜け出すことだそうだけれども、まり子さんの中身を知ってみて感じたのはその啓蒙が必要だということだった」

「なんでカントが出てくるのかと思ったらそういうことですか」と桂子さんは笑った。「それで、先生はその蒙を啓《ひら》いてあげたんですか」

「あの時はそのつもりで努力したが、成果のほどはわからないね」

山田氏はコーヒーの残りを飲みほすと腕を組んで目に笑いを浮べている。

「すると耕一さんもその後まり子さんの啓蒙には成功しなかったというわけね」

「両方が蒙を啓かなければ駄目さ。何やらの不一致の中には、啓蒙以前の未熟状態ということがあるかもしれないね」

「よくわかりました」と言って立ち上がると桂子さんは大袈裟にお辞儀をした。「今日は大変有意義なセミナーでした」

「どういたしまして」

「ところで、忙しくなるのは中旬からですか」

「ゴルフの翌日の月曜日からだね」

二月の中旬から三月の初めにかけて、例年山田氏は入学試験で家にいられる時間が少なくなる。桂子さんはその間に一つは自分のやりかけの翻訳を片付け、もう一つは父からの宿題になっている昼の飯後《はんご》を、夫君の大学の入学試験が始まってからやることにした。これにはクーパーさんという若い英国人を招んで、茶事のことなどを解説してやらなければならない。桂子さんは外国人向けに英文で書いたお茶やお華の解説書を用意したが、その後父君が一度会ったところによると、日本語はなかなか達者だということなので、当日の解説は父君と二人で間に合いそうである。

正月に大雪が降ったせいか、今年の二月は雪の降る気配もなく、余寒の厳しさも例年ほどではなくて、風のない穏やかな日が続いた。蠟梅のあとを受けて紅梅が咲き始める。庭に一本だけあるこの梅は詳しくは唐梅というらしいが、かなりの老樹である。桂子さんは毎朝庭を一巡して次に花を咲かせる木はどれかと点呼をとるような気持で見てまわることにしている。父君がむやみに木を植えたがるので、大概の花木は揃《そろ》っている。花桃もあるし沈丁花に辛夷《こぶし》に連翹《れんぎょう》、木瓜《ぼけ》、それに枝垂《しだれ》桜もある。

子供が学校と幼稚園に出かけたあと、桂子さんは例のアン・エリオットの小説を訳し、夜子供たちが寝たあとは本を読む。林さんの著作集の中で、『人類の病気』を始め、面白そうなのはほとんど読んでしまった。面白い本がない時はまた翻訳に移る。

山田氏が予告していたように、土曜日の午後清水満智子さんと鷲山陽子さんがやってきた時、桂子さんも出ていって陽子さんの作ったケーキを頂きながら、その翻訳の話をした。

「いいですね、結婚して、こんな立派なお家で暮して、悠々と翻訳を楽しむなんて、羨《うらや》ましいわ。一年間でいいからやってみたい」

陽子さんは黒い顔から白い歯をこぼしながらそう言って笑う。満智子さんの方はいくらか控え目に笑って、

「羨ましいのは翻訳の方じゃないんでしょう」と言う。

「勿論よ。正直に言って翻訳はしない方がいいです。こんな生活がしてみたいという虫のいいお話」

「鷲山さんは卒業したらすぐ結婚なさるおつもり?」と桂子さんが訊く。

「そこなんですよ。しばらくは面白いことをして気楽に過したいけど、いいチャンスがあれば、さっと前髪を摑んでしまおう、なんて考えてもいるんです。何しろこの御面相でしょう、余りぐずぐずと選《え》り好みしているとチャンスを逃がすんじゃないかと焦っちゃって」

「器量のことならちっとも悲観的になることはないわ。その時機が来たら漂白、脱色してごらんなさい、見違えるようになりますから」

「有難うございます。でももともと黒いんですから、ね」と陽子さんは満智子さんの同意を求める。「私たち、ウィスキー・コンビだなんて言われてるんです。Black & White ですって」

鷲山陽子さんは、自分はこれでも見掛けによらず家事は有能だからと売り込んで、いい方が

いたらお世話して下さいと言う。自分の苗字が嫌いで、早く別の姓に変りたいということが結婚を望む最大の理由だと冗談を言う。この日二人がやってきたのは卒業論文のことと就職の相談のためということで、それにしては少し出足が早いと桂子さんは思ったけれども、陽子さんの方は就職の相談に当るのが即ち結婚の相談というわけだった。

卒業論文の相談には自分が乗るわけにもいかないので夫君を残して引上げようとすると、清水満智子さんが桂子さんを呼びとめた。実は前から卒業論文にはジェーン・オースティンを選ぼうと思っていたけれども、最近その気持がぐらついて迷っているのだと言う。

「清水さんはこの間まで、消去法で消していくと、やっぱりオースティンしか残らないと言ってたようだが」と山田氏が不思議そうな顔をした。

「実はこの間、ある先輩の方から、奥様がかつてオースティンをおやりになったことを伺ったのです」と満智子さんは言いにくいことを敢えて言おうとする時の真面目な顔になった。「私はイギリスの小説の中でオースティンが一番好きだし、立派だと思いますし、卒業論文を書くならオースティンの小説の art と言うか、どうやってあのお人形ではない生きた人間を描くことができたのか、その秘密を考えてみたいと思っていました。ところが奥様がお書きになった論文のことを聞いて、とたんに shrink してしまいました」

「どうして?」と桂子さんはやや詰問する調子で訊きかえした。そんなのはおかしいではない

かという気持をこめたのが満智子さんにも伝わったらしく、

「自分でもどうかしてるとは思うんです」と満智子さんは説明した。「事務室の人の話でも、先生の奥様の論文は今でも先生方の語り種《ぐさ》になっているほどの見事なものだそうです。それに、提出すればまず先生に読まれます。そして比較されて、と思うとやっぱりshrinkせずにはいられません。負けずに頑張ってみようという気持も起らなくて、ここは避けて通った方がよさそう、誰かほかの作家にしようと、今考えているところです」

「あの時どんなことを書いたのか、もうすっかり忘れてしまいました」と言いながら桂子さんは顔を赤らめた。恐らく今では恥しくて読めないような幼稚なことが書いてあるだろうが、コピーは取ってあるので、観念して貸してあげてもいい、読んで安心した上でとりかかってもらえばいい、それに自分のはオースティンの小説のartの分析はやっていない、あなたには是非そちらの方をやっていただきたい。そんなことを桂子さんは話してから、夫君に助け舟を求めた。

「妙な伝説ができあがっていると聞いたけれど、本当ですか」と夫君は二人に訊いた。

二人の学生は顔を見合せたが、陽子さんの方が答えた。

「昔、山田先生のところでオースティンの卒論を書いた人は先生と結婚してしまった、それはすばらしい卒論で、決定版だから、もう山田先生のところでオースティンを書いてはいけない。

言ってみれば永久欠番だ、というような話です」

「巨人軍の十六番のようにですか」

「ええ」と満智子さんが少し赤くなってうなずいた。「下らないことだと思います。そんなことにこだわるのはもっと下らないことですけれど、やっぱり気になるものですから。単純に、一つ奮起してもっといいものを書いてやろうというような競争心は湧いてこないんです。かと言って別にこのことで深刻になっているわけでもありませんから、お気になさらないで下さい。そのうち結論を出します」

「私の方で永久欠番なんか返上するわ。下らないことは無視しておやりなさい。オースティンについて書いたら山田教授と結婚しなくてはならないというわけでもありませんし、下らないことを言う人には言わせておけばいいじゃありませんか」

満智子さんはまた少し赤くなって笑った。触れられたくないが触れられたくもあるというところに触れてしまったのかもしれないと桂子さんは思った。自分の先生と結婚するのはやはり尋常のことではなくて、思いがけない方面に後遺症を残すものらしい。

その夜、桂子さんはエリザベス・ボウエンやデイヴィド・セシルがオースティンについて書いた文章を読みかえしたり、『高慢と偏見』や『説得』を拾い読みしたりしてみたが、そのうち急に一つの結論が浮び上がってきた。アン・エリオットなるペンネームの作者が書いた『高慢と偏見』の後日談の形をとった小説は、所詮《しょせん》オースティンの小説とは比較にもならない代物である。この小説には人間の愚行を滑稽と見る視点がない。時に視点がエリザベスの視点と一致しすぎたり、妙な感情移入があったりする。その結果、人物の内面の詳しい解剖報告はあるが肝腎《かんじん》の人物は生きていないという近代小説の通弊に陥っている。ダーシーの浮気に対して今度はエリザベスが pride を発動し、そのエリザベスに対してダーシーがあれは愚かな嫉妬《しっと》の塊だという prejudice を抱くのはいいが、その解決が離婚ということになって、オースティン流にめでたしめでたしの結末になっていないのも気に入らない。ダーシーとエリザベスが近頃の人間のように簡単に離婚するだろうか。

と言う次第で、桂子さんはオースティンの小説に出来損いの近代小説を継ぎ木しようとするようなこの小説を訳す気がなくなったのである。そうと決まると、憑《つ》きものか肩の荷かがとれたような気分で、桂子さんは夜の黒い庭を見ながら伸びをした。

二月の下旬にはいって昼の飯後にクーパーさんとその恋人か婚約者らしい女性を含めて客を招き、クーパーさんたちが帰ったあとは宮沢氏と父君の会社の出版部長とが残って酒になった。丁度よい機会なので、桂子さんは出版部長の橘《たちばな》氏にアン・エリオットの翻訳はやる気がしなくなったことを話して変心を謝するとともに、代りの翻訳者を見つける件など、あとの措置についてお願いした。

「やりたい人はいくらでもいますよ」と宮沢氏が言った。「ただし適当な人となるときわめて稀《まれ》ですがね」

「それで困るのでしてね。でもその件は宮沢先生に適当な方を推薦していただくことにしましょう」

「桂子におかしな翻訳を出されるよりその方がいいね」と父君は笑った。

「まあひどいわ。こちらにも立派な英文科の教授がついてますから、誤訳は一ページに平均一つか二つで済みますよ」

「それなら罪が軽いがね。近頃はどこが誤訳だかわからなくて全体が意味不明、要するに新日本語の文章になっていて、無理に読んでいると頭がおかしくなるようなのがある」

「そんなことを言っていたら、何とか賞の審査委員などは全員頭がおかしくならなければいけないので」と橘氏が言うと、宮沢氏がすかさず、

「だから事実おかしいんでしょう」と言う。

「いえいえ、それが皆さん御無事でして」

「ということは、ああ、そういうことですか」

宮沢氏がわざと大袈裟に納得してみせるのを大笑いしたあと、父君が、そこは商売上の機微に触れることなのでその位にとどめましょうと言っているところへ、林さんが例の無間断の微

笑をお土産にして現れた。

「先程たまたまお電話差上げたら、お宅の方からいい匂いが漂ってきたもので」

林さんはそう言ってから桂子さんに目をとめて、「まずは桂子さんを一寸拝借」と廊下に連れ出した。

「早速ですが今日の用件を先に。この間話に出た、お宅の料理人を譲っていただけませんか。お宅の御迷惑にさえならなければ」

「別に迷惑にはなりませんわ。あとは料理人の意思次第です。話してみます」

「何分よろしく」と言って林さんは桂子さんの肩を軽く叩いた。

この日は十畳の客間の方なので、桂子さんは林さんのために座椅子をもう一つ用意した。昼間の茶事の時の着物のままである。三輪さんが頃合を見計らって料理をワゴンで運んでくると、桂子さんが受取って供する。こういう時、台所で三輪さんのような人が働いてくれるのはまことに有難い。三輪さんがいなくなると母君がまた台所に立つしかないが、西洋風のものを客に出すのは自信がないと言うので、その時は桂子さんが台所を受持つことになる。それでも三輪さんを円満に譲り渡すことができれば一寸《ちょっと》した快哉《かいさい》を叫びたい気持ではある。

林さんの横に坐ってお酌をしながら桂子さんは「いかがですか」と訊いてみた。

「これも例の料理人の作品ですか」と林さんは嬉しそうに笑った。「結構ですよ。私のところではフェルナン・ポワン風か何かの料理よりこういうのを主に作ってもらいましょう」

確かに、三輪さんの料理の中ではあの凝ったソースのかかった料理よりもありふれた酒の肴《さかな》の方が無難である。

「時にさっきのrewriteの話ですがね」と林さんは橘出版部長に向って話を続けた。「音楽の方では編曲ということがある。文学の方でもそれをやると大分よくなりますな。文章の拙《つたな》いのはどんどん書き直して、例えば島崎藤村原作、何某改作、『新生』といった工合にしてしまう。梶井基次郎など、名文ということになっているが、どんなものですかな。あれも何某添削でどんどん直していくともとの文章はほとんど残らなくなる。中には改作不能という代物もある」

「大変面白い」と橘氏が言う。この人は飲むとすぐに顔が赤く光りだす質《たち》である。「面白いんですが、そのrewriteを誰がやりますか。今の若い作家には勿論やれそうもない」

「童話作家ばかりだから」と宮沢氏が言う。

「まずその連中の書いているものをrewriteして普通の日本語にするのが先ではないかな」と、これは父君の意見である。

「ごもっとも。賞は御褒美《ほうび》として差上げるが、しかるべき人がrewriteした上で発表する」

「誰がrewriteしますか」

「それは橘さんや編集者の方の仕事ですよ」

「いや、とてもその任に耐えません」

「それほどひどいものですか、その原作の方は」と宮沢氏が言う。「まあ、若い人は新日本語で書くから、これを正調日本語に翻訳するんですな。翻訳者を養成して編集、つまりrewriteをやらせる」

「そこまで行けば」と林さんが楽しそうに笑いながらその説を敷衍《ふえん》した。「書き直すだけではなくて、ついでに未完のものはあとを続けて書いて完成してしまう。夏目漱石、何某共作、『明暗』とか、森鷗外、何某共作、『灰燼』とかね。終っている話でも、その後の主人公の話を書いてみると面白い。そういういたずらをする方が、評論、作家論と称して学生の卒業論文風の作文を書いたりするよりも余程有益ではありませんか」

この毒舌放談の宴が九時過ぎに終ると、桂子さんは台所の後片付けを手伝ってから三輪さんに林さんからの申込みを伝えて、応じてもらえないだろうかと頼んだ。病弱な奥さんと二人きりの林さんの生活を説明し、この家よりも林さんのところが三輪さんを必要としていること、それに家族が多くて子供がわがままを言うこの家よりも、あちらでは仕事は楽になり、量より質で気が済むまで料理の道が追求できることなどを桂子さんは強調した。

三輪さんはいつもの癖で、膝の上で手を組み、親指を糸車でも廻すように動かしながら聴いていたが、桂子さんの話が終ると、予想外の反応を示した。桂子さんはかなり悪い事態もありうると覚悟していたのである。

三輪さんはまず素直にうなずいて、その話は承知したと言ってから顔を伏せた。そのまま黙っているので、「三輪さん」と呼ぶと、この小柄なクラナッハの婦人は突然桂子さんに跳びつくようにして膝に顔を伏せた。声は出さないが、肩をふるわせて泣いているのである。小柄な少女が母親の膝にすがって泣いているような工合で、桂子さんは自分の狼狽《ろうばい》を鎮めようとして三輪さんの肉の薄い背中を撫でていた。そのうちに膝が熱くなり、やっと聞きとれた声は、「短い間でしたが本当にお世話になりました」と「いろいろ御迷惑をお掛けしました」といった意味のことを繰返している。「困ったわ、迷惑だなんて、そういうことはもう言いっこなしにしましょう」などと言いながら、桂子さんは人が泣くと簡単に感染して涙が出るのに困ったが、頭の半分ではこういうことから三輪さんの「治療行為」が始まるのではないかと用心は怠らないでいた。

結局のところ、三輪さんがなぜ泣いたかはよくわからないまま、この話は桂子さんの独断専行した通りに決まって、あとは静かなクラナッハの婦人に戻った三輪さんが三月の下旬に林さんの家に引越すまで、桂子さんたちは連日三輪さんの丹精こめた作品を賞味して過したのである。引越の日には学校が休みで家にいた子供たちがしきりに別れを惜しみ、貴君は一緒に行って手伝いをするなどと言って車の荷台からなかなか降りようとしない。智子さんはこれから時々遊びに行くからと言って三輪さんを困らせている。それで最後はとうとう涙を浮べて、この善良な魔女は桂子さんが呼んだタクシーで林さんの家に向った。

飼っていた犬がいなくなっても淋しいものなのに、あのおかしな人でも人間が一人減ると家族が減ったような気がする、というのが母君の感想であった。

この頃は砂埃《すなぼこり》を巻きあげて大風の吹く日もあるが、久しぶりに子供たちを連れて公園に出かけてみると、清明も間近で、さすがに日差しも暖かく、池のまわりの春の草を微風が撫でている。桂子さんは「細草微風の岸」という杜甫《とほ》の句を思い出した。しかしあれは旅夜月下の大江が出てくる詩であったような気がする。最後の句、「天地の一沙鷗」しか思い出せないまま、家に帰って子供たちとエクレアを食べていると、耕一君から電話があった。

「何か異変が起りましたか」

「まあそうだ」と耕一君は努めて平静な調子で話そうとしている。「それで一度会いたい。今度は僕が御馳走する。四月の最初の土曜日あたりはどうかしら」

「結構ですわ。それにしても何が起りましたの」と桂子さんは子供たちの好奇心を刺戟《しげき》しない受け答えをする。「とうとう結論が出たんですか」

「子供ができた」

誰の、とはしたないことを訊くのは控えて、桂子さんはとりあえず、

「それはそれは。何と申上げていいことやら。いずれ詳しい話を伺ってからにしましょう」と言っておいた。

耕一君もそのつもりらしく、会う場所を決めると電話を切った。

第九章　春陰煙雨

「春陰雨を成し易く」で、花の季節は今年も雨が多い。清明の頃は杜牧《とぼく》の七言絶句の通り雨紛紛だったが、それからようやく晴れて、耕一君と会う約束の日まで清明の字の感じにふさわしいお天気が続いたのに、耕一君の方に支障が生じてその日は駄目になり、改めて中旬以降の土曜日ということに変更された。その後はまた花曇りの日と雨の日ばかりで、桜の満開の日曜日も朝から空が低かった。この空模様ではどこかへ花見に出かけるのも億劫《おつくう》である。桂子さんは昼前に子供たちを連れて近くの大寺の桜を見に行った。数は十本ほどであるが、見事な紅普賢《べにふげん》と白普賢《しろふげん》で、ほかに鬱金《うこん》と糸桜も一株ずつある。子供たちのお目当ては花よりも出店で綿飴《わたあめ》や玩具《がんぐ》を買ってもらうことにあるので、賑かな人出のある公園の方に行きたがったが、桂子さんは花の下の雑踏を好まない。それに公園の桜は染井吉野ばかりである。

お寺の境内には人影が少ない。老人夫婦と若い恋人同士の幾組かが樹の下を歩いているだけで、子供の姿は見えない。こういう時こういう場所で桂子さんが子供たちに教えたくなることは極《き》まっていて、ここで出てくるのは「甃のうえ」である。すでに「菜の花や」に「愁いつつ」、「春眠不覚暁」や「千里鶯啼緑映紅」などとともに教えてあるので、二人ともこれは暗《あん》誦《しょう》できる。

智子さんは、「こういうことかしら」と言って、風が少し花を散らすのを見計らい、髪に花びらをとどめて石畳の上を澄まして歩いてみせる。桂子さんが笑って、「まるでファッション・ショーね」と言うと、智子さんはうなだれて、「今度は愁いつつ歩くわよ」と、すねたような歩き方をしてみせる。桂子さんと貴君が噴き出したので智子さんは本当にすねてしまった。

「そんなに笑うならお母さんが歩いてみせて」

「お母さんはおみなごじゃありませんもの。智子も着物に下駄で歩くと『甃のうえ』の感じになるわよ」

それから庫裡《くり》の前に出ている屋台で甘酒を一杯ずつ買った。貴君は不服そうで、

「たこ焼はやってないんですか」と訊く。

「生憎たこ焼もいか焼もやってないねえ」と屋台の小父さんが言う。「鯛焼《たいやき》ならお寺の前にあったんじゃないかな」

「あの鯛焼屋さんは歌がはやっている間だけやっていたの。去年つぶれて今はラーメン屋をやってるの」と智子さんが解説する。

三人で花の下の床几《しょうぎ》に移って甘酒を飲みながら、桂子さんは子供たちに一句詠んで御覧なさ

いとけしかけた。智子さんは日頃から物事に執着する子で、ある時興に乗って「古池や人が飛びこみ土左衛門」の調子で川柳をいくつもひねりだしたことがある。

「花びらを甘酒と一緒に飲みました」と貴君が指を折って数えながら言う。

「それじゃ俳句にならないでしょ。わたしなら、花びらを甘酒に浮べて飲みにけり。でも字余り」

花冷えの曇り空の下では熱い甘酒は有難かった。そこでふと桂子さんは甘酒という季題は冬だったかと迷って、子供たちの意見を徴すると、智子さんは、

「甘酒は冬でしょう、寒い時に飲むから」と答える。「去年の初詣の時にも飲んだわよ」

「それが冬ではなさそうね」と桂子さんはようやく思い出して言った。「甘酒は暑いさかりに飲むもので、夏の季題なの。甘酒を煮つつ雷聞ゆなり、という句があったわ」

ともかく子供たちが花と甘酒を一句にまとめたのを嘉《よ》しとして、曇り空から雨が落ちてこないうちに家に帰ろうと桂子さんは子供たちを急がせた。雨の日曜日の午後には濃いコーヒーと繊細な作りの洋菓子がいると思いついたので、なじみの店で洋菓子を買った。今年にはいってこの店の変ったところはと言えば主人がとうとう結婚したことで、近頃は若い奥さんの方が店に立っている。それに店の中には花が絶えず、壁紙もフィリッピンの貝殻でできた笠も綺麗で、見違えるほど瀟洒《しょうしゃ》な店になっている。こうして自分のまわりの人も事物も概してよい方に向う

のを桂子さんはこれまた嘉しとする。他人の幸福は自分の不幸、「隣の不幸は鴨《かも》の味」といった卑しい心の動きとは無縁の人間であるから、この洋菓子の店にも春とともに花の燈が点《とも》ったように見えることは桜の花盛りと同じに心を弾ませる種になる。

考えてみると、夫君は日曜日の日課で出掛けてそのままよそに廻るとかで家にはいない。その不在は括弧に入れて触れないことにしてあるが、格別苦にもならない。艶陽の時節、自分だけは心中に悩みを抱いて鬱々とするといったことが桂子さんには全然ないのである。

雨は三人が家に帰りつくのを待っていたように降りだした。遅めの昼食の準備にかかろうとしていると、母君がすでに台所で働いていて、「お父様が花見酒だそうですよ」と言う。

「こちらは私がやるからお相手の方を頼みますよ」

「関山《かんざん》の間ですね」

桂子さんは用意のできた料理を運んでいった。関山の間とは階下の六畳のことである。先の飯後《はんご》の日に宮沢氏や林さんたちの毒舌放談の宴に使った十畳の客間が池に面しているのに対して、こちらは掘炬燵《ほりごたつ》のある六畳で、八重咲きの関山が見える。子供の頃から「赤い桜」と呼んできた関山が今年は早めに咲きはじめている。

独酌で飲んでいた父君は桂子さんの顔を見ると、「信君は？」と訊いた。桂子さんは、「例のところからどこかに廻ったらしくて」と答えて、まず父君の横からお酌をした。

「影も月もなしの独酌ですか」

そう言って桂子さんは父君の前に坐り、盃《さかずき》をもらった。

「この雨では夜まで待っても月を邀《むか》えて影に対して三人と成ることもなさそうだね。しかし雨もいいじゃないか。清明の時節雨紛紛というのもあった。花があって雨があって日曜日の午後でゴルフもなく客もなく当分火急の用もない。こういうことは何年に一度もない。それで酒になる」

「肴はそれですか」

父君の手許《てもと》にあるのは自家用につくらせた支那《しな》の歴代詩選である。本邦のものも多少はいっている。紙にも造本にも父君の好みが行届いている。勿論非売の本であるが、これに要した費用については父君も外車一台分と答えたきり笑って詳しくは語らない。桂子さんも一冊もらっているので、その中から「春眠不覚暁」など数首を選び、漢字の練習を兼ねて智子さんに書かせている。この本の三百首の選については、三十年をかけたというだけに父君は相当な自信をもっているようである。

「外車もう二台分も出せば、しかるべき書家に頼んで楷書《かいしょ》で書いてもらったのを本にすることもできる。残念ながらそこまで道楽をする余裕は今のところないがね」

「楷書なら、やはり九成宮醴泉銘風にしますか」

「そうだね。歐陽詢《おうようじゅん》か。しかしこの本なら虞世南《ぐせいなん》で行きたい気もするね。いっそ隷書はどうだろうかと思って、この間書いてみた」

父君はそう言うと、五言絶句を十数首ほど隷書で書いたのを縮小したコピーで見せた。

「面白いわ」

「面白くはあるがね」

「この字は曹全碑《そうぜんのひ》を真似たんでしょう」

「こちらは礼器碑《らいきのひ》だ。どちらも余り自信はない。真似るなら清の鄧石如《とうせきじょ》あたりが無難だね」

「無責任なことを言わせていただけるなら、この曹全碑の字にして、いっそ白黒逆にして印刷してみたらどうかしら」

「何とも目の疲れる本になるね」

「会社の方から出してみたらいかがですか。国産の小型車位のお値段で」

「いずれそれ位の道楽がしてみたいね。うちも去年文学全集を止めてから体が軽くなったようですこぶる調子がいい」

「私のアドヴァイスが功を奏したでしょう」と笑ってから桂子さんは話題を変えた。

「いつぞやの別居の件ですけれど、当分は現状維持で行きたいと思います」

「そうかね」と父君もあっさり桂子さんに同調した。「私の考え過ぎだったかもしれないね。

正直なところ、私も今後老妻と二人きりのマンション住いというのは気が進まない。こうして関山を眺めて花見酒という楽しみもこれが最後になるわけで、実はさっきから、そうなるとどういう気分だろうかと想像していたところだった」

「そんな情ない想像をなさっては折角のお酒もまずくなるのに」と、桂子さんは努めて笑った。

「何事も無理に現状変革に走ることは考えない方がよさそうですよ」

「それじゃお前たちの方も無事にこのまま行くんだね」

「それとこれとはまた別です」

桂子さんは思わず目を見張って居住いを正すようにした。しかし目の中にはまだ笑いが残っている。

「そうかね。最近は緊張緩和の兆しが見えてきたように思ったが」と言いかけたところへ母君が酒と料理を運んできたので父君は黙った。

「信さんが帰ったらこちらにお呼びしますか」と母君が言う。

「声をかけて御覧」

桂子さんは母君が出ていくと急いでこの話の続きに戻った。

「根本的な事情はちっとも変っていません。あの人も私もこのまま変らないとすると、いずれ別れることになります」

「お前の方は変らないだろうね」

「変りません。いたって健康なものだから、あの人のかかっている病気にかかる気遣いはまったくないんです」

「キリスト病か。厄介な病気だね。最近は一種の贅沢病《ぜいたくびょう》で、本物の貧苦とも病苦ともおよそ縁のない人が、これでいいのだろうかと不安になってこの病気にかかる例が多いようだ。信君もその口だろう」

「キルケゴールだったかしら、洗礼を受けて教会へ行ってお祈りをする位で安心していては駄目で、いつも罪の意識に怯《おび》えながら神の前に立って不安神経症的に生きなければ本物ではない、なんてことを言っていましたよ。あの人も努めて病気にかかろうとしてめでたく病人になってしまったんです」

「そのうちに憑きものが落ちるだろうさ」

「と言うより、あの人の精神状態を見ていると、普通の人にはとても真似のできない、ヨガの奇怪な姿勢をとって得意になっているようなところがあるの。私の力位ではもとに戻りそうにもないの。自分であの哲学的ヨガの姿勢を解いてくれなければ」

「お前に対しても子供たちに対してもそれほどの実害はないだろう」

「奇怪な姿を見せられるのは大変な実害ですよ」

「笑っていればいいさ」

「おかしければ笑いますけど、グロテスクなのはどうも困ります。それにわらうはわらうでも嗤の方のわらうでは困ります。エリザベスがダーシーと結婚するつもりだと打明けた時に父親のベネット氏が驚いて、不釣合なのは駄目だ、尊敬できないような男では駄目だと警告するところがあるけれど、男が女に嗤《わら》われるようになってはおしまいでしょう」

「日本では亭主を本当に尊敬している女なんて例外中の例外だろう。賢婦は亭主を敬する如くに振舞って、腹の中では可愛い子供だと思っているさ。愚婦という奴は主人を見上げて尻尾を振る犬の如くに振舞うか、身の程知らずに亭主を嗤うかのどちらかだ」

「またまた耳の痛いことをうかがいまして」と、桂子さんは笑いながら頭の中では笑えないでいた。「私なんか賢婦にはなれそうにもありませんわ」

「もとの恩師を子供並みに見るようになるのは大変なことだ。まだまだ修業がいる」

その時、桂子さんの頭に閃《ひらめ》いたことがあった。『大和俗訓』にこういう文章がある。「世俗のかたり伝ふること、そらごと多し。ことごとく信ずべからず。ことにあやしきこと、多くはいつはりなり。神仏の奇特も、俗人のかたり伝ふることはそらごと多し。凡《およ》そ正法には奇怪なし」と益軒は言い、また、「あやしきことを耳にきくとも、目に見えざることの、たしかならざるをば、口にいふべからず。必ず虚説多し。人のみだりにかたりつたふる神変奇怪なることを、我も亦《また》かたれば、世につたはりて、人をまよはすこと多し。おろかなる人は、きくことにまよひていつはりを信じやすし」とも言う。実はこういうことは子供に当てはまるのではないかと桂子さんは思ったのである。世俗の人々の多くも、「おろかなる人」もその正体は子供であると考えればよい。子供は奇怪な言葉を喜んで信じたがる。目下夫君が拳拳服膺《けんけんふくよう》しているであろう聖なる書物にも奇怪な言葉が充満している。桂子さんの二人の子供たちも目下SFがかった奇怪な話ばかり出てくる漫画本に夢中になっている。

桂子さんがそういう感想を述べると父君は酩酊《めいてい》の顔でうなずいて、

「まあ、お前があの先生の母親になってあげれば先生の病気も治るさ」と言う。

「そう簡単に治るものでしょうか」と桂子さんもいい気分になってにこやかな懐疑主義者の顔で言う。

雨がまだ降りつづいている中でそこだけが明るい花の色を浮べているのは関山の徳である。やがて夕暮が近づいてもこの樹のまわりだけは暮れ残っていくようだった。

耕一君から連絡があっていよいよ会うことになった四月下旬の土曜日も朝から雨が降っていた。桂子さんは昼頃目の醒《さ》めるような朱色のレインコートを着て出かけ、耕一君の指定した店でコーヒーを飲みながら待っていると、やがて耕一君が現れ、待たせてあった車でそのまま郊外に向う。

「悪いけど、今日のところは少し遠いよ」

「どういうお店かしら」

「それが一口では説明できない。『桃花源記』の中にでも出てきそうな店だということにしておこう」

車は雨の中を静かに走り、桃花流水ではないが桜の花を浮かべて窅然《ようぜん》と流れ去る林間の疏水のようなところを通って銀杏《いちょう》や欅の大樹に囲まれた寺が見える高台に近づいていった。それからその寺の横を通って車が止まったのは立派な門構えの屋敷である。看板も何も出ていない。門の扉が開いて、そこを抜けると玄関に着くまでにはまだかなり走らなければならない。着物の女の人が三人ほど出迎えに現れて、そのうちの一人が桂子さんたちを案内した。長い渡り廊下の両側は見事な庭であるが、確かに桃花源記の別世界に迷いこんだような気分を起させる。これで鶏犬互いに鳴きかわす声でも聞えれば頭はそんな風に狂ってしまう。

座敷に通されると、そこは高台の一角を占めてかなり高いところに浮んでいることがわかった。南の方は大きな川に向って開け、川の向うはゆるやかな丘から山へと続いている。

桂子さんがこの料亭の名を訊《き》くと、耕一君は笑って、「名前はない」と答えた。

「本当にないの」

「ない。御主人の名前は無論あるから、それで呼べば返事はする」

「それでは不便だから、取敢えず無名庵《むみようあん》とでもしておきましょう」

「無名庵ね。これでも料亭だろうかと来るたびに変な気がする。といってもここに来るのはこれが二度目だ。勿論、しかるべき紹介がないと駄目で、第一ここにこの家があることも、ここが何をする家かもわからない。まあ、お金は取るようだから、料亭には違いないが」

外を見ると雨は煙のように降っていて、遠くの丘陵に建ち並ぶ高層住宅群は四百八十寺の多少の楼台に見立てられなくもない。

「今日はどんな御馳走が出るか楽しみだけど、この眺めだけでも大した御馳走ね」と桂子さんは耕一君の目に笑いを送った。

第十章　群蛙閤閤

襖《ふすま》があいて女の人が姿を現すと、「お風呂の用意ができております」と言う。そういうことだったのかと桂子さんは思ったが、しかしどういうことでも今日は耕一君の決めた趣向に従うつもりでいたので、桂子さんはその声で自然に立ち上がり、耕一君もそれに続いて、「御案内致します」と言う女の人について廊下に出る。その時桂子さんの頭は常ならざる時間と場所を通ったあとのような軽い痺《しび》れを覚えた。長い旅をして今はどこか遠いところ、例えば桃花源の高台にある旅宿にでもいる心地がする。地味な帯を見せて先に立つ女の人は旅館の女中さんのようでもある。そしてまず示されたのが桂子さんのための鏡台のある部屋で、その隣が耕一君のための部屋である。旅館と同じように浴衣の用意がある。ただ近頃の旅館の部屋とは様子が違って、普通の家の中の、泊り客のために用意された部屋といった感じである。つまり桂子さんの家の一角にあっても不思議でないような部屋である。

桂子さんは鏡台に向かって化粧を落すと、浴衣に着替えて浴室だと教えられた一室にはいる。ガラス戸をあけると、温泉旅館によくある風呂の様子で、湯気の立つ浴槽《よくそう》の中に勿論人の姿はない。大理石の浴槽に身を沈めて脚を伸ばすと、目の前にはいきなり、庭というよりも桃花源の田舎の風景が広がっている。春の雨がしきりに降っているのに、この別世界には雨中にも光を送ってくる太陽でもあるのか、あたりは妙に明るいのである。池のまわりは緑草茸茸《じょうじょう》として、気が付くと蛙《かえる》の声が騒がしい。実はこの庭に面した浴室のガラス戸が最初からあけはなしにされていたのも、この群蛙閣閣《ぐんあこうこう》の声を入れるためかもしれない。あるいは蛙声鬧《さわが》しい中へ思わず人の方がはいっていくことを期してのことだろうか。六如《りくによ》か誰かの七絶にそういうのがあったようだと桂子さんは湯の中で考える。するとこの雨の庭に続く温い池に身を沈めている自分もすでに蛙になっているのではないかという気がしてきたところへ、もう一匹の蛙が現れて、二匹は湯の中で肩を並べることになった。

「蛙になった気分だね」

「群蛙閣閣、徂春を送って鳴くのを止めないというのは六如上人だったかしら」

耕一君はその詩と人を共に知らないと言う。二人の話し声を合図にしたかのように蛙の声は止んだ。

「人間は黙っている方がよさそうだ」

「黙る前に」と桂子さんはいくらか声を低くして言った。「背中を流しましょうか」

桂子さんはかつて夫君の背中を流した経験がない。ないのは一緒に風呂にはいったこともないからで、夫君に限らず父君であれ妹たちであれ人と一緒に風呂にはいることを桂子さんは子供の頃から好まなかったのである。それを考えると不思議なことだと思いながら耕一君の背中を流し、次は耕一君に背中を流してもらったのも物心付いてから恐らくはじめての経験のようだと桂子さんは思う。そうやって相手の体に触り触られるうちに体の一部の変化を来たすところにも手が触れることになり、そのあとはなすべきことをなすのに言葉はいらない。儀式は式次第の通りに粛粛と進行するといった工合で、桂子さんが先に風呂から上がると、いつのまにか二人の部屋にはそれぞれ立派な蒲団が敷いてある。桂子さんは午後の雨の音を柔かい打楽器の音楽のように聴きながら横になっている。やがて耕一君が桂子さんのところにやってくる。

こういう時は時間の経つのが正確にはわからないもので、二人が歓を尽したあとで耕一君が障子をあけてみると、雨は上がって午後の薄日が差す庭に濡れた草木や落花が光っている。蛙の声に代って鳥の声が聞える。今度は山中にいる気分である。雨が止むとともに、山中のここだけが明るい花のある一角に禽声《きんせい》が集まったのだろうか。

「それにしても腹がへったね」と耕一君が言った。

「今日の御馳走というのはこれだけなの」

「いや、これからまたフルコースが出る」

「今度は本物の御馳走でしょうね。これ以上あなたの御馳走をいただくとおなかがからっぽになって草野心平の蛙みたいにせつなくなる。死んでしまう」

「少し時間をかけすぎたかな、披露宴の正餐《せいさん》みたいに」と言いながら耕一君は桂子さんの笑っている目をのぞきこむ。「そう言えば最近はどこでも披露宴が長くなって困る。この間もある披露宴に出たら土曜日の午後一杯かかった。御馳走の方はアントレまで来て、もうこれで結構だと思っていると、薄荷《はっか》入りのシャーベットか何かが出る。これが本来言うところのアントルメで、それからまた骨付きの鶏とサラダ、生菓子の方のアントルメ、果物と来て、やっとデミタス、なにしろこの間に新婦のお色直しが三回、新郎の方も一回、代議士二人とどこかの社長何人かのスピーチがある」

話の間に桂子さんの手が伸びて戯れると耕一君もそれに応えた。

「これは薄荷入りのシャーベット?」

「まさか。もうデミタスにしよう」

しばらくして桂子さんは起き上がった。

それで二人はもう一度風呂にはいって身仕度をすると、最初に通された部屋に戻った。大きな川とその向うに続く丘の眺められる部屋である。「多少楼台煙雨中」の景色は消えて、今は遠くに建ち並ぶ高層住宅の群れを春の夕日が照らしている。目を細めてそれを丘の上に生えそろった墓石の群れに見立てると、このありふれた風景が蜃気楼《しんきろう》のように見えてくる。その上に大きな虹でも懸かっていれば申分ないと思って桂子さんが目を凝らしているところへ先程の女の人が姿を現して煎茶《せんちゃ》を運んできた。目を伏せ気味にしているが、よく見ると目鼻立ちの整った洗いたてのような顔をした人である。脂粉を凝らすのを避けているらしい。目が合った時、「お風呂はいかがでございましたか」と言われたのに答えて桂子さんが「結構でした」と言い、蛙の声が賑かだったことを話すと、女の人は、

「今日は随分元気よく鳴いていたようでございますね」と言う。「この間から何百匹か放してあります」

「逃げませんか」

「逃げたのもいるようですけれど、外の世界は大変厳しいし、無事に川までたどり着きましたかどうか」

その声は思ったよりも若いので、桂子さんは改めて横顔を見て、この人が自分よりそれほど上ではないことを知った。

料理と酒が来た時、洗いたてのような顔が桂子さんの顔に近づいて、「お酌は奥様が？」と訊くので「はい」とうなずくと、女の人は象牙《ぞうげ》色の腕を見せて一杯だけ二人の盃に注いでから下がろうとしたが、盃を口に運んだ耕一君が驚いたように引留めた。

「これは何ですか。普通の酒ではない」

「お気に召しましたか」と女の人は嬉しそうに笑った。「最初にビールをお飲みになったお客様にはこれはお出ししないことにしております」

「林檎《りんご》畑を通ってきた風の匂いがする。それとも半輪の月を浮べて溶かしたような水と言うか、とにかく」と耕一君はもう一度口に含んでから言った。「これは酒の匂いがしなくていくらでも飲める」

「お米を玉のように磨いて、特別の水で特別に造ってたまたま見事にできたのだそうです」

「吟醸」と桂子さんが言った。

「バレリアン酸または何とか酸とアルコールとが一緒になってこの香を出すということに化学的にはなるとしても、これは珍しいものでしょう」

「ですからビールのあとでは勿体なくて」と女の人は二人の顔に微笑を送った。「お気に召したようですから、お土産に五合瓶を差上げます。ただしお一人様一本限りということで」

「それは有難う。実は一本ねだろうかと思っていた」

女の人が引込むと、桂子さんはここの御主人はどういう人かと耕一君に訊ねた。

「よくは知らない。会ったのは一度だけで」と耕一君は説明の言葉に窮したように考えてから続けた。「それほどの老人ではない。いや、ひょっとすると四十代の前半かもしれない。君も写真で見て知っているかもしれないが、昭和五年頃の谷崎潤一郎といった感じだよ。谷崎夫人の千代の兄の小林倉三郎という人が千代夫人の離婚の件で大阪の谷崎のところにやってきた時の印象を、『約八ヶ月振りで会った谷崎氏はすっかり風体が変っているのに驚いた、毬栗頭《いがぐり》となって地味な白絣《しろがすり》に角帯、それに黒の紗《しや》の羽織を着て、懐中から鉈豆煙管《なたまめぎせる》を取出して悠然と吸う様は、谷崎老先生と言いたい位だった』と書いている。ここの御主人もまあそういう風体だと思えばいい。もと何をしていた人だかわからないが、ここが料亭か旅館だとすると今はそれで食べていることになる。さっきの女の人はその奥さんの一人だろう」

「の一人、ですか」

「つまりここの御主人はpolygamicな生活をしているというわけだ」

「一寸《ちよつと》した怪人物ね」

「今日は出てこないが、ほかにももっと綺麗な人がいる。実はこの前に来た時、その人を見て、すぐ君のことを思い出した。どういうわけか、嵯峨野《さがの》を歩いた時の着物を着た君をね」

「それはまた古い話ですね」

「一昔前の話で、それから今までのことを思い出して検算をしてみると、君にはこの前のロアジスも含めて御馳走になりっぱなしでお返しを済ませてないことに気が付いた。それでここは例の怪人物に便宜を計ってもらうことにして、こういうことになった」

「ロアジスのは別として」と桂子さんは耕一君の目に複雑にゆらめく視線の触手を伸ばした。

「私がこれまでにどんな御馳走をしましたかしら」

「君の方はそのつもりでなくても、僕の方で勝手に贈物をもらっている」

「知らないうちに Je t'aime という怪電波でも発していたのかしら」

「僕の受信機にはその類の電波がよくはいってくるね」

「私の方は、強いて言えばこういうことになるわ。あなたは私にとって、それがあると思うだけで安心できるけれど絶対に手を付けることのない定期預金のようなものなの。絶対に手をつけないというところが大事よ。満期は私が死ぬ時。その時は全部下ろしてもっていく」

「そうだとすると随分頼もしい保障になっているようだけど、金額は一体いくら位かな」

「失礼ながら大した金額ではないの。三途の川の渡し賃位なの」

「何だか物哀《ものがな》しい話だね」

「そんなことはないわ」と桂子さんは強い声で言った。「通帳を開いて、ああこれがあると思うだけで何ともいえず嬉しくなるんですもの」

「なるほどね。ところが今日のことで君はその大事な定期預金を解約して全部使ったことになるんじゃないかな。僕の方はこれでおかしな受信機を壊してしまったつもりだ」

「そういうことになりますか。あとでゆっくり考えてみるわ。今は頭がからっぽで考えられない。でもその定期預金がなくなったのならなくなったで、それでもいいと思う」

「むずかしそうなお話ばかりなさってらっしゃいますね」と言いながらさっきの女が次の料理と酒を運んでくる。酒はよく冷えた備前の徳利にはいっている。

「定期預金がどれ位あったら安心できるかというつまらない話ですよ。あなたならいくらで安心できますか」と耕一君が尋ねる。

女の人は宙を見てしばらく思案したが、

「ゼロが八つか九つなら」と答えた。

「妥当なところだろうな」

「でもそれがなくては不安でたまらないということもありません。ゼロがいっそゼロでも、ほかに何かがあれば」

「実はその何かとは何だろうという話をしていたんです」と桂子さんが言った。「つまり誰かをその定期預金の代りにすることもできるんじゃないかというお話」

「神様を定期預金代りにしている人もいる」

耕一君がそう言いだした時には女の人は会釈をして廊下に消えていたので、桂子さんはそのことについていささか無遠慮な発言をした。

「キリスト教にはいる前の内村鑑三なんか、やおよろずの銀行、郵便局に預金をしないと心配でいられない人だったのが、ある時、キリスト銀行の強力な勧誘に遭って預金を一箇所にまとめたということでしょう。自分でも言っているけれど、やおよろずの神にいちいち礼拝するのは煩に耐えない、神様がたった一人に減ったおかげでお祈りの手間も大いに省けるってわけ」

「何を根拠にしてそのキリスト銀行だけが絶対安全だと思うのか、僕にはわからない」

「その普通の人にはわからないところを信じるのが信仰ということでしょうから」と言って桂子さんが耕一君の盃に吟醸の酒を充たすと、耕一君はお返しをして、

「話を戻すがね」と言う。「僕は依然として君の定期預金だろうか。ああいうことがあったあとで」

「それはまさか、これからはしょっちゅう引出して使う普通預金になるということじゃないでしょう」

「勿論さ。それでは僕たちは夫婦か愛人の関係になる」

「それで安心しましたけれど」と桂子さんは笑いながらも思案をめぐらす目をした。

「ところがお互いに、現金になって相手を使いつくして万事休した時は心中ということだってあるだろう。いや、これは冗談。それよりも、本当のところ、僕は君との関係を、通俗的に言えばすっかり清算したかったわけだ」

「人が聞くと誤解しますわよ」

「そう、喜んで誤解したがるね。ところが僕が言う清算すべきものとは、例えばincest tabooという奴もその一つだし、怪電波Je t'aimeや君の定期預金もそうだし」

「もう一つdouble adulteryは不倫だということもあるし」

「swappingならお互い様だからいいだろうというのも不倫説を前提にしているしね。僕としてはそういうややこしいものを一掃して、君と僕の間をただの男女の関係にしておきたかった。それが清算ということなので、そのためには今日の儀式が必要だった。それが今日までできなかったのは」

「あなたの方にそのincest tabooだか何だか、障碍《しようがい》になるものがあったからでしょう。ずるいようだけれど、私は受身だから、あなたがその障碍物を撤去して私のところへやってくるならいつでも、と思って待っていたわ。待ち焦れていた、とでも言えばまた誤解を招きそうね」

「僕は誤解しない。下ろすつもりのない定期預金というanalogyは実に正確だね。その定期預金は本当は下ろせないわけじゃない。逆に、ある意志が働けばいつでも解約できるものだ。それを妨げていたものは主としてincest tabooだったというわけではない」

耕一君は慎重に言葉を選んで話すうちに多少翻訳文を読む調子になった。桂子さんも釣られて、

「では主として妨げていたものは何ですか」と訊く。

「incest taboo を犯すことになるのではないかという妄想なら、今日の儀式がうまく行けば消えてなくなる。僕たちの父が同じであるかもしれないという妄想は今となっては事実を明らかにすることで退治する方法もない。だからそれがありえないということは僕たちの意志と行為で証明するしかない。ただし行為によるこの証明がうまく行くかどうかが問題で、これまでのところ僕にはそれがうまく行くという自信がなかった。主たる障碍というのは要するにそれだけのことさ」

「そういうことでしたか」

桂子さんは男なら破顔一笑と形容したい笑い方をした。

「ばかばかしい限りだね」

「ばかばかしいけれど、ごもっともな心配ではありますね。でも私の方は式の手順も充分心得ているし、あなたの意志の動きのままに動いていけますよ。どんな踊りにでも合せて踊れます」

「それが今日やっとわかった」と言って耕一君も笑った。「わかってしまえば、なんだ、こんなことだったのかということになる」

「よかったわ」と桂子さんは嬉しくなって声を弾ませた。本当に嬉しさが涙になって目を熱くしそうなほどだったので、桂子さんは目で合図をして耕一君と乾杯のしぐさをした。これで今日ここに来た甲斐《かい》があった、これこそ十年来の快事であり慶事であると、感激しやすい質の桂子さんはたちまち躁の状態に飛びこんでしまいそうになる。バレーボールの女子選手が得点するたびに集まって肩を抱き合って雀躍《じやくやく》するのと同じ気持である。そして今日のことが信じられないほどうまく行ったのは桂子さんの方の絶妙の協力があったおかげでもあることを誇りたい気もして、そのことを桂子さんが指摘すると、耕一君は「有難う、恐れ入りました」と大袈裟に頭を下げた。

「どうやら君を勝手に誤解していたことになる。そもそも君はああいうことには偏見かcynicismをもっていて、それがガラスの破片みたいに僕を刺すのではないかと思っていたわけだ。それでなくても君は元来あのことには余り熱心でないのかもしれない。そういう想像もしてみた。想像を重ねているうちに身動きができなくなる」

「そんな想像はまことにもって失礼じゃありませんか」と桂子さんは笑顔で言った。それから二人は顔を見合せて、いずれにしても二人がともにお上手で、それがお互いにとって贅を尽した御馳走であったのは慶《よろこ》ぶべきことだという意味でまた乾杯になる。

そこへ女の人が現れた。二人が嬉しそうにしているので女の人も感染して笑顔になり、耕一君の盃を受けた。

「最高の御馳走をいただいたあとはどういう気持になるものだろうか」

耕一君はどちらへともなく言った。

「勿論、またいただきたくなるでしょう」

女の人はこれを客の褒め言葉と聞いたのか軽く頭を下げて黙っている。

「またすぐにかい」

「明日にでもということではなくて、またいつかということで、それからはそのまたいつかを待ちながら日を送るようになりそうね。それは何年ののちにやって来てもいいけれど」

「年に一度は、ということにしておこう」

「七夕の夜に、ですか」

「その頃にはまた是非どうぞ」と女の人が言ったので、桂子さんと耕一君は二人だけにわかる笑い方をしてうなずいた。女の人は付け加えて、

「八月は毎年休ませていただくことになっていますけど」と言う。

「それでは七夕の夜が雨になったら悲劇だ」

「今日だって雨だったでしょう」と桂子さんが話題を転じた。「最初は清明、寒食の頃にしようという話だったけれど、来られなくなって、その頃も確か雨ばかりでしたわね。それで来られなくなったのも雨のせいのような気がしてきて、今年又雨に苦しむという言葉を思い出すと悲しくなったんです」

女の人が会釈をして下がる。

「七夕の話はよかったね」と耕一君が言う。「実を言えば年に一度というのがいいところで、僕にはTもMもそれ以上の余裕はない。Mの話をするが、ここへ来るには僕の一月分の給料がいる」

桂子さんは驚いて、

「これからはMが最大の障碍になるわけね」と言った。「私の方でも考えてみるわ」

「何しろここで御馳走を食べるのは寒食で済ますようなわけには行かない。今年又雨に苦しむは誰の詩？　王維かしら」

「蘇東坡《そとうば》よ。『黄州の寒食　二首』というのがあるの。我黄州に来れり自《よ》り、已《すで》に三たびの寒食を過せり、年年春を惜しまんと欲すれども、春去つて惜しむを入れず、今年又雨に苦しむ……あとは忘れたわ。雨勢来たりて已《や》まず、小屋漁舟の如し、濛濛《もうもう》たり水雲の裏……これは二首目」

「いい詩だね。今日のところはもっと雨が降ってこの川も丘も濛々としたまま暮れていった方がよかった。せっかくの雨が上がって、中途半端な夕暮れになってしまった。空気が黄色くなって家に燈《とも》が点りはじめるこの時刻が僕はわびしくて、一番いやだな」

「それではお酒もそろそろ終りにしましょうか」と桂子さんは言った。「こうやっていくらでも飲んでいられることがわかったけど、日がすっかり沈んでしまうまでは落着かない」

「余り遅くなると迷惑だろうしね。山田さんは君が僕と会うことを知ってるの」

「母に訊いたら母がそう言ってくれることになってるし、帰ってから私に訊けば私が言います。それで、迷惑になるようなことは何もないわ。帰りが遅いと言って怒るのは子供だけ」

「その山田さんのことだが」と耕一君は先を急ぐ調子になって言った。「この前ロアジスでは話さなかったことがあるので話しておこう。例の、去年ザルツブルクで会った時のこと、洗礼を受けた話をしたあとですっかり酔っぱらってしまうまでに、山田さんはほかの話もした。それが支離滅裂な話でね」

「まさか離婚のことではないでしょう、カトリックにはいって早々に」

「いや、それが離婚かつ再婚という話さ。山田さんの説によると、これは交換だから法律上の形式のことはともかくとして離婚にはならないという不思議な理窟《りくつ》だった」

「面白い話だわ。勿論、まり子さんと私の交換でしょう」

「それが一番うまく行く妙案だと山田さんは随分しつこく言っていた。その理由は、君にとっての僕は、兄で恋人でアンドロギュノスを二つに分けた分身だが、自分は夫でしかないこと、一方山田さんから見ればまり子は、自分ならば啓蒙できる女のように見えること、確かそんな風に説明していた」

「その、蒙を啓《ひら》くとはどういうことかしら」と桂子さんが言う。「キリスト病に感染させる見込があるということかしら」

「それもあるかもしれないが、山田さんが言おうとしたのは別のことだった。君は鷗外の『魚玄機』という短篇を知ってるかい」

「魚玄機という倡家《しょうか》の娘の女詩人が、李《り》とかいう金持の側室になって男女の交わりがうまく行かず、道家にはいってその道の修業をして一年余にして忽然《こつぜん》悟入する所があった、という話でしょう」

「そこまでわかっているならこちらの話も簡単になる。君はその忽然悟入する云々《うんぬん》の所に傍線でも引いて読んだらしいね。山田さんによると、蒙を啓かれた女というのは、中気真術《ちゅうきしんじゅつ》の修業をしたかどうかはともかく、その悟入する所あった女のことで、その点から言えばまり子は啓蒙以前の女だそうだ」

「あの頃のまり子さんは、でしょう」

「あの頃と言っても、山田さんがまり子を試験したのは例の時一度きりではないよ。数年にわたって少なくともこれ位は」と言って耕一君は片手を広げた。

「それは初耳でした」と桂子さんは興味津津の顔になった。「すると、その試験というのは年に一度の七夕方式だったのかしら」

「多分ね。京都で最初のことがあったあと、山田さんは僕にこう言った。『時々まり子さんをお借りしていいですか、一年に一回位』とね。それで僕は『まり子さえよければ結構ですよ、月に一度でも』と答えた覚えがある。勿論、まり子は山田さんと僕の間でこういう了解ができていることは知らないし、いちいち僕に断って山田さんと会ったわけでもない。とにかくそれが何回か続いたのちまり子の方からこれはもう中止したいと言ったらしい。それでまり子の状態はどうだったかと言えば、悟入以前の魚玄機と同じで、『吉士を懐《おも》うの情がないことはない。只それは蔓草《つるくさ》が木の幹に纏《まと》い附こうとするような心であって、房帷《ぼうい》の欲ではない』ということになる。山田さんは鷗外のこの文章を引いた。まり子さんはあなたに対してもそうかと山田さんが訊くので、そうだと答えた。僕との間でも房帷の事はうまく行ってなかった。そのうちに僕の方で房帷の欲まで失ってしまったという次第さ。すると山田さんは、自分ならまり子さんに対して啓蒙家になってみる欲が大いにあると言う」

「それは山田がまり子さんに惚れていたということかしら」

「そうではないと山田さんは言っていた。自分はまり子さんにとって必要な男になれそうだが、桂子は自分をかならずしも必要とはしていない、それに桂子はすでに『悟入』して『真に女子になって』いる、だからあなたともうまくやれるだろう。それが山田さんの話で、その中で君について言われたことが本当なのは今日わかったよ。しかしこの話は一切なかったことにしましょう、とあの時僕は言ったが、山田さんは、いやこれは真面目な提案だから検討してもらいたい、結論が出るまでに何年かかってもいい、と繰返し念を押していた。君ならどうする」

「私は交換の対象になる物件ですから」と桂子さんは少々皮肉な言い方をした。「でも検討に値する提案ではありますね」

「ロアジスで会った頃には、君の山田さんに対する宣戦布告のことも聞いたし、いつぞやの交換の件承知しましたといよいよ山田さんに申入れようかと考えていた」

「でもまり子さんに『蓼喰う虫』の阿曾氏に当たる人がいたのではその交換は成立たないでしょう、阿曾氏が山田でない限り」

「その通り。君が正月に家に来てくれた頃にはまり子に阿曾氏がいる、ただしそれは山田さんではないと思っていた」

「誰ですか」

「『魚玄機』を読み返していて気が付いたが、玄機が十五歳の『将《まさ》に開かんとする牡丹《ぼたん》の花のような少女』だった時にはじめて接して、以後詩の指導を受けることになった温《おん》という男がいる。玄機が十五の時すでに四十に達していた。僕は終始玄機の意中にあって玄機が求めていたのはこの温ではなかったかと推測するね。玄機は自分の求めるところを知らないまま、若い楽人陳某を愛人とする。この陳は玄機の閨心《けいしん》を慰める道具に過ぎない。だからこそ、緑翹《りよくぎよう》という婢《ひ》が主人の道具に手を出したことで玄機は怒り狂って緑翹を扼殺《やくさつ》した、と僕は解釈している。ところでその温に当る人がまり子にはいたんだ。以前、仕舞を習っていた人でね。まり子が七つの頃から出入りして、その人もまり子を可愛がっていた。十年ほど前に奥さんに死なれて、一人で暮している」

「それが阿曾氏だったの」

「いや、そうじゃなかった。阿曾氏は結局いないことがわかった。第一、その人はもう六十に近い人で、まり子の蒙を啓くべき立場にはない。まり子も異常なほど可愛がってもらったことに感謝しながら、本当は反撥している」

「おやおや。するとまり子さんがおかしくなったのはもっぱらあなたのせいだったということになるじゃありませんか」

「まあそういうことにしておいてもいいが」と耕一君は笑って肩をすくめた。「ただね、まり子は玄機のような、才智長《た》けて尋常ならざる女というわけではない。才はないくせに文学少女風、芸術少女風なのだ。これにはうんざりしている。しかし『吉士を懐うの情』を欠く女ではないので、房帷の事だけは何とか改善しようと、改めて真剣に努力する気になったわけだ」

「それでまり子さんと何とかの法を修しているうちに二度目のおめでたということにもなったわけね」

耕一君はうなずいてから、さらに付け加えた。

「そういうわけで啓蒙が大体成功を収めるに至ったのには、前にここの御主人とある人と三人で飲んで話した時に聞いたことが何かと役に立っている」

「特別の秘術でも教わったんですか」

「そんなものはないよ」と耕一君は笑った。「抽象的に言えば、啓蒙の意欲を起させるような一寸したヒントがあったということさ。あるいはこちらの心構えについてのヒントと言うべきかな」

「それを詳しく知りたいわ」

「あの時の学術的猥談《わいだん》を再現することはとても無理だ。何しろ林さんがはいっていたんだからね」

お茶が出たのでこの話はここまでとなった。

帰りの玄関には洗いたての顔の女の人のほかに三人ばかりの女の人が出て桂子さんたちを見送った。車の中で耕一君はもう一つだけ付け加えた。

「その時、御主人は実践派だから、言葉で説明するだけでは駄目だと言って奥さんの一人を呼んで、解剖実習よろしくその人を使って自説を説明してくれた。その女の人が君に似た美人で、見ているうちに頭が少し変になったよ」

桂子さんの頭も少なからず変になった。

車を待たせたまま耕一君に送られて玄関まで来ると、今帰ったところらしい夫君がいた。

「今日は桂子さんをお借りしました」と耕一君は挨拶した。

第十一章　五月清和

「二宮さんにコーヒーでも持ってこさせましょう」と言って立ち上がると、桂子さんは母屋の方に向かって二宮さんの名を呼んだ。丁度池をへだてた十畳の間に姿が見えたのである。桂子さんは「よろしかったら一緒に」と言い添えてから藤棚の下の白い椅子に戻った。白いテーブルの上にはLoebの赤い表紙の本が伏せておいてある。山田氏は指にボールペンをはさんだ右手を垂らしたまま、首を反らして五月の空を見ている。陰暦で言えば「四月清和」の気分で、光る風が庭を巡っている。山田氏は両手を頭の後で組んで若葉の匂う空気を吸いこむと、桂子さんの脚に目を移した。

「春から夏にかけて光沢がよくなるね」

それには答えずに、桂子さんは赤い本を手に取った。

「アウグスティヌスですか」と桂子さんは表紙を見た。*City of God*という英訳の題は前から気に入らないので、桂子さんは独り言のようにcivitas Deiと言った。

「本の題なら、*De Civitate Dei*だ」と夫君が訂正するように言う。

「全七巻。こんな長いものをお読みになるの」

「拾い読みさ」

「最後はどういうことになるの」

「終りのない国に到達することがわれわれの目的ではないか、ということになって、最後はアーメン、アーメンで終る」

桂子さんはcivitas Deiとcivitas terrenaが抗争して世界の終りについに後者が滅びるとか、キリストの再臨とか最後の審判とか、アウグスティヌスが精魂傾けて書いたことをすべて妄想とする。鼓腹撃壌して、神国何ぞ我にあらんやと言いたいところであるが、そう思った以上、今更口に出して言う必要もないので黙って本を夫君に返した。

二宮さんがコーヒーを運んでくる。生クリームはホイップしたのとしないのと二種類用意してあって、ホイップしたのにシナモンの棒を添えて、「はい、こちらは先生」と山田氏の前におく。桂子さんはコーヒーに砂糖を入れない。生クリームは、気分次第で入れたり入れなかったりする。今日は入れないことにしてクリームを二宮さんに廻した。

「私は砂糖を入れないと飲めない質で」と言いながら二宮さんは砂糖と生クリームを入れると、カップを持ち上げて「いただきます」と乾杯のしぐさをする。

四月の下旬から来てもらっている二宮さんは桂子さんの母君の女学校時代の同級生で、母君と同年とはとても見えないほど元気溌溂として、「元宝塚の男役というところだね」と父君が評したのが一番よく当っている。長身痩軀《そうく》の未亡人である。母君が電話を掛けて三輪さんのあとの人を探していることを話したら、この二宮さんが自分で手伝いに来ると言いだしたそうである。かなりの土地と家を持っているが、小遣にはいささか不自由しているので、うんと「高給」をはずんでくれるなら遊び半分に手伝ってあげてもいいと言った。母君が真に受けて、「おいくら位差上げればいいのかしら」と訊くと、二宮さんは「冗談、冗談」と笑い、「とにかく早速押掛けて行くわよ」と言って本当に翌日から通いで来るようになった。一ヶ月に二十日前後という約束で、「高給」の方は、父君に相談して大半を負担してもらうことにしたので実際に相当な高給をもって遇することができる。

二宮さんはあの「クラナッハの婦人」とは対蹠《たいせき》的な人で、体を動かすことを苦にせず、仕事が手早く、頭の回転も速くて、六十に近い婦人とは思えないほど明朗闊達《かったつ》に振舞っている。しかも余計なことを言わず、小事にこだわらない。余程頭のいい人に違いないと桂子さんは感心した。母君に訊いてみると、二宮さんは昔からそんな風で、何をやってもクラスで一番早くて出来がよかったと言う。子供たちはこの「元宝塚」風の二宮さんに最初恐れをなしていたが、面白くてやさしい人だということがわかると「二宮のおばさん」、略して「おばさん」と呼び、日頃余り遊んでくれない「おばあさま」よりも気軽に遊んでくれる二宮さんの方が断然人気を博するに至った。

「いいですね、このお庭は」と二宮さんは新緑と躑躅《つつじ》の庭を見渡しながら言った。「ああ、ここにも見事なものがぶら下がっている。でもね、この藤棚は別として、これで郭公《かっこう》でも鳴くと深山の一角でコーヒーを飲んでいる気分ですよ」

「二宮さんのお家にも確か立派なお庭がありましたわね」

「ここの十分の一にも足りませんよ。それに果樹や花木を欲張って植えすぎました。深山というより雑木林になりましたよ」

「うちの庭も随分欲張って花木を植えています。父も私も一年中花が絶えないようにと、気になるもので次々と植えて、御覧の通りの雑然とした庭になってしまいました」

「今思い出しましたけどね」と二宮さんは天を仰いで記憶を取りまとめてから言った。「この庭にいると、緑樹陰濃《こまや》かにして夏日長し、ですよ。それで、楼台影を倒《さかしま》にして池塘《ちとう》に入る。その池も、蓮を浮べてここにある。水晶簾《すだれ》はないけれど微風も起っている。あとは一架の薔薇《そうび》満院《まん》香《いんかんば》し、と来なくては。そう言えばさっきは客間の花を取替えて何を活けようかと思案していたところでした」

二宮さんはテーブルの上を片付けるとあっけにとられている桂子さんと山田氏を残して家の中に姿を消した。

「端倪すべからざるおばさんだね」

「大変な物知りで、それもいろんなことを正確に暗記しているの」と桂子さんも言った。「智子が言うことには、百人一首は勿論のこと、俳句も何百となく憶えていて、一寸した歳時記顔負けらしいの。この間は台所で教育勅語と般若心経《はんにやしんぎよう》を暗誦《あんしよう》して子供たちを笑わせていたわ。『神の国』はともかく、新約聖書位は暗記しているかもしれませんわよ」

「その方面の人でないことは今度は調査済みなんだろう」

この言い方は少々桂子さんの気に障った。調査まではしなかったけれども、母君には「三輪さんのような神様付きの人では困るから」と念を押して、母君の太鼓判は得てある。そのことを夫君に話してから桂子さんも付け加えた。「でも母だってあの二宮さんなら大丈夫と思っているだけで、本当はどうだかわかりませんよ。おっしゃる通り何しろ端倪すべからざる人だから」

「君だってそうじゃないか」

桂子さんは空とぼけることのできない質である。頭が神速に働くと、働いたことがその大きな目に顕《あら》われる。暗い所ならららんと光って見えるに違いない目であるが、明るい空の下では瞳が小さくなっている分だけ眼光はやわらかく見える。

「耕一さんと無名庵に行ったことですか」

「相変らず勘がいいね」

「昔から勘だけはいいんです。あの日のことでしたら何でも答えます。言葉で言えることでしたら何でも」

「別に訊きたいこともないが」と言いながら夫君は両手をまた頭の後で組んで、桂子さんの顔を見ずに天を見る姿勢を取った。「あの日、宮沢君が『今日は桂子さんをお借りしました』と挨拶した。『借りる』という言葉を僕が理解している意味で宮沢君も使っていたとしたら、何も訊くことはない。どうかしら」

「多分同じでしょう。あなたがいつか耕一さんに、『年に一回位まり子さんをお借りしていいですか』とおっしゃったのと同じ意味で耕一さんもその『借りる』という言葉を使ったのだと思います」

「貸すのはいいが、事後承諾というわけか」

「それをおっしゃると角が立ちますよ」

「勿論、角を立たせるつもりはないから、こうやって笑っているわけさ。苦笑という奴だな」

「自嘲《じちょう》でなければなお結構ですけど」と言いながら桂子さんは、最近夫君に対して眠りこんでいた闘志がにわかに湧き上がってくるのを覚えた。「でも、これからは事前にお断りして行きます。事後承諾はやっぱり変則ですから」

「届出制にしようというわけだね」

「許可制でなければ駄目なの？」

「向うではまり子さんの、こちらでは僕の同意があった上でやる方がいいだろう」

「二人で御馳走を食べに行くのにそんな滑稽な手続がいるようなら、いっそ止《や》めてしまうか、黙って行くかにします」

夫君はとまどった顔をして桂子さんを見る。桂子さんは夫君が「御馳走」の意味をとっさに理解しなかったことに気が付いて、笑いながら説明した。

「昔、まり子さんはあなたにレッスンを受けに来ていたのでしょうけれど、私は今更誰かにレッスンを受けることもないし、耕一さんと会えば御馳走になるだけです。お互いに、ということですから、耕一さんは耕一さんで私から御馳走になったと思っているんでしょう」

「なるほど」と言って夫君は溜息をついた。「御馳走とは羨ましいね。実は何年か前まで、君がいみじくも言った通り、まり子さんにレッスンをしたことがある。これは京都でのことの続きのつもりで、君には特に断らなかった。まり子さんと会ってレッスンをするのが楽しかったわけではない。ただ、妙な教師根性が出てきて、今度こそは生徒が上達してくるか、忽然悟入する所があるかと、その楽しみはあったようだ。しかし先生の方が未熟なのか、まり子さんに生来その才がないのか、どうしても成果があがらない。そのうちに二人ともレッスンには嫌気がさしてきた。そんな面白くも何ともないレッスンのことをいちいち君に断るのも癪《しゃく》な気がしているうちに、結局君には改まって言う機会を失ってしまった」

「お気の毒に」と桂子さんは言ったが、本当にその気持が動いたので、急いでこう付け加えた。「でも、まり子さんも昔のまり子さんにあらずで、耕一さんの話だと、近頃やっと啓蒙された女になったそうですよ。耕一さんは無名庵の主人や林さんとの学術的猥談と実地指導のおかげで蒙を啓く道士たるの術を身につけたのか、一念発起してまり子さんを指導する気になり、中気真術だか何だかの修業に励んだ結果、まり子さんは悟入に至ったのだそうです。そしてその副産物が二度目のおめでただということで、今、まり子さんたちは五月清和の気分ではないのかしら。それで、今年中は無理だとしても、今後のまり子さんならあなたに充分御馳走をしてくれることは請合いですよ。一度、あなたも御馳走してあげることにしたら」

山田氏は目を閉じて曖昧に唸《うな》るような声を発している。それからおもむろに口を開いて、「どうも今はそういう話に興味がもてなくてね」と言った。「前から言っている通り、僕は病気らしい。御馳走、御馳走と言われてもなぜか食欲が出てこない。こちらから御馳走する気力もない。宮沢君やまり子さんがいつぞやのことを御所望だとしても、そういうことで、僕にその気がないのだから、お断りしておいてもらおう。君は元気だから御馳走を食べてくれればいい」

桂子さんは夫君のこの言い方にすっかり毒気を抜かれたようになった。さっきの闘志もたちまちしぼんでしまった。

「そんなに元気がないのは、逆に、このところ御馳走を召上がらないせいではないかしら」

「召上がろうにも、御馳走は出ない」

これには桂子さんは一言もないので、小声で「すみません」と言った。

「君のせいではない。これは御馳走、御加餐《かさん》、御自愛で治るという病気でもないし、むしろそういうものを受付けないのがこの病気の特徴だ」

「私も一緒に病気になるか、それができないとなると私みたいな健康すぎる人間はそばにいなくなるか、どちらかにした方がよろしいのではないかしら」

「第三の方法もあるんじゃないかと思って毎朝走っているわけさ。ただしジョギング中毒にかかるつもりはない。健康法マニアになるつもりもない。体を動かしているうちに頭の中の靄《もや》が晴れて今日のお天気のようになればいいと思うがね」

「それで頭の中のお天気はいかがですか」

「花曇りのあとはそのまま五月雨になりそうだ。今日も空は快晴だが頭の中の太陽は暈《かさ》をかぶっている。しかし久しぶりに気分はいい方だから、アウグスティヌスを読み直してみようかと思ったんだ」

「アウグスティヌスでもトマス・アクィナスでもいいけど、こんないいお天気の日はティオ・

ぺぺでも飲みながらモーツァルトのピアノ・ソナタでも聴くのが一番じゃないかしら」

「僕も昔はモーツァルト一辺倒だったが、おかしなもので、病気になると病的な気分のものしか聴けなくなる。この間も智子が五四五番のハ長調を練習しているのを聴いて血圧が上がるような気分がした。いつか君がグレゴリオ聖歌を頽廃《たいはい》的だと言っていたが、確かに頽廃的で、それが一人でいる時には一番いい。大勢の死人の口から洩れてくる呪文に似ていて、あれを聴いていると全身が麻痺《まひ》してくる」

「そういう感じ方は、毎度うかがうことですけど私には理解を絶したことで」と言いながら桂子さんは、こんなことを言うのはこれでもう何度目だろうかと思った。「私はいやだと思ったらそのいやなものに快感を覚えるまでひたっているということはできないわ。嫌いな酒を我慢して飲んでみようとしても、酔う前に気分が悪くなって吐いてしまうようなものでしょうね。あなたのおっしゃる神とかキリストとか救済とかもその酒に当るのか、生理的に受付けないの。ただし本物のお酒の方なら近頃少しは飲めるようになりましたけどね」

「それは結構なことだが」と夫君は真面目な顔になって坐り直した。「宗教に関する限り、どうやら君も平均的な日本人で、宗教アルコール説か宗教トランキライザー説をとっているらしい。そしてそういうものを必要としないのが正常であると決めてかかっているらしい」

「『らしい』はいりません。その通りですから。ただ、私は異常な人間や病人がアルコールなり薬を求めることにはいたって寛容です。必要な方はどうぞ御自由に、御遠慮なく、という立場ですから。その代りこちらにも、その異常者や病人を嫌悪して遠ざける自由は確保しておかないと」

「君の仮説がそうであることはよく承知している。ところがもう一つそれとは正反対の仮説もあって、ひょっとするとこの方も同等の資格で成立つのではないか、という可能性を考えてみたことはないかしら。つまりこういう仮説だ。宗教はアルコールやトランキライザーのように脳のどこかに作用する物質ではないし、神とはそもそもその脳が目的をもって働くためには当然、脳が意識するかどうかには関係なく存在しなければならないものだということで、もしもこちらの仮説を採るなら、神を求める人間が異常とか病気とかいうことにはならず、神を求めることを知らない人間の方が致命的な病気をもった人間ということになる。不完全な人間でありながら自分に欠けているものがあることに気が付かない。それは完全なものがどこかにあることを最初から仮定せず、従ってそれを求めることも最初から放棄しているからだ。その大胆にして無謀な信念はどこから来るのかしら。単純な無知から来るか、思い上がりから来るか。君の場合は無知ということではないだろうから、ある種の思い上がりから来ているのかもしれない。その思い上がりは君の育った環境の産物ということになるだろうか。君は家族、財産、能力、容姿、健康と、どれをとっても恵まれすぎている位だ。言ってみれば君は堅牢《けんろう》な家に住んで安心しているようなものだ。ただ、その安心は君の家の見掛けの堅牢さに依存しているにすぎない。家は時とともに老朽化していくし、ある日突然の大地震でもろくも倒壊するかもしれない。つまり、相対的に恵まれた条件に依存して成立っているにすぎない平安や満足を、絶対的な充足であるかのように誤認して、自分を超える完全なものの存在に目を向けないのは、僕に言わせるとまことに大胆にして無謀ではないかということになる」

桂子さんは怒りを抑えて聴いているうちにそれが再び闘志の充実をもたらしたようで、かえって落着きを取戻した。夫君の長い話が終ってからも、補足したいことがあればどうぞというように、しばらく間をおいて相手の顔を見ていた。

「初めての本格的なお説教ということになりますね」と桂子さんは微笑を浮べた目で夫君を見ながら言った。「お説教に反論するなんて本当はいけないことでしょうけれど、私にも少し言わせていただきます。こういう議論の際は『です』調でないとやりにくいので改まるようですけど悪しからず。おっしゃるように、私は家族、財産、能力、容姿、健康その他、どれをとっても人並み以上に恵まれていると思います。そのことでは私も、誰に感謝していいかわかりませんけれど、つねづね感謝はしています。神様にしてもしようがないので、さしあたり親に感謝しています。運がよかったとも思います。本当はギリシアのモイラという神様に感謝すべきかもしれません。でもそれはそれとして、恵まれていることからある種の思い上がりが出てくると言われても、私にはどうにもならないことで、恒産のある人間はおのずからそれにふさわしい考え方をするものです。その特徴は恒産のない人間にはわからない自信というものではないかと思います。どんなことがあっても自分の人生は根本的にはうまく行くはずだと私は信じて疑ったことがないんです。親もきょうだいも財産も、いずれはこの世からなくなるもので当てにはならないものでしょうけれど、大事な人や物を失えばそれに代る大事な人や物をまた見つければいいのだし、それが私にはできるという自信のようなものは、あなたに言わせれば根拠のない思い上がりかしら。でも、今のところ私は自分のまわりのありふれたもので充分すぎると感謝していて、何か絶対的な保障になるものを求めなければ不安でいられないということもありません。そこがあなたと違うところです。あなたも私に劣らず、いろんなものに恵まれている方で、思い上がりついでに言いますけど、第一この私というまずは上等の部類に属する女がいるではありませんか。それは神様の代りにはならないとしても、人間の世界ではこの程度で満足していただかなければ。どんなに上等でも人間では駄目で、やっぱり神様かお化けが必要だというのは、病気でないとすればそれこそ私のとは別の種類の思い上がりではないかしら」

「君は人間以上のものを認めたがらないようだが、人間とはそんなに立派なものかね。人間を無条件に、つまり神というテコの支点なしに、愛することができるのかしら」

「私が、ですか」

「そうだ。君は本当は徹底した人間嫌いではないかと思う」

「それは違いますね」と否定してから桂子さんは、ここはニーチェの説を援用しないわけにはいかないと思った。「人間一般を愛するか嫌悪するかと言われても私には答えようがありませんわ。立派な人間なら好きになりますし、劣悪で駄目な人間なら嫌悪したり軽蔑《けいべつ》したりすることになるでしょう。これはニーチェが言っていたように、gut と schlecht の区別の問題で、この区別に従って人間を差別して見ることは貴族の道徳に属します。それで例えば、心身の病弱な人間は出来のよくない schlecht な人間で、そういう人がキリスト教ウイルスにも感染しやすいばかりでなく、感染する必要さえあるのでしょう。ところがその種の schlecht な人間が中心になって、人間は本来悪しきものであるなどと言いだすのが私には以前から気に入らないんです。『悪しき』が schlecht のことなら、人間が本来 schlecht だなんて言い方はおかしい。それでその人たちは『悪しき』を『邪悪』つまり böse ということにすりかえてしまう。ニーチェに言わせると、この『人間は böse なり』という観念を発明したのがキリスト教で、だからそれは奴隷の道徳だ、賤民《せんみん》の道徳だとニーチェは怒っていたのでしょう。この点では私もニーチェの弟子ですから、人間邪悪説とか人間堕落説は採らずに、『人さまざま説』を採ります。そして私自身は schlecht の方だとは思いませんから、同じ程度の人間なら好きになったり興味を抱いたりしますけど、そうでない人間とはなるべくお付合いしないようにします。それを人間嫌いのように御覧になっては困ります。人間を生まれながらにして罪あるもの、böse なる存在、という風に見たがるキリスト教こそ人間嫌いという病気の元祖じゃありませんか」

「そこのところで君の考え方とは根本的に違ってくることになるね」と夫君は意外に冷静な様子で言った。「君は人間の世界は人間だけで事が足りるという人間教を信じている。大概はその仮説を真なりとしておけば間に合うだろうが、本当にそれで大丈夫かしら」

「大丈夫か大丈夫でないかはわかりませんけど、昔どこかの国の人が天が落ちてくるのを心配したのを見習っても仕方がないでしょう。本当に天が崩れ落ちる時はいくら心配したところでどうにもなるわけではないし、そんなことより毎日の生活をきちんとして、家の壁や天井が落ちないように気を配ることの方が大切ではありませんか。その心配を真面目にしない人が、不安で生きていけそうもないと言って神様を発明したり磔《はりつけ》になった人間に縋ったりするのは不真面目の上塗りじゃありませんか」

「神を持出すのが気に喰わないなら、人間の世界にとどまって考えてもいい。君は人間の中の誰かを絶対帰依の対象にするということは考えられないのかな」

「考えられません。と言うよりその絶対の帰依ということがわかりません。大体、私は素直に人を尊敬することも知らない人間らしいですね。それでも、立派な人間には一目おきます。大切にもします。好きにもなります。でもイエスとその弟子との関係のようなのはわかりません。宗教にはいっていく道にはまずある人間に帰依するという門があって、そこをくぐらなければならないのだとすると、それだけで私はその道とは縁のない人間だということになりますね。誰かに絶対の愛を捧げるとか、絶対の尊敬を捧げるとか、人はよくそんな表現を平気で使いますけど、私は不逞《ふてい》の人間ですから、およそそういうことはできないんです」

「言ってみれば君は漱石の『明暗』のお延とお秀のうち、お秀に与《くみ》するわけだね」

「自分ではお延も好きな人間のつもりですけれど」

「両方とも驚くほど頭のいい女で、君の言う上等の部類に属する女だろう。ただ、お延は『絶対の愛』なるものを求めてやまないが、お秀の方は schlecht なものを排して相対的に gut な秩序を維持していくことしか求めていない。その点は君と同じタイプだと思う」

「確かに、ある評論家が『絶対の愛』などということを言っていて、お延がそのために夫の津田を完全に所有せずにはやまない『我執』に凝りかたまっているのは何やら近代的な女らしい明確な意志を表わしていて結構だ、みたいな話でしたけれど、そういう解釈は見当外れではありませんかしら。お延が津田を完全に所有したと思いたいのは愛というより自尊心のためでしょう。その評論家も含めて、男の人は女の自尊心を理解しない傾向があります。いいえ、むしろ理解しまいとする、と言った方が正確です。これは勿論先生にも当てはまることですからね。

この警告は無視しないで下さい。先生がさっさと洗礼を受けたのだって、何よりもまず私の自尊心にふれることなんですから。お延の場合もそうで、なるほどお延は理想的な恋愛をして結婚したつもりかもしれませんけど、そんな錯覚が若気の至りにすぎなかったことはいずれ思い知るはずです。今のところお延は津田を完全に所有することで自分の自尊心は納得するだろうと思っています。でも、津田は本当にお延ほどの女が完全な所有を求めて齷齪《あくせく》するに値する男ですか。勿体ぶって利口そうに見えるインテリですけれど、実は俗物というより愚物ではありませんか。不誠実だ利己的だと、道徳的に非難する以前に、もともと余り頭のよくない男ではありませんか。その評論家は、お延もお秀や津田に劣る知力の持主ではないと言っていたようですが、とんでもない。まるで見当違いで、お延の方が津田よりも数段頭がいいんです。ですからこのお延の自尊心が瀕死の重傷を負うのは、津田に絶対の愛を求めて得られなかったり津田を完全に所有することに失敗したりした時ではなくて、津田が完全な所有などには値しないschlechtな男だったという事実を認めなければならなくなった時でしょうね。要するに津田に愛想をつかした時がお延の危機だということで、すべてはお延の自尊心の問題です。これを避けて見まいとするために、女の愛だとか嫉妬《しっと》だとか、男の評論家はお極まりの文句を使いたがりますけど、笑止千万ではありませんか。津田はお延からもお秀からも、また清子からも最後は愛想をつかされる男だと思います。この三人の女の中では勿論お延の痛手が一番大きいはずで、清子がすぐに津田の正体を見抜いて津田を買わなかったのに対して、お延はともかく一度は津田を買って恋をしてしまった。その自尊心の痛手をどうやって癒すかが問題ですけど、お延のような頭のいい女にしてこういう失策は避けられなかったという点で、私はお延には大いに同情するのです」

そこまで話した時、当然のことながら桂子さんは自分の立場がお延の立場と重なるのを感じて、にわかに内臓を抜かれるような衝撃を受けた。お延はなぜ津田なんかに惚れて一緒になったのかという疑問は、そのまま、自分はなぜ山田を上等の男と見て結婚したのだろうかという疑問であった。翻訳すれば、これは山田氏が余り頭のよくない人間ではないか、少なくとも自分よりは、という疑問で、桂子さんはこれまでこの一点には決して触れないようにと、無意識のうちに努めてきたのである。今思わずこの急所に触れたことは、桂子さんにとっては山田氏の入信の話を聞かされた時の数倍の衝撃になった。しばらくの間、桂子さんの頭は停電して空白の状態にあった。

しかし気が付いた時、夫君の方には桂子さんのこの衝撃の重大さに感応している気配はなく、そこには、津田は津田、自分は自分という、いささかも自信の揺らいだ様子のない顔があったことはむしろ桂子さんには有難かった。この瞬間、桂子さんは夫君の鈍感さを嗤《わら》うよりも、底知れないおめでたさを愛でたい気持になった。無邪気な子供に似た男を徹底的に軽蔑するか愛するかは紙一重であるが、桂子さんの秤《はかり》はその紙一枚の差で後者に傾いたのである。この結果は桂子さんの自尊心をめぐる厄介な問題を棚上げするためにも都合のよいものであった。

桂子さんがそう思って安心していると、山田氏はおもむろに言った。

「なるほど、その解釈は面白い。僕も賛成する。ところで、そうなるとあの『明暗』の続きを書き足して完成するのに、君ならどうするかね。お延は自分より明らかに schlecht な津田に愛想をつかして別れるか、それとも大賢婦となって津田の母親代りを勤めるか。君がお延ならどちらを採るだろう」

「そうね」と桂子さんは困って言葉を濁した。

「そうねとはどうなんだ？」

「ノー・コメントということです。そんな質問はしないで下さい」

「僕が津田だったらお延の子供になるという解決を選ぶ。ただし僕は津田ではない」

「お延と清子を交換するという道だって考えられるでしょう。実際にできるかどうかは別として」

それに対しては夫君の方がノー・コメントで話が途切れた時に、丁度二宮さんが桂子さんを呼びに来た。

「水入らずで御歓談中のところを申訳ありませんがね」と二宮さんは笑いながら桂子さんに言

った。「智子さんが帰ってきてピアノのお稽古を始めたけど、バッハの何とかのトリルだかフリルだかの弾き方がわからないんですって」

二宮さんは母屋の方へ歩きながら、桂子さんが夫君と仲睦《むつ》まじく談笑して週末の午後を過していたのが羨ましいと言った。

「いいえ、お世辞じゃありませんよ。私なんか、亡くなった亭主と十分とまとまった話をしたことなんてなかったわ」

「メシ、フロ、ネルの口ですか」

「まあね。もっとも私の方は相手がひとこと言うと、構わず好きなだけしゃべりましたけどね。でもね、大学教授御夫妻ともなると、やっぱり違いますわ」

「楽しそうに話していたように見えましたか」

「まさか、あれで口喧嘩しているとは見えませんよ」

「そばでお聴きになったら、恐しく深刻な揉め事だったかもしれないわ」

桂子さんは笑いながらそう言うと、智子さんのピアノの練習室に上がって行った。

間もなく電話があって、二宮さんの呼ぶ声がする。出てみると例の無間断の微笑の主が「林です」と名乗る。受話器からもその微笑が洩れてきそうな工合で、桂子さんはすっかり楽しくなったが、電話の用件は明日の昼、桂子さんと食事をしようという誘いである。

「一寸《ちよつと》お願いしたいことがありましてね。いや、お願いと言っても気が重くなるようなことでは全然ないので、安心していらっしゃい。邪魔者抜きで」

桂子さんは笑いながら電話を切ると、午後の光の衰えはじめた庭に、その邪魔者と言われた人の姿が身動きもせずに残っているのを見た。赤い表紙の *De Civitate Dei* を熱心に読んでいるようである。

第十二章　緑陰幽草

よく晴れた土曜日の正午には少し間があって、蔦《つた》の這う石塀《いしべい》に沿って坂を上っていくと、両側から差しかわす樹の陰が濃い。薄暑の道から緑陰にはいったところにロアジスの門がある。鉄門の横の大樹は今大輪の花を付けている泰山木《たいざんぼく》で、その花の香りを吸いこみながら桂子さんは「大輪の花さく寺の薄暑かな」の句を思い浮べた。それから玄関の鏡に映った自分の顔がわずかに上気しているのを見て頭に浮んだのが「訪ずれし少女賢き薄暑かな」で、これは「薄暑」では大好きな句である。一瞬鏡の中を横切ったのは自分とも思えぬ少女の顔であったような気がして桂子さんは心が軽く浮きたつのを覚えた。

林さんは先に来ていて、窓際のテーブルから元気よく片手を上げた。桂子さんが薄暑をまとって飛びこんできた少女なら、嬉しそうに迎えた林さんは白い髪の少年といったところだろうか。

時候の挨拶の中で桂子さんは薄暑と少女の句のことを言った。

「これが八月なら『炎天を来て燦然《さんぜん》と美人たり』ということになる。あなたのような方が顔をまっかにして来れば『燦然』でしょうな」

「顔から火を噴くなんてみっともない」と桂子さんは笑った。「だから真夏の昼間に出歩いて人を訪ねる時は本当に困るんです」

「それは来られる方も困る。『熱客を嘲《あざけ》る』ということがあるでしょう。『熱行は宜しく呵《とが》めるべし』です」

シェフの星野さんが現れた。桂子さんは林さんに紹介してから、例の三輪さんが今は林さんのところでポール・ボキューズ風の料理を作っているという話を星野さんにした。

「ゆうべも sole braisée à la ciboulette とかいう作品を鑑賞させられましたが、実に有難いものでした」

「浅葱《あさつき》のソースのですね」と星野さんは顔をゆるめた。「ただ、素人の方はどうしても凝りすぎる傾向がありますね」

「料理の労作は叶《かな》わない。ところで今日は口直しに芸術家の手にならざる sole を頂きましょう」

星野さんは舌びらめの料理を二つ推薦してくれたので二人はそれを註文《ちゆうもん》した。林さんは註文が終ると無間断の微笑を桂子さんに向けて、

「山田さんとの決着はつきましたか」と言う。

「戦線は膠着《こうちゃく》状態といったところで、どちらが優勢とも言えません。休戦協定も成立しそうにありません。でも私が負けることはありませんから、いずれ向うが負けるか、戦争中止、さようならということになります。この間もミッドウェーの海戦さながらの激戦がありました。敵の損害は軽微ならざる模様で、目下civitas Deiなんかを読んで戦力補給中ですわ」

「何だか血湧き肉躍る大戦争のようじゃありませんか。ともかく、あなたの武運長久を祈って」と林さんはグラスを上げた。「Batard-Montrachetです」

「誰かが、膝まずいてでなければ飲めないと言ったのがこれですか」

「ただのMontrachetなら、ですがね。これはまあ腰掛けて飲めるでしょう。前にお父さんからLouis LatourのMontrachetを頂戴した時は押頂いて飲みました」

「父が抱えこんでいる中には確か、そのBatardではないMontrachetがありました。今度お越しいただいた時に吐き出させます」

「きっとChassagne-Montrachetですな。そうと聞いたからには近いうちに参上しましょう。その時には去年から抱えこんでいるChâteau d'Yquemを持参します。俊太郎が去年学会であちらへ行った時に膝に抱いて帰ったやつですが、一人では飲む気になれないでいた」

「それでは蝦《えび》で鯛《たい》を釣ることになりそうですね」と桂子さんは笑い、それから話は自然に俊太郎さんのことに移った。林さんの離婚した夫人の方の姓を名乗っているので森俊太郎氏であるが、桂子さんはまだ会ったこともないのにいつの間にか俊太郎さんで押通すようになっていた。林さんを前にして森さんでは落着きが悪いのである。

「お察しかもしれませんが今日いらしていただいたのは」と林さんは目を細めて顔中を皺《しわ》にする笑い方をした。「つまりその、俊太郎の縁談のことで御相談に乗っていただこうというわけでしてね」

「いつぞやは私も候補者に加えていただいたようで光栄でしたけど」

「いや、あなたのことはもう諦めて候補者から外しました。その代りにいい候補者を推薦していただこうと思いついた次第で、我れながらこれは名案ですな。何しろ山田さんは現役、卒業生を問わず、豊富な供給源を握っていらっしゃる」

「ゼミの卒業生がざっと百五十人、三年生と四年生の指導学生が三十人位はいるはずです」

「その中から、桂子さんと山田さんが一致してこれはいいと思うのがいたら推薦していただきたい」

「それはいいのですけれど」と桂子さんは少し真面目な顔になった。「俊太郎さんは神父さんの資格をおもちで、結婚はなさらない方のように父からは聞いていましたので」

「それが最近とうとうそうではなくなって、大学も別のところに移りました。棄教などという言葉は気恥しくて使えないが、私どもが昔使っていた言葉で言えば要するに転向でしょうな。

プロテスタントからカトリックに転向、それからもう一度俗人に再転向というわけです。俊太郎が言うのには、自分は結局あaいう世界へスパイになって潜入していたようなものだった、スパイなら必要充分な情報を取った以上いつまでもそこに残っていたって仕方がないということで、最近は原始仏教の方面を調べている」

「でも俊太郎さんの場合は誰のための agent だったんでしょう。スパイなら誰かのために働くはずですから。そう言えば明治の頃には宗教スパイというのがあったそうですね。東京基督《キリスト》教会の創立者の一人になった人物が実は坊さんで、政府から月給を貰っていた異宗捜索諜者《ちょうじゃ》だったという話をどこかで読んだことがあります」

「その話、私もつい最近俊太郎から聞いたばかりですが、なかなか面白い発想ですな。もっともソ連あたりでは別に珍しいことではないのかもしれない。KGBの人間が反体制派の非合法組織の元締になってせっせと地下出版物を流しては、それを読んだ奴を摘発するという手が使える。ところで、俊太郎の場合ですが、あれは勿論坊主の agent になっていたわけではないし、政府のスパイでもない。ひょっとするとこの私の agent を知らず知らずのうちにつとめていたんじゃないか。『無神論の歴史』にしても『人類の病気』にしても、私のキリスト教攻撃は、病気というものがついにわからない人間が、あんなもの、わかってたまるかと腹を立てて、なぜこんな病気があって人はなぜこの病気にかかるのかを究明してやろうというところから来ている。ところが俊太郎は自分で病気にかかって病気を知ろうとした。このしつこさにはいささか同調しがたいものがありますが、そういうところは母親の方の遺伝でしょうな。しかし結果は私の方の遺伝子が優勢だったのか、病気にかかってみた上で免疫ができたことになる。つまりあれはハビアンの切支丹批判よりは敵に密着した戦闘ができます。その点はマルクスをやっていて転向した人の場合と同じです。連中は敵の神学の言葉を使って敵を攻撃することができる。このやり方は言うなればスパイの破壊活動ですな。私にはこの真似はできない。敵に化けて、敵の言葉を使って刺したり刺されたりするといういくさは私には向いてない」

「その点は私も同じだと思います。山田の城の中まで侵入して白兵戦をする気にはなれません」

「あなたも遠くからミサイルを発射して城を破壊しようとする口ですな。敵を殺傷したり敵を洗脳したりする必要はない。実際は城が破壊されてまる裸になると、敵は進んで降伏してくるものです。私は九十九パーセントまで唯物論者だからそう思っていますがね」

「城だか砦《とりで》だかがなくなったらもはやこれまでと自殺する人もいるのではありませんか」

「それは普通の人間の場合で、城なり家なり家族なりを失った時に自殺しかねないのが正常な人間。ところが神が取憑《とりつ》いて人間ならざるものに変じた人間はもはや自殺しない。切り刻まれても死なない。連中は神とともに不滅ですな。何しろ、あの種の宗教はもともと人間の中から自殺を指令する遺伝子を排除することを主たる任務としていた」

桂子さんは林さんのこの説を聴いて多少頭が混乱した。ローマや日本で見られたキリスト教徒の大量殉教はどうなるのだろうか。あれはどう見ても自殺的な行為ではないだろうか。

「その問題はあちらでコニャックでも飲みながら話すことにして」と言いながら林さんは皿の料理を指した。「結構ですな。何よりも軽いのがよろしい。三輪さんも新傾向のフランス料理について一つの観念だけはもっているようですが、あの人は残念ながら本当はわかっていない。ポール・ボキューズの大きな本がありましたね、何でしたっけ」

「*La cuisine du marché* ですか」

「それです。ボキューズに言わせると、料理は marché で旬《しゅん》の最高の材料を見つけてくることが基本だそうだが、それがわかったということはあちらの料理も本邦並みの文明の水準に達したことになる。ところで、marché で売って人に食わせる料理とはどういうものだろうか。つまり玄人がこういうところで客に出す料理です。成金目当ての重たくて押付けがましい豪華版は論外として、玄人が作る当り前の料理というものには素人には真似のできない軽さがなければいけない。それはどこから来るか……」

珍しく桂子さんの答を待つ様子だったので桂子さんは自分の経験に照して思いつくことを言った。

「肝腎《かんじん》のところで手早いからではありませんかしら。シナの料理だと特にそれがはっきりしていますけど」

「そう、目にも止まらぬ早業で処理ができるほどの腕ですな。残念なことに我が家の料理人にはその腕と体力がない。それから、これも大事なことですが、玄人の料理の軽さは妙な愛情などこめないで確かな技術で作られることにある。そうでしょう、あなた、愛妻が愛情をこめてこねまわした料理なんて、胃にもたれて食えないじゃありませんか」

「三輪さんのは執念もこもっているようで」と桂子さんは恐縮しながら言った。「胃袋も毎日さぞ苦闘していることと思います。申訳ありませんわ」

「そこは御心配なく。うちではちゃんと教育しています。普通の料理を雑に手早く作ることをね。この速く雑にがうちの女中の流儀です」

それから話は三輪さんのことになる。林さんは仔羊《こひつじ》の背肉のソテーにバジル・ソースのかかったのを食べ、桂子さんは鮑《あわび》のサラダを食べながら、あの「クラナッハの婦人」について観察したところを述べあったが、桂子さんの方からは山田氏に施した「治療行為」以外のことは大体話した。林さんの説はこうである。三輪さんが必要としているのは神様でもイエス様でもなくて家族であり家庭であり、それから福祉国家が提供しようとしているもろもろの物質的な庇《ひ》護《ご》なのではないか。「人が生くるはパンや家や家族のみに由《よ》るにあらず」などと言ってはいけない。人はまずパンがなければ生きられないのである。パンがなくても「神の口より出ずる凡ての言に由」って生きられるかのように説くのは危険な思想であると言わなければならない。人間はパンの延長線上になおいろいろのものを必要とする。家族や友人や、その延長線上にも大勢の人間を必要として、会社や政府、そして当節、何か面倒を見てくれる時以外は余り評判のよくない国家などというものも出てくる。その辺で最後にしておけば大概のことは間に合うのに、「人はパンのみにて生くるにあらず」などと言う連中は、そのパンから国家までをとばして、civitas Dei へと飛躍する。

「それであのクラナッハの婦人もそうですが、神様だとかイエス様だとか言っている人はそのすっとばしたものの分だけ貧困なんですな。物心両面で貧困な人間こそ、幸いなるかな、救済の対象、つまりああいう宗教のお得意先だということです。人が貧乏になることを待望している宗教がもう一つありますが、どちらも甚だ悪質だと言うほかない。貧しき者にはパンを、病める者には薬石を。これを抜きにして神の口から出た言葉やマルクスの頭に湧《わ》いた革命を与えようとするのは貧民につけこむ危険思想だと言うのです」

「でもあの三輪さんには、パンはともかく、家族も家庭も用意してあげるわけにはいかないでしょう」

「家族まではね。あの人は親も子も兄弟もいない未亡人です。今からでは子供もつくれない。

子供がいない家族は本当の家族とは言いません。ただ結婚すれば家庭はつくれる。それで目下あの人の再婚の相手を物色しているところですよ」

「本人は承知するでしょうか」

「しますとも。よろしくお願いしますと頼まれている位ですからな」

「俊太郎さんも同じですか」

「そうです」と林さんは照れたような微笑を浮べた。「自分から虫のいい註文を付けて頼んできました。あいつに物を頼まれたのは、考えてみるとこれが最初のようで」

中庭に面した談話室に移ると、その中庭の様子がすっかり変っているのに桂子さんは目を見張った。この前見た時は白砂を敷き、低い土塀があってその向うに寒椿《かんつばき》が並んで咲いていた。その落花が白砂を血のように染めていた。あの時は寒樹依微の師走の土曜日の午後で、桂子さんと耕一君のほかは談話室に人はいなかったが、今日は円卓を囲んで何やら議論をしている四、五人の男が桂子さんと林さんの方を見る。そのうちの誰かを知っているらしく、林さんの方から軽く手を上げて挨拶する。桂子さんは林さんを案内するようにしてこの前のように庭の方を向いた椅子に坐る。点々と赤い落花に染まっていた白砂が、今は庭の一角のプラタナスの大樹の陰に染まり、土塀に沿って夏の草が勢よく背を伸ばしている。晴れた空から舞い下りた風が庭を巡って部屋にはいってくる。

「晴日暖風麦気を生ず、でしたかしら。そして、緑陰幽草花時に勝れり」

林さんは緑を帯びて光る風にコニャックのグラスをかざして見ながら、

「陸游《りくゆう》あたりですか」と言った。

「王安石《おうあんせき》だったと思います」

「ああ、北宋《ほくそう》の方でしたか。よく知っていますね」

「父の三百選の中にはいっているものですから。暇な時にその季節のものを拾って読むんです」

「お父さんの好みからすると宋の詩が割に多いでしょう。あの人は酒を飲む癖に、詩の方はお茶のようなのがお好きらしい。あなたもですか」

「はい。これから雨が多くなると、朝から降っている雨、夜の雨、真夜中の音だけの雨、いろんな雨に合せて雨の降っている詩を読むのが楽しみです」

「確かに、雨は時間が流れていくのを感じさせてくれる。こういう閑談には、本当は快晴の日より雨の日がいいですな。この前私のところに来ていただいた時は大雪を見て飲みながらの閑談でしたが、今度は雨を見てやることにしましょう。その時は俊太郎も呼んでおきます」

知人と会ったせいか、林さんはここで長く閑談を続ける気持がなくなったように見えた。その知人らしい人に目礼をすると、林さんは玄関の方へ歩きながら小声で言った。

「あそこにいたのも自殺しそうにないしぶとい男ですよ。不滅なるものを信じていましてね。そうそう、さっきのあなたの話。殉教が自殺でないのは、他人に殺してもらえばその不滅なるものに身を投ずることができるという仕掛けになっているからです。弾圧して殺す方はむしろ利用されているわけでしてね」

その夜桂子さんは久しぶりに夫君の書斎にはいっていった。

「今日、林さんにロアジスで御馳走になりました」

「ロアジス？」

この店のことは前に話してあったはずであるが夫君は覚えていないようである。桂子さんはそのことは無視して、

「そこで林さんから頼まれたことがあるんです」と続けた。「俊太郎さんにお嫁さんが欲しいんですって」

「あの森さんが結婚するの」

夫君は驚きの色を隠さなかったが、同時にそれが自分に何の関係があるのかと防御の姿勢をとっている。

「誰かいい人を紹介してもらえないかというお話。林さんは、私たちなら供給源が豊富だろう

と見てらっしゃるの」

「その気になればね」

「その気になって下さい。卒業生にはいないかしら」

「卒業生となると、今ではMissを付けるかMrs.を付けるかわからないのもいてね。紹介するなら現役の方がいいだろう」

「私も実はその方がいいと思います」

「でも別に急ぐ話ではないだろう」

「こういう話は急いだ方がいいんじゃありませんか」

自分たちが離婚するようなことになればそれどころではなくなるのだから、という深謀遠慮も桂子さんには働いている。それで早速桂子さんは先日も訪ねてきた「二人組」のことを言ってみた。それに対して夫君は、

「鷲山君ならいいかもしれないね」とだけ答えた。

「清水満智子さんもいいじゃありませんか。あの人、頭もよさそうだし」

「成績はほとんど優ばかりだ。しかし本人にすぐ結婚する意思があるかどうか」

少々強引だとは思ったが、桂子さんはまずこの二人を候補者に含めて、なお他にも考えてみることにしようということで夫君を納得させた。

「コーヒーでも入れましょうか」

「鉄観音の方がいい」と夫君は言った。

第十三章　細雨空濛

梅雨の晴れ間を狙って塩原《しおばら》へでも行こうかという話が、子供たちにはいつのまにか約束のようにとられていて、この約束を果たすのに桂子さんは頭を痛めていた。考えてみると、智子さんの学校があるのだから、土曜日の午後から出かけて日曜日には帰ってこなければならない。塩原でも日光でも夕方やっと宿に着いての一泊では出かける気になれない。土曜日になると智子さんも貴君もそれぞれの友だちを大勢連れてきて、広い庭や家の中で賑《にぎ》やかに遊んでいる。温泉行きのことは忘れるか諦めるかしたのだろうと安心しかけていたが、実はそうではないことがわかった。

「雨ばかり降ってつまらないから、今度の土曜日にはやっぱり塩原へ行きましょうよ」と智子さんが口火を切る。

「僕、お母さんが言ってた窓のすぐ外を川が流れているお風呂にはいりたい。それからプールみたいなお風呂で泳ぎたい」

「三十八度位のぬるい温泉もいいわ。何時間でもはいっていられるんでしょう」

「二人ともじいさんばあさんみたいに温泉にはいりたがって、変な子」などと言いながら桂子さんは、この分では温泉行きのことは本気で考えなければ済まないだろうと観念して、自分で調べ始めた。吾妻《あがつま》川沿いにも笛吹川の上流にもこの雨の時節に一度行ってみたい温泉はあるが、土曜日の午後に二時間ほどで行けるところとなるとまず見当らない。

しかし思いがけないところから助け舟というものは現れることがあって、耕一君から例の「七夕の逢引き」のことで電話があった時、頭を痛めている話をすると、耕一君は、それなら無名庵の別業はどうだろうかと言った。

「御主人の別邸の一つが確か秋川の奥の方にある。温泉でないのと普通の旅館らしくないのが智子ちゃんたちの御註文には合わないかもしれないが、風呂の外は谷川で、空林人を見ずというところにあるらしい。よかったら御主人に電話で話しておく」ということなので、桂子さんはその件は耕一君に任せることにして、

「七夕の方の話はもう少し待って下さい。家庭の事情もあって多少調整が必要ですから。あなたの御都合のよろしい日はうかがったから、調整がうまく行き次第、こちらで予約しておきます。無名庵の電話番号は?」

「これから秋川の別邸のことを話してみるから、そうすれば早速向うから連絡してくるよ」

それはその通りで、翌日無名庵の林と名乗る人物から電話があった。声を聞いた瞬間、この

林氏があの林啓三郎さんとどこか似た声の持主のように思われたので、桂子さんはあの林さんが声の調子を変えて悪戯《いたずら》の電話を掛けてきたのかと迷ったほどである。しかしそうでないことがわかると、自分でも知らずに犯していた悪事がにわかに露顕に及んでその悪事に直面させられたような気分に襲われた。

相手は、先日は生憎《あいにく》他用で留守にしていて、と失礼を詫びる挨拶をしたのち、特に桂子さんに会えなかったのは残念だったと言う。

「桂子さんのことは兄からよくうかがっておりますので」

これはやはり林さんの弟に当る人物であるとしか考えられない。今になって耕一さんも林さんも人が悪いと恨んでみても後の祭で、桂子さんは自分が世間の正常な運行から外れたところで回っている渦巻きに巻きこまれたことを知った。この感覚には覚えがある。かつてはふぢのさんという女主人を得て、桂子さんの父君と母君、耕一君の父君と母君とが常軌を逸した輪舞を踊っていた。桂子さんと耕一君は大人の秘密を嗅ぎまわる子供の探偵気取りでいるうちに、自分たちも踊りの輪に巻きこまれた経験がある。夫君と結婚する前の一年間はその奇妙なめまいの感覚とともに過ぎたのだった。

しかし桂子さんは船が出たあとでくよくよすることのない質で、またその船の中でいかに奇怪な舞踏会が催されようと、平然としてうまく踊ってみせる自信と度胸がある。知られる予定になかったことをあの林さんにもこの林さんにも知られたとしても、逆にこれからはこちらが知るつもりでなかったことを知らされることがあるとしても、騒いだり逃げだしたりすることはない。それで桂子さんの声が最初から明るいのを、無名庵主人の林さんも当然の如く受取って、何度か会ったことのある人のように自然な話し方をする。

「私の家には商売用の名前が実はない。桂子さんにはいい名前をつけていただいたので、今後は桂子さんの前では家の方も私の方も『無名庵』で通すことにしましょう。林よりはこの方が気が利いています。ところで、秋川の家は御期待に添えるように手配しますが、詳しいことは明日にでも女の一人を御説明に参上させます。それからお父様にもよろしく。お父様には勿論無名庵ではないさる場所で二、三度お目にかかったことがありますが、ゆっくりお話したことはないので、そのうちに一献差上げたい。いずれにしても秋川の方にはお父様も是非一緒にいらっしゃるようにお誘いしてみて下さい。余り広くはありませんが、十人位ならお世話できますから」

その翌日、無名庵の者ですがと言ってやってきたのは先日の群蛙閤閤《ぐんあこうこう》の午後の桂子さんたちの係りの女の人だった。あの時の洗いたてのような顔とは違って、今は洋服を着ているのに合せて化粧も濃い。またそれに合せてしゃべり方も、どこかの会社から派遣されて訪問してくる大学出の若い女性などと共通した感じになっている。桂子さんはこの人に対する推定年齢をあの時よりもさらに引下げて、自分よりも下かも知れないと思った。お茶を持ってきた二宮さんを引留めて一緒に話を聞くことにしたのは、この秋川行きには二宮さんも誘うつもりでいたからである。

「おじいさま、おばあさまもいらっしゃるんですか」と二宮さんは言う。「それなら私がお邪魔しない方がよろしいわね」

「父と母も多分行くことになると思いますけど、そんなに大袈裟に考えていただかない方がいいわ。どうせ子供の我儘《わがまま》をいい口実にして大人も一晩気分を変えに行くだけなんですから」

「それじゃ遠慮なくお伴させていただくことにしましょう。何しろ招待旅行と名のつくのは何年か前に香港へ御招待というのを断って、これが初めてですから」

「すると全部で七名様になりますね。当日は一時頃に私共の車を二台こちらにお廻し致します」

「何だか桃源郷行きのお迎えのようですね、至れり尽せりで」と言って二宮さんが引っこんだところで桂子さんは無名庵の女の人に「七夕の夜」のための予約の話をした。相手は手帳を出して控えながら、

「宮沢様と御一緒でいらっしゃいますね」と確かめてから、別に意味ありげという風でもなく素直に微笑した。「七夕の夜が雨でも、ですね」

あの時の桂子さんと耕一君のやりとりを覚えている様子である。

「雨が降れば相手を替えるかもしれませんが、かならず伺います」

「この間の吟醸のお酒はその頃にはなくなっていると思いますので、近くのビール工場から生きたビールを取寄せてお待ちしております」

その夜父君が帰ってきたところで、無名庵の別業に出かける話をしてみると、父君は細雨と空林と渓流の音といった組合せには気持を動かした様子だったが、無名庵やその主人なる人物については多少の説明を要した。

「電話帳にもお役所の帳簿にも載っていない料亭と旅館を兼ねたようなところかしら。御主人の林さんとはまだお会いしたことがないけれど、聞くところによるとポリガミストだそうです」

「何だい、それは?」と父君が訊きかえすと、一緒にコーヒーを飲んでいた山田氏がその英語の意味を教えなければならない教師の立場にあることに気が付いて、

「強いて言えば一夫多妻主義の実践者ということになりますか」と口をはさんだ。

「ああ、ポリガミーか」と父君は言葉については納得したが、しかしその穏かならざる主義を実践しているという人物については少なからず好奇心をそそられたらしい。「面白いと言うべきか、薄気味が悪いと言うべきか、とにかく怪人物ではあるね」

「御存じありませんかしら。昨日の電話の話しぶりでは林さんの弟さんに当る方のようでしたわよ。林さんには弟さんがいらしたの？」

「ああ、あれか」と父君は複雑な顔をして腕を組んだ。「林さんが海坊主と呼んでいた怪物のことだろう」

「お付合いするのはまずいような方ですか。海坊主さんの方ではお父様に一献差上げたいという口ぶりでしたけど」

「それは大変結構だがね。正確に言えば元海坊主で、今では毒気も妖気も抜け切ってしまったそうだ。その証拠が優雅なポリガミーの生活だろう。それに想像を絶するほどの億万長者らしい。何をしてそれだけ儲けたのか、不気味と言えばその点かもしれないね」

「今でも多額納税者の名前が発表される時になると、かならず名前が出てきて週刊誌あたりでひとしきり評判になったあと、また翌年まで忘れられる人ですよ。林龍太、十年前までは右翼と政界を結ぶところにいて何やら凄味のある動きをする人物だということになっていましたが、最近はそういう方面とはすっかり縁を切って悠悠自適の生活だとか言われていますね」

「そういうことらしい」と父君もうなずいたが、浮世離れのした山田氏がその程度のことでも知っているのが意外だったと見えて、そのうなずき方もいつになく大きかった。「政治にも見切りをつけたということかな。以前は林さんの前で龍太という名前を出すことはタブーだったが、最近はそうでもなさそうだ。林さんの評によると、龍太氏も海坊主の干物になってしまったと言う」

「干物ならもう大丈夫でしょうか」と桂子さんが訊ねると、父君は肩をすくめた。

「干物の方が味がいいとも言えるし匂いが強烈だとも言える」

「今度は万が一海坊主の干物が出てきたとしても、そのお相手はお父様たちにお任せすることにして、私たちは子供相手の一家団欒《だんらん》に専念させていただきますから」

桂子さんは耕一君から聞いた林さん兄弟の実習付き学術的猥談《わいだん》のことは勿論夫君にも父君にも話していない。数年前なら夫君も父君も龍太氏の講義を聴く機会があれば平然として好奇心の命じるところに従ったにちがいないが、近頃の二人ではどうだろうか。桂子さんには自信がない。夫君は例の病気で、そういう悪の美味求真に立向う意欲は失せている。父君の方は、桂子さんの見るところ、体の衰えの色が濃くなってきたせいで、やはり気力と好奇心には欠ける。父君が近頃は土曜日をなるべく休養の日にあてるようにしているのも以前ほど体の調子がよくないからである。そしてそのおかげで次の土曜日もあいていて秋川行きが実現したことになる。

土曜日は朝から細かい雨で、昼過ぎにはいくらか明るさを増した空から、絹の糸に似た雨だけは同じ勢で降り続いている。子供たちも、雨中を車行して「山色空濛《さんしよくくうもう》」の地の奥まで行くことを承知していて、「雨も亦《ま》た奇なり」とは思わないまでも、雨には文句を言わずにおとなしくしている。こういう時にははしゃぐはずの貴君までが神妙にしている。やがて迎えに来たのは白いのと黒いのと二台のベンツで、山田一家は白いのに、年寄組は黒いのに乗りこむ。車の中は涼しくて音がなく、中年の運転手の運転ぶりも水の上を滑るようである。子供たちは交互に「静かだ」を連発した。考えてみると、近頃の子供の余り使う機会のない言葉である。

「向うに着くともっと静かよ」と桂子さんが言うのに運転手も前を向いたままうなずいて、

「お子さんたちには少し寂しいかもしれませんね」と言った。

「寂しいって、そこは怖い所なの」と貴君が不安そうに言う。

「別に、お化けなんか出ませんよ。もしも出たって、小父さんが退治してあげますよ」

「私、お化けなんか怖くない」と言った智子さんの声は興奮を抑えつけて妙に落着いている。

「人間がいないから寂しいんでしょう？　でもお父さんもお母さんも、それにおじいちゃんたちも、みんないるから怖くなんかないじゃないの」

桂子さんの頭にこの時とんでもない疑心が走った。顔はよくわからないが、この運転手の首筋や頭のうしろを観察したところ、車の運転だけに明け暮れて年を取った人間のものとは思えない様子が見られる。ひょっとするとこれがかの海坊主氏ではないか。しかしこの疑念を夫君に耳打ちして伝えるわけにもいかない。桂子さんは用心して話題を取捨することにした。幸い夫君の方もこういう場合に誰かの噂《うわさ》を持出したり人物評を試みたりする方ではない。運転手をつとめている人も寡黙な方で、余計なおしゃべりはしない。車は煙雨の中を走って八王子で高速道路から下りると、あとは滝山街道にはいったのか秋川街道にはいったのか、地理に不詳の桂子さんにはよくわからない。気が付くと車は川に沿った道を走っており、川底ははるか下の方にあった。子供たちは左側の窓に顔を押付けるようにして、雨でぼかされた緑の濃淡だけの景色を眺めている。武蔵五日市《むさしいつかいち》の駅を過ぎたと運転手が教えてくれたあと、まもなく車はまばらな人家と桑畑の間を抜けて古い武家屋敷に似た門のある家に着いた。塀のまわりには見事な花菖蒲《はなしょうぶ》の群れが花びらを垂れて細かい雨に打たれている。それを囲んでさまざまの果樹が立っている。屋根を圧して枝を広げているのは胡桃《くるみ》の巨木で、その向うには谷を距てて山が迫っている。緑の色がまだ濃くないせいか、この一角は雨の中で不思議に明るい。

立派な式台の付いた玄関には着物の女の人が五人ほど迎えに出ている。薄暗い廊下を通ってまず案内されたのが見晴しのよい広い部屋である。その真中に林さんの家にあったのと同じ趣向の、椅子に腰掛けて食事のできる囲炉裏があり、そのいずれがもとの趣向であるにしても、これであの林さんとこの無名庵の林さんとが兄弟であることは間違いなさそうである。

そこへ三つ揃いを着た初老の紳士が出てきて林と名乗って挨拶するのでそれが無名庵の主人であることがわかった。しかし耕一君から聞いていた「昭和五年頃の谷崎潤一郎の写真」とは大分違った印象である。毬栗頭《いがぐり》のことも着物のことも違っていて、勿論鉈豆煙管《なたまめぎせる》が出てくる気配などありそうにもない。髪は長くはないがきちんと分けていて半分は白髪、顔は昭和五年頃の谷崎潤一郎よりも引締まっていて、目があれほど大きくない分だけ柔和に見える。にもかかわらずその表情と身のこなしには得体の知れない精悍《せいかん》さが隠されていて、それは実業家にも役人にも作家にも見られない種類のものではないか、例えば政治家や何何組の大物と言われる人間ならもっているものではないかと桂子さんは想像したけれども、何しろこのあとの二つの種類の人間の実物に桂子さんはまだ会ったことがない。こちらは無間断の微笑の林さんとは違って必要以上に顔をゆるめる人ではなさそうであるが、笑った時に現れるのはまさしく林さんの弟の顔であった。弟の林さんは桂子さんの父君ともこの場では旅館や料亭の主人として挨拶するにとどめて立入った話はしなかった。

主人は桂子さんに向って、

「お食事は皆様御一緒の方がよろしいでしょう」と訊く。桂子さんが目で夫君の同意を得てうなずくと、子供たちはすでに腰掛式の囲炉裏に目を付けていて、ここで食べたいと主人に訴えている。

「みんな一緒なら、ここも悪くないね」と父君が言ったのでそういうことに決まり、父君と母君、二宮さん、それに桂子さんたちと、三組に分かれてそれぞれの寝室になる部屋に案内された。桂子さんたちのは川に面した二間続きの部屋で、窓を開けると渓流の音が急に高くなって部屋に充ちた。

二、三人ではいれる風呂のほかに大きな風呂が川へ下りていったところにあると言われたが、子供たちは文句なしにそちらがいいとはしゃいでいる。子供用の浴衣まで用意されているので、早速着替えて親子四人で地下室のようなところへ下りていくと、そこが大きな浴室である。中は驚くほど明るい。窓の外に首を出して見下ろすと雨に濁った水がゆるやかに渦巻く淵で、上流の方はかなり速い瀬になっている。子供たちにとってはそういうことも興奮の種だったが、それに加えて親子四人が揃って風呂にはいるという初めての経験がまた大事件なので、窓に沿って四、五間はある広い浴槽《よくそう》でひとしきり泳ぐ真似をしたあとは妙におとなしくなって、照れたような、まぶしいような顔で桂子さんと山田氏の方を見ては、目が合うと顔中に光るような微笑を浮べる。子供たちのこの笑顔を見ると桂子さんは、何か輝かしい体液のようなものが抑え切れずに目に溢れ、口に溢れてくるのを感じる。その同じものが今子供たちの顔を輝かせていて、これを呼ぶのに「愛」という言葉を使いたければ使ってもよいと桂子さんは思う。それは特定の人間同士が特定の時に互いに流出させることのできる体液のようなものであるから、それを離れてこの言葉を誓約のための手形のようにやりとりするのは滑稽に思われるだけであるし、まして夫君が恭しく読んでいる書物に出てくるこの言葉などは奇怪な観念と言うほかない。桂子さんに言わせれば、無数の人間に向って「愛」という体液のようなものを流出させる能力をもった存在を考えることも奇怪なら、その考えたものに向って今度は自分が「愛」を分泌することも奇怪である。そういう世界にひたって生きるのは正気の人間のすることとは思えないのである。

というようなことをいつまでも湯の中で考えていて湯あたりがするのもいささか正気から外れたことで、桂子さんは首まで沈めていた体を起して上半身を湯から出した。すると子供たちが目を輝かせて、「あ、おっぱい」と言いながら手を伸してさわろうとする。二人はひときわ白く光沢のある丸いものの弾力を計るように指で押したのち、その重みを掌に受けて計ろうとするので、桂子さんはくすぐったがって夫君の方へ逃げた。一部始終を羨《うらや》ましげに眺めていたように見える夫君の顔が桂子さんにはおかしかったが、同じことを思ったのか、貴君が真面目な顔で、「お父さんもさわってみたら」と言うので桂子さんは噴きだして湯の中を泳ぐようにして逃げだした。そして気が付くと広い浴槽の端の方にはいつのまにか父君と母君と、それに二宮さんまでがこちらを見ながら湯に首を浮べていた。桂子さんは困って、二宮さんの方に会釈すると、また泳ぐようにして子供たちの方に引返した。

割に思い切ったことをする人たちだという感想が頭に浮んだが、何も正気のままではできないことをしているわけではないし、考えてみると二宮さんを含めて日頃同じ家の中にいる人間が順番を決めてこの大きな風呂を別々に使うのも気の利かない話である。そう思ってしまえば桂子さんは男女がここに裸で集まっていることには少しもこだわらない。お互いに見ないことにすればよいのである。いや、見ないふりをすればよいので、桂子さんもそのふりをしながら母君の体がまず目にはいり、それが色の白い桂子さんよりもさらに白くて何やら神聖な白象のようなのに驚いた。二宮さんは宝塚の男役風の外見にふさわしい体つきである。父君の裸と夫君の裸は見ないことにした。

日の暮れるのが早いようで、あたりが暗くなる頃から雨の音も川の音も一層強くなってきた。子供たちはこの水の勢や窓の外の闇に不安を覚えたらしく、坐っている山田氏の背中に体を押付け、それぞれが左右の肩に顎《あご》を乗せて桂子さんの方を見たりしている。食事の案内に現れた女の人が、数年前大雨の増水で風呂に川の水がはいったという話をした。子供たちはちょっと怯《おび》えたが、例の腰掛式の囲炉裏で食事が始まると元気を取戻してはしゃぎはじめた。父君はもとより、母君も二宮さんも多少は飲める方なのでゆっくり飲むことになった。桂子さんたちは子供に合せて早目に食事を切上げることにして、飲む方は申訳程度にとどめた。酒はこの前に無名庵で出た吟醸の酒である。料理は和洋にこだわらないのがここの流儀らしく、山菜や川の魚が出る間に猪《いのしし》の仔《こ》のローストにラズベリー色のソースのかかったのが出たりする。

「子供が寝てからまたいらっしゃい」と父君が山田氏を誘うと、

「あら、そんなにお飲みになるつもりですか」と母君が眉を上げた。

「ここの御主人も仲間にはいりたいようなことをおっしゃってましたから、この分では深更に及びますよ」と二宮さんが弾んだ声で言った。「今のところは私だけ余りものみたいで落着きませんけどね」

部屋に戻って桂子さんと夫君は子供たちのブリッジの相手をしていたが、寝る時刻になっても興奮のせいか子供たちは眠くないと言うので、もう一度下の風呂へ夫君に連れていってもらうことにした。その間に女の人が、主人の部屋で皆様御酒を召上がってお待ちしておりますから、と呼びにきた。

子供たちは上気した顔で戻ってくると、暗くて怖かったとか、川の中からお化けが出てきそうだったとか言いながらも今度は簡単に寝ついたので、桂子さんは先程の女の人からの言葉を伝えて、

「ちょっとだけ顔を出してきましょうか」と言ったが、夫君の返事は、できれば辞退したいような気持が表れていて、

「顔を出さないと悪いかな」であった。

桂子さんも少し疲れが出たようで、あの得体の知れないところのある主人をまじえての歓談では気が重くないこともない。かと言って、子供が寝たあとの、雨の音、川の音と闇に包まれた部屋で夫君と向かいあって、自分たち夫婦のあり方を反省したり無益な宗教論議を繰広げた

りすることは桂子さんの好みに反するのである。

夫君は今、正確にはどういう気持でいるのだろうか。桂子さんも敵の内情を詳しく知りたい、それも大きな望遠鏡を使って、相手には気付かれずに城の中の様子が手に取るように見えたら、という好奇心だけはある。しかしその好奇心のために無理な偵察をしようとは思わない。推測してみるのに、夫君の方も桂子さんの交戦の意志はよく知っており、先程までの親子四人の水入らずの団欒とは別に戦闘状態は続いていることも知らぬはずはない。と言って桂子さんには表面を取繕《とりつくろ》って子供たちに団欒のまがいものを見せているつもりはないのである。

桂子さんの方では戦後処理の腹案はすでに決まっていて、例えば今日のような一家団欒の翌日にでも夫君は外国へ出発し、そのまま帰らないことにする。そして子供にはその父親が天かどこかにいる父に仕える身となって桂子さんとは夫婦で暮らせなくなったことを説明する。桂子さんも子供たちももう待つことはないが、山田氏が考えを変え、棄てるべきものを棄てて帰ってくれれば、その時は元通りみんな一緒に暮らすことになる。この案が子供たちにとっては一番苦痛の少ないものではないかと桂子さんは考えている。勿論、これを実行に移すためには、事前に、長ければ一年ほど時間をかけて折衝を繰返し、必要な準備を済ませておかなければならない。これは倒産した会社の後始末のような仕事であるが、この間にも家族の団欒はあるはずだし、子供たちには正常な会社の日常の業務と破産宣告を受けた会社の整理業務との区別はつかないであろうと桂子さんは楽観している。しかし問題は夫君がこの桂子さんの案を呑んで、これまで通り有能な共同経営者として家族という会社を解散するための仕事に協力してくれるかどうかである。もしも夫君が乱心の状態に陥ったとすれば最悪の事態になる。家の中は修羅場と化し、子供も無事ではいられないだろう。今桂子さんが何よりも恐れるのはそのことで、言いかえると敵は戦後処理についての話合いができるような相手であるかどうか、その正体が依然としてわからないのである。桂子さんが最後の通告をした瞬間に相手は人間ならざるものに変身して、と言うよりその本当の姿を現して、襲いかかってきはしないか。あの病気にかかって人間ならざるものに憑《つ》かれる質の人間は、いざとなればその人間ならざるものの皮をかぶって開き直るのではないか。桂子さんの見るところによれば、神も悪魔も同列のもので、一方がある人には他方もあり、一方に無縁の人は他方にも無縁なのである。

さて、桂子さんは夫君が夏のセーターに着替えるのを待って女の人を呼んだ。他人とでも家族同士でも、浴衣で飲むのは淫靡《いんび》なもので好きでないと夫君は言うが、その点は桂子さんも同感である。女の人の案内で桂子さんは離れのような部屋に通された。主人の龍太氏以下四人の男女が淫靡な姿で飲んでいるようなら口実を設けてそのまま引返すつもりでいたが、四人は梅雨時の夜とは思えない湿気の少ない部屋で端然と坐って談笑していた。龍太氏は着物に着替えていたので、耕一君の言う谷崎潤一郎の写真にいくらか似てきたようである。龍太氏は自分に近い席を桂子さんに勧め、山田氏には桂子さんの父君の隣の席を勧めた。二人のために蕎麦《そば》ずしが運ばれてくると、それに添えてある山葵《わさび》の香気が広がった。

桂子さんは淫靡な空気が全然なかったことには安堵《あんど》したが、それでも、子供が目を覚まして怯えるといけないからまもなく失礼させていただくとあらかじめ断った。

「御心配には及びません。今、女中を一人、隣の部屋で控えているようにと言って差向けました」

そう言って龍太氏は当然のことのように桂子さんの盃を充たした。何の話をしていたのか、龍太氏のほかは笑顔がなくて真面目な顔だったが、父君が殊更軽い調子で言った。

「やっぱりそうですか、とうとう別居ですか」

桂子さんは隣の母君に誰のことかと小声で訊いた。

「宮沢さんのこと」

「まさか、耕一さんの方じゃないでしょう」

「お父様の方よ」

いずれにしてもこれは今の桂子さんにとって余り愉快な話題ではなかったが、他人事として見る限りでは大いに興味をそそる話で、どういうわけか、父君、母君ばかりか桂子さんもこの話は初耳だったのである。つい数日前電話で話した時の耕一君もこのことは言わなかった。ひょっとすると、耕一君も両親の別居のことを知らされていないのかもしれない。

「奥さんの病がついに膏肓《こうこう》に入ったということですかね」と父君が言うと、龍太氏はうなずいて、

「兄の説明もまあそういうことでした」

「失礼ですが、どういう御病気なんですか」

二宮さんは宮沢三津子という名前は知っているらしかったが、その訊き方からすると、膏肓に入った病とは頭にも来る種類の病気のことらしいと察している様子であった。

「癌の一種ですよ」と父君が答えた。「これは実に恐しい癌で、自分の体の細胞が一つ残らず癌細胞におきかえられて癌人間と化したら、他人にもこの癌を転移させずにはおかないという勢で、まわりの人間に取憑くんです」

「すると新興宗教のようなものですか」

「キリスト教です」

「キリスト教にもまだ癌的活力が残っているんですかね」と龍太氏が言う。

「キリスト教の中でも新興宗教風のセクトはいろいろあるようですから」と桂子さんが言った。

「火の見櫓《やぐら》みたいなおかしな名前のセクトとか、よく駅の前で頭が異様に小さくて背の高いアメリカ人の若僧が人を摑《つかま》えては話しかけてくるのとか、そういうセクトの新興宗教的活力は大

変なものです」

「それで宮沢さんとしては、奥さんがその火の見櫓なんかではなくて由緒あるカトリックにはいって、冠婚葬祭用でない、個人の精神的嗜好品《しこうひん》としての宗教をもっている分には我慢できたのでしょうが、別居とか離婚とかいう話になるのは何があったんですかね」と父君が龍太氏に尋ねた。

「直接のきっかけは、奥さんがある雑誌にこういうことを書いたのが宮沢さんの目に止ったんですね。さる国の首相はクリスチャンだそうですが、その政敵が首相の座を争うにあたって、あなたのキリスト教の神と私の奉じる国産の神とどちらが勝つかやってみようではないかというようなことを言ったらしい。宮沢さんの奥さんはそれをとらえてその政敵の宗教的痴呆ぶりを罵《ののし》り、世界に冠たるキリスト教の神が蛮族の神を一蹴《いっしゅう》してその首相を勝たせたのを嘉《よ》しとした文章をお書きになった。かなり過激な書きっぷりだったそうですが、それを読んで宮沢さんは激怒して、こんな人間とは一緒に暮せないと言って家を出られたそうです」

「確かにあれは過激というより愚劣な文章でしたね」と言ったのは山田氏である。桂子さんは驚いて夫君の顔を見た。「宮沢三津子女史の病が膏肓だか子宮だか、とにかく妙なところに入ってしまったのは事実のようです」

「商売人として判断すると、あの人の書くものには最近かなりの需要があるのです。雑文のほかにキリストの生涯を書いた本も出ましたし、近頃は小説も書きだして、これも売行きはなかなかよろしい。なぜ売れるかというと、これが今はやりの、あちら風に味付けをした軽くて食べやすい知的スナックの一種なんですな。近頃の人間は衣食足っているので、カレー味だとかバーベキュー味だとか、ちょっと気の利いた味付けをしたあちら風煎餅《せんべい》かおかきのようなものを暇つぶしに口に入れる。そこで文章でもその手の軽くて知的な味のするものが知的中流を自認する人間に好まれて、宮沢女史などもそれで人気を博している口です。特にあの人だけがというわけではないが、この種の文章は、小説でも評論でも実に軽くて実質が詰まっていない。文章の値打ちは印刷された紙を掌に乗せて計ってみるとわかりますが、まことに軽くて、紙とインクの重さしかないわけです。私共はその空気の如く軽いものを売っている。虚業の最たるものです」

「宮沢さんの十年ほど前の時評集はなかなか立派なものでしたね」と夫君が言った。

「そう、あれはうちから出させてもらいましたが。その頃は女盛りで、書くものにも武家の娘といった上品な色気と鋭さがあった。それが今は中性名詞で呼びたい妖怪的女性になって、それとともに文章も聖書の引用ばかりの、何やら腐臭のするものになってしまった」

「私もそれは感じます」と夫君がまたまた同調した。「何事が起っても、それについて聖書にはこう書いてある、聖書の言葉は正しいでは、どこかの政党の文章のようになってしまう。あれは漢方薬とは違って、病人が来ればその言い分を聞いて適宜何種類かを組合せて服用させればいいというものではないんですが。宮沢さんも御自分の病気を治すことをまず考えた方がいい」

「あの人、このところ人相が変って、特に目の様子が変でしょう。バセドウ氏病ではないかしら」

母君が独り言のようにそう言ったのが桂子さんにはぎょっとするほど辛辣《しんらつ》に聞えた。キリスト病症候群の原因も案外そんなところではないかと思わせるような迫力がこの発言にはあって、桂子さんは思わず母君の顔を見た。これにすぐ同調したのは二宮さんだったが、男にはそういう勘は働かないのか、余り反応はない。母君は父君に向かって言った。

「もしもそういった御病気ならお気の毒なことだし、あなたのように悪口を並べていると罰が当りますよ」

「それはそうだ。あの人についている神様は恐しい」

「いいえ、キリスト教の神様の罰じゃなくて普通の神様の罰が当るんです」

桂子さんは母君の理窟に感心した。どうやら母君は異国産の神など物の数に入れていない様子で、敵意さえ抱いていない。

「しかし奥さんが病気になってしまったのは宮沢先生の責任でもありますな。普通の夫婦ならそうはならないものです。もっとも両方が病気にかかってしまう場合は別ですが」

龍太氏はそう言って桂子さんの方を見た。桂子さんは、夫君の病気をめぐる戦争のことをこの人はすでに御存じらしいと判断した。

「まあ、これなんか高級な病気にかかるような人種ではないから」と父君が笑い、

「それはお互い様でしょう」と母君が平然と応酬するのを見て、桂子さんの頭に突然、この二人の間ではまだ男女の仲が続いているにちがいないという想像が閃《ひらめ》いた。

その後話は別の話題に移って、お開きになったのは十一時過ぎだった。桂子さんは夫君にとって愉快ではない話題が出たことが気になって、部屋に戻ると、「悪かったわ」と言った。夫君は、すぐ引上げるつもりが桂子さんの非協力で長い酒になってしまったことを言っているのかと思ったらしく、「結構愉快だったよ」と答えた。桂子さんもそれ以上は言わないでそのままにしておいた。

「もう一度お風呂にはいってきましょうか」

「僕はこれで三度目だな」

「今すぐならあのポリガミストが複数の奥さんたちを率いてお風呂に来ることもないでしょう」

浴室に下りていってみるとその通りで、桂子さんたちは脱衣場の燈をつけただけで暗い湯の

中に裸を並べた。夫君が昼間の子供のようにさわりにくれば拒まないつもりである。しかし今の夫君はそれをしないか、それができないかだろうと思っていると果たしてそうで、桂子さんは夫君のことを愛すべき人だと改めて思う。勿論、子供たちの真似をしたらしたで、やはり愛すべき人だと思うのである。

部屋に戻って布団を並べて水の音を聞いていると、夫君が手を伸して桂子さんの手を握った。「駄目よ、まだ病気でしょう」と言って桂子さんは手を放した。「私も病気ですから」

それから背を向けていると、急に涙が出てきた。理由もわからないまま急に出てきたので桂子さんは気付かれないように肩を固くしていた。しばらくして夫君が言った。

「僕の病気はそのうちに治るかもしれない。ただし君の期待しているような治り方をするかどうかはわからない」

桂子さんは返事をして涙声になるのを恐れて眠ったふりをしていた。

第十四章　残雨斜日

「今年の梅雨は熱心に降りますね」と二宮さんが面白い言い方をしたが、確かに六月の下旬は朝から降って昼間も降って夜も起きているうちは雨の音を聞くという熱心な降り方が何日も続いた。そのうちに雨を含んだ空気が冷えて、腕を出していたのでは肌寒いような日もある。何かした拍子に子供の手をとると、小さな生き物のように温かいことがある。特にピアノを弾いたあとの智子さんの手は温かい。誰かの句に「梅雨に逢うまず温かき手を重ね」というのがあったのを桂子さんは思い出したが、その智子さんも学校から帰ってきた時は手も顔も冷えて髪まで冷たくなっている。貴君の方は体温の高めの子で、桂子さんよりも智子さんよりも温かい手をしていながら、夜になると寒がって、「今は本当に夏なの」と念を押したりする。そんな夜には桂子さんも、雨の音を聴きながら、ひょっとしてこのまま夏が来なかったら、と本気で考えてみたりする。するとにわかに体温が下がって不安の粟粒《あわつぶ》が腕に浮ぶ。その時は猫の心になって誰か温かい人間のそばにいたくなる。

それで夫君の書斎へ行ってみる。いきなり行くこともあれば、まず台所へ行くこともある。

台所から夫君の部屋にインターフォンで、「コーヒーはいかがですか」と言う。夫君はこれを断ったことがない。桂子さんの方が忘れていると、自分で台所に下りてきて豆を碾《ひ》き、それから桂子さんの部屋に電話をかけてくることもある。いずれにしても毎晩一杯は飲むのであるが、その時はかならず桂子さんも一緒に飲むことになる。

そろそろコーヒーの時間だと思いながら桂子さんはその朝智子さんが録音してくれたテープを聴いていた。このところ智子さんは毎朝六時に目覚しをかけて、ベッドの中でバロック音楽を聴きながらそれをテープにとるのである。桂子さんはその頃には台所に出なければならないので、昔のようにベッドでバロック音楽を聴くことはできない。聴いても途中までであるから、「いいのがあったらテープにとっておいて」と智子さんに頼むと、几帳面な智子さんは土曜日と日曜日以外は毎日録音して、「今日のは面白いわよ、バッハの無伴奏チェロ組曲をリコーダーで吹いてるの」とか「今日は日本人のピアニストが弾いてるアンナ・マグダレーナ。でもエッシェンバッハの方が面白いみたい」とか、ちょっとした註釈を付けて桂子さんのところへ持ってくる。おかげで桂子さんはアルビノーニやパーセルやシャイトなどの、これまで余り聴かなかったものを最近はいろいろと聴くことができる。二宮さんが帰り、子供たちも寝室にはいったあとで、フランス菓子の本を見ながらリュートの演奏を聴いていると、珍しく夫君がやってきた。

「そろそろコーヒーの時間かしらと思っていたところなの」

山田氏は眠そうな声で言った。

「どうやらjogging syndromeが出てきたようだ」

「それで眠いんですか」

「そう。つまり、この雨でこのところ四、五日走ってない。すると禁断症状のようなもので、妙にいらいらするし、体がだるい。椅子に坐って本をひろげるとすぐ眠くなる」

「雨が降っても雪が降っても走る人もいるんでしょう」

「そういうのはみっともないんだ」

桂子さんもそれには賛意を表した。なお言わせてもらうなら、晴雨にかかわらず、もともとあれはそれほどいい恰好のものではないと桂子さんは考えていたが、それは言わずに、

「食堂の方にしますか」と訊いた。

食堂に燈をつけると、山田氏は豆を選んでからおもむろに言った。

「あの二人を今度の土曜日に呼ぶことにしたよ。森さんの方は確か土曜日ならいつでもいいということだったね」

「ええ。それじゃ早速林さんに連絡するわ」

「それから、二人が就職事務室に提出したのと同じ身上書も持ってかえってある。事前に林さ

んから森さんの方に廻してもらったらいい」

「写真を貼った、あれですね」と桂子さんは言って、昔自分も何通か書いたことのある書類を思い出した。「でも、あれを指導教授がこんなことに勝手に使っていいんですか」

「いいさ。これも立派な就職運動だから」と、夫君はすっかり割切っている。

「それで、二人とも森さんと会うことを承知してるんですか。どんな風におっしゃったの」

「ある男性を紹介したい、と言った」

夫君の話によると、二人の反応はこうだったという。

鷲山陽子さんは目を丸くして山田氏の顔を見て、次に隣にいる清水満智子さんを見た。満智子さんはその視線を無視して、いくらか淡めの瞳を山田氏に向けたまま、口を開くといきなり、

「それはお見合ですか」と言ったそうである。

「まあ、そういうことですね」

「それなら私は遠慮させていただきます」

「いいじゃないの、二人で一緒に出ましょうよ。一対一だと心細いけれど、二対一なら気楽ですよね」と陽子さんの方はすっかり乗気である。

「そう、二人で気楽にいらっしゃい。独身の男を紹介されるたびにお見合だと思って堅くなっていては、修道院へでも逃げこまなければならなくなる」

「本当は私、そうしたいような気持なんです」

満智子さんはそう言いながら笑っている。山田氏によると、満智子さんの微笑は花曇りの空に薄日がさすような工合で、その微笑はあたりの空気を温かくするそうであるが、桂子さんにはそこまではわからない。とにかく山田氏は、満智子さんが、よく考えれば恐しいことをその薄日の微笑とともに言ったので驚いて、しかし表面は冗談のようにこう言った。

「でも今からはいるのは勿体ない。いろんなことをやりつくしてからはいればいい」

「それが私には誰とも結婚する意志がないものですから」と満智子さんは同じ微笑の中にいくらか苦しげな曇りを加えて言った。

「今の発言は聞えなかったことにしよう」

「先生、清水さんは独身主義者ではなかったはずですよ」

「ええ、私はどんな ist でもないんです。余り大袈裟にお考えにならないで下さい。今のところは結婚する気がないというだけのことですから。そのことを先生が承知して下されば私も出させていただきます。パーティや披露宴や謝恩会に出るのは好きなんです。就職の推薦状には是非『社交性に富む』って書いて下さい」

「そうなんです。清水さんの方が私よりずっと社交的なんですよ。私の場合は社交的に見せるために随分神経を消耗しているところがありますけど」と陽子さんは自分を分析してから、

「ところで、その男性はどういう方ですか」と本題にはいる。しかし山田氏は笑って、

「その時になってわかった方がいいでしょう。直接質問して相手に答えさせればいい」

それから山田氏は研究室を出て、陽子さんとは途中まで道が同じなので一緒に歩いたという。

桂子さんはそれが多少気になった。桂子さんの経験では、普通はこういう時、学生たちの方が二人一緒になって、「私たちはこれで失礼します」と言って先生と別れ、そのあとで、特にこんな話があったあとならなおさらのこと、二人で喫茶店にでもはいって好奇心の泉が涸《か》れるまでおしゃべりをすることが多いのである。

桂子さんがそのことを言うと、夫君もうなずいて、

「僕もそう思った」と説明した。「鷲山君は清水君と一緒に帰りたかったようだが、清水君が何やら用があると言って断ったんだ。それで鷲山君は止むを得ず僕と一緒に帰ったわけだ」

夫君の観察によると、陽子さんは大勢でいるところでは人一倍陽気で機知縦横のおしゃべりで人を笑わせたりするが、教師と一対一になるのは苦手らしく、目に見えて生真面目になる。見かけに反してはにかみやなのである。満智子さんの方はどこにいても自然にしていて様子が変らない。

「先生、本当は清水さんと並んでお見合に出るのは心配なんです」と陽子さんは率直に打明けた。「何と言っても私の方が不利になるんですから。誰が見てもあちらは美人だし、聡明で成

熟した女性という感じだし、でも清水さんには介添役で是非出てもらいたいし」

「それなら清水さんには『非売品』と書いた札を首からぶら下げてもらえばいい。それとも『売約済』の札かな」

「いいえ、売約済みじゃありません。それは確かです。で、私の方は赤い字で、SALE！と書いた札をぶら下げましょうか」

「あなたも高級特選品だから安売りはしない方がいい」

「先生もお世辞がお上手ですね。でも私は諦めて居直ってます。誰かの歌の文句に、娘は器量がいいというだけで幸せの半分を手にしている、というのがありました」

「それは真理ですよ。女は器量。僕もその基準にもとづいて選びました。少なくとも主観的にはね」

「そんなことをおっしゃったんですか」と桂子さんは半信半疑で訊いた。

「事実を言うのだから構わない」

「事実を言われるとしらけますよ」

「いや、二人で大笑いした。そのあとで鷲山君には、余計なことかもしれないがもっとよく鏡を見て自信をつけた方がいいと言ってやった。それから化粧を勉強すること。本当は清水君に劣らずいい顔立ちをしていると僕は思うがね」

「賛成です。ただ」と桂子さんは言った。「自分で美人だと思っていることが美人の要件だから、陽子さんも本物の美人になるには早くそこまで行かなければ」

「僕がそう言ってやると、別れぎわにこう言った。『仮に先生が清水さんと私のどちらかと結婚しなければいけないとしたら、どちらとしますか』」

「どちらとしますか」と桂子さんも笑いながら訊いた。

「そんな架空の選択はできない、と言ったら、『どちらかと結婚しなければ死刑になると思って答えて下さい』と言う。そこで、『死刑になると言うなら仕方がない、あなたとする』と答えた」

「陽子さんは喜びましたか」

「さあどうだか。溜息をついてから、『清水さんに同じことを訊かれたらやはり清水さんを選ぶとおっしゃるでしょう』と言うので、『清水さんならそういう質問をしないだろう』と言ってやった」

「万一、満智子さんからも同じ質問が出たら、同じように答えてあげないと駄目ですよ」と桂子さんは言った。

「鷲山君も君と同じようなことを言ったなあ。清水さんにそう言ってあげるときっと喜ぶだろうって」

それから桂子さんが玉露を薄くして入れると、夫君はそれを一口飲んで、急に関係のないことを言いだした。

「アドリエンヌ・ムジュラって知ってるかね」

「ジュリアン・グリーンでしょう」と桂子さんは言ったがそれ以上のことが思い出せない。

「そうだ。読んだの」

「その、読んだかどうかが思い出せないの」

「僕は名前だけ知っていたが、読んでなかったから、今読んでいるところだ。昔、『閉ざされた庭』という題で翻訳が出ていたよ」

それを聞いて桂子さんはようやく思い出した。その『閉ざされた庭』の女主人公がアドリエンヌ・ムジュラなのである。

「アドリエンヌが近所の医者を勝手に愛して思いつめて、発狂していく話でしょう。父親を階段から突き落して殺したあと、ふらふらとよその土地へ行って、最後には自分の名前もわからなくなる話でしょう」

「よく覚えてるね。それをなぜ読みだしたかというと、実は、鷲山君の話によると、清水君がこの間鷲山君に、自分はアドリエンヌ・ムジュラになりそうだと洩らしたのだそうだ」

「穏かならぬ話ですね」

「今になってそう思うが、その時はわけがわからないから、鷲山君にそれはどういうことだと訊くと、鷲山君もわからなかったので清水君に尋ねたら、そういう名の娘を主人公にしたジュリアン・グリーンの小説があるから読んでもらえばわかる、と答えたらしい。鷲山君は少々とんちんかんなところがあって、グレアム・グリーンの方を一生懸命探したのだそうだ。グリーンならカトリック作家だと聞いていたのに、スパイ小説ばかりで、そんな小説はありませんね、と言う。紛らわしいことに、両グリーンともカトリックでね。もっともジュリアンの方はプロテスタントから転向してカトリックになっているが」

「それで、満智子さんが思いつめている医者って、誰ですか」

桂子さんは興味津津で大きな目を輝かせた。

「誰かいるのかな」

「まさか先生ではないでしょうね」

「まさか」と夫君は虚を突かれて一瞬盲人のような表情を見せた。

「その、まさかということがよくありますよ」と桂子さんはからかう調子で言った。

「そういうことがあっては困るね」

満智子さんが誰とも結婚するつもりはないと言ったのもその「まさか」に関係があるのではないかというところまで桂子さんの想像力は働いたが、こういうことを野次馬的好奇心で追及するのは気がひけたので、あとの楽しみにとっておくことにして、それから一緒に夫君の書斎まで二人の身上書を取りに行った。

満智子さんの父君は耕一君と同じ会社の重役である。長女で、妹が一人いる。陽子さんの父君も大きな商社の重役で広報室長をしている。兄が二人いて、長兄はすでに別の会社にはいってヨーロッパにいる。次兄はある大学の大学院で分子生物学を研究している。いずれも立派な家族である。

翌日、林さんはいなかったが、この書類とメモを届けてくると、その夜林さんから電話があり、丁重なお礼のあとで林さんは、

「そちらには美人の介添人がつくそうですが、こちらは介添人なしにしましょう。何しろ照れくさいもので、その代りに三輪さんに Château d'Yquem を持たせます。ああ、それに何でしたら三輪さんも一日お貸ししますから使って下さい。あの人も久しぶりに本格的なフランス料理の腕を振いたいところでしょうからな」

「それは助かります」と桂子さんはこの幸運に早速飛びつくことにした。二宮さんが今度の土曜日と日曜日は所用で来られないことがわかって困っていたところであった。ロアジスの星野さんに相談してみると、定休日の水曜日か日曜日の夜なら星野さん自身が出張したいが、残念ながら土曜日だけは都合がつきかねるということで、あとは例の無名庵の龍太氏なら間違いな

く無理を聞いてくれると思われた。しかし桂子さんの判断ではここは頼むべき相手ではないので、そうなると今の林さんの申出は渡りに船である。桂子さんは三輪さんに電話に出てもらうと土曜日のことをよろしくと頼んだ。

久しぶりによく晴れた土曜日の朝、三輪さんが大きな荷物を持ってやってくると、子供たちが飛び出して行って、「三輪さんが帰ってきた」などと言って嬉しそうに迎えたのが何よりの挨拶になった。少しふくらみがついたように見えるあのクラナッハの婦人の頰に涙がこぼれそうな気配に桂子さんはあわてて子供たちを追いやった。三輪さんがこの家を去る時、飼っていた犬がいなくなっても淋しいものなのに、と言った母君の言葉がすぐ頭に浮んで、子供たちにとってはもう諦めていた行方知れずの犬が突然帰ってきたような喜びなのだろうと桂子さんは思った。三輪さんを犬に擬するのははなはだ失礼かもしれない。しかし今にして思えば三輪さんには無心の動物の哀れさのようなものがあり、子供たちは人間の姿と大きさをそなえたマルティーズにでもつきまとうようにして三輪さんにつきまとっていたのかもしれない。それに対して、元宝塚の男役風の二宮さんとは子供たちも互いにへらず口を叩き合ったり冗談を応酬したりしているが、一方はいざとなれば子供を叱りも教えもする老練な女教師になる。つまり三輪さんに対するのとは逆で、今は子供たちが仔犬になって二宮さんにじゃれついては適当にあしらわれているのである。

前から考えていたことではあるが、子供たちにとっては自分たちで可愛がることのできる動物が必要なのかもしれないと桂子さんは改めて思った。

智子さんは熱烈な猫派で、猫の絵本や写真集を沢山集めて、それを眺めては、「でも私は生きた猫がほしいの」と言っている。貴君の方は近所の家で飼っているセント・バーナードとアフガン・ハウンドがお気に入りで、「あんな大きな犬を連れて走りたい」と言っている。桂子さんは別に動物嫌いではないし、犬でも猫でもライオンの仔でも、抱きあげたり掌をなめられたりすることをいやだとは思わない。それでいてなかなか自分の家で動物を飼う気になれないのは、その世話をする煩わしさということのほかに、十年近く生きて家族の一人のような顔をしていた大きな虎毛の猫の死が忘れられないからである。それはまだ桂子さんが中学生の頃だったが、父君が悲嘆に暮れている桂子さんに梅堯臣《ばいぎようしん》の「祭猫」という詩を教えてくれて、桂子さんも妹たちと一緒に墓を立ててこの猫を祭った。

さて、三輪さんは挨拶もそこそこに台所にはいると、日付入りの手書きのメニューのようなものを見せて、これでいいだろうかと訊く。スープなしで、オードブルが数種類並んでいる。読みにくい字体のフランス語で書いてあるので桂子さんにも細かいところまではわからない。

「このロティは?」

「仔羊《こひつじ》の腿肉《ももにく》でございます。あちらの旦那様の御推薦で、幸いよい肉が手にはいりましたから、私も自信をもってお薦めできます」

テリーヌやパテの類はあちらで作ってきたらしく、料理の方は手際よくできそうである。子供たちをどうしたものかと桂子さんはこの時まで迷っていたが、三輪さんが子供にも食べやすい料理を用意しているのを知って心を決め、子供たちも一緒に食事をさせることにした。なるべくお見合風にはしたくなかったので、子供たちも加えて賑かにした方がよさそうである。客間の一角にある、子供たちの言う「猫の足」のテーブルなら十人位まで食事ができる。子供たちを入れても七人である。

森俊太郎さんは正午過ぎに一足先にやってきた。山田氏と俊太郎さんとは外国でも国内の学会でも何度か会っている仲で、二人が談笑しているところへ陽子さんと満智子さんが、これは就職と卒業論文の相談に訪ねてきたということになるはずである。桂子さんは俊太郎さんとは初対面であったが、予想した通り、すでに何年もの付合いがある人のような感じで、それと言うのも俊太郎さんは生物学上の父親に余りにもよく似ていたからであった。まず第一がその長身瘦軀《そうく》で、第二が声と話し方、第三が物腰で、最後にこの父と息子の共通点の決定版が例の無間断の微笑である。もっとも、俊太郎さんのは間歇《かんけつ》的な「無間断」とも言うべきもので、微笑を皮膚の下に引っこめて真面目な顔になる時間が比較的長い。それに真面目になっても険悪さや陰気さとはおよそ無縁の顔である。ただし笑っている時にも目の光が鋭くなる瞬間がある。夫君よりも四つ五つ年下のはずであるが、夫君よりもはるかに白髪が多い。それで余計林さんに近づいて見える。

「赤ですが、多少冷した方がいいようです」と言って俊太郎さんが持参したのはサンテミリオンとジュブレイ・シャンベルタンの最高級の赤である。

「父が佳人、佳人と言うのはよく聞かされていましたが」と俊太郎さんは微笑とともに言った。「日本語に大分鈍くなっておりましてどういう方を想像していいものかわかりませんでしたが、これで安心しました」

「どう安心なさったのやら」と桂子さんも笑いながら言った。「お目にかかってみますと、生物学上のお父様に本当によく似ていらっしゃるので、私も安心しました」

「DNAの人間設計のプログラムというものは大変なものですね。生物学上の父とは一緒に暮したのは三年足らずですが、プログラム通りになって、いやになるほど似てきました」

俊太郎さんは話が滑らかに出てくる人で、相手を緊張させない。それに父君の林さんと違って相手の話を引出すのも上手で、これなら陽子さんもあがったり固くなったりすることもあるまいと桂子さんは改めて安心した。

三人でシェリーを飲んでいるとやがて陽子さんと満智子さんが現れた。満智子さんはよく心得ていて、自分の方は目立たない色の服を着ている。二人とも桂子さんが感心するほど垢抜《あかぬ》けのした上等のものを着ている。満智子さんの方は化粧も上手で桂子さんの目から見て間然するところがない。近頃の女子学生は服装も化粧もよくなって、桂子さんが学生だった頃に比べると今昔の感がある。桂子さん自身もその頃はまだ舶来の品を当り前のように身につけるという芸当ができなかった。特にこの二人は、夫君から聞いたところによると休みのたびにヨーロッパとアメリカ、カナダなどを一緒に旅行していて、ミシュランの本に出てくるような店も三輪さんに負けないほど知っているという。

それでフランスに長くいた俊太郎さんとの間でそういう話が最初から弾んで、そのまま食卓でもしばらく続き、次はピアノの話になった。智子さんはピアノの稽古を始めてから三年に近いが、実はこの四月から貴君も始めたのである。ヴァイオリンを習っていたけれども性に合わぬらしく、本人も姉の弾いているピアノに興味があって見様見真似で器用に弾く。いつのまにかバイエルなどは苦もなく弾けるようになっているので、智子さんと同じ先生のところへ通うことにしてヴァイオリンの方は止めてしまった。

智子さんは満智子さんが今のピアノの先生に負けないほど弾けることを覚えていて、あとで何か弾いて下さいとせがんでいる。

「近頃は余りお稽古をしていないの。この前に弾いた時はその前によく練習してきたけど。それより智子ちゃんのを聴かせていただきたいわ。今どんなのをやってるの」

「クーラウ、クレメンティ、ハイドン、スカルラッティのソナタが合せて八曲位、それにモーツァルトのソナタが二つ弾けます。あとはバッハのアンナ・マグダレーナと、インヴェンションが三曲位、平均律は第一巻のプレリュードの一番と二番がやっとで、フーガの方はまだ駄目なの」

「大したものですね」と満智子さんは桂子さんに向って感心したように言った。「この前、ツェルニーを弾くのを見せていただいたら、指の形はもうすっかりできあがっていますね。音の粒もよく揃《そろ》っていますし、エッシェンバッハの『ソナタ・アルバム』にはいっているソナタ位はどんどん弾けますわ。あちらにあったスタインウェイがちっとも勿体なくない腕前です」

「お祖父様に買っていただいたの。中古だけど」と智子さんが言う。

楽器の話になると、俊太郎さんと陽子さんは黙っていたが、山田氏が俊太郎さんはフルートが相当に吹けることを、満智子さんが陽子さんは二年生の秋までモダン・ジャズのグループでベースを弾いていたことを、それぞれ披露した。

「森先生はハービー・マンのようなのはおやりにならないんですか」と陽子さんが訊くと、俊太郎さんはその父君と同じような微笑を浮べて同じようなことを言った。

「どうもその『先生』は止めにしていただいた方がよさそうで、付けるなら『さん』で結構です。なんなら名前の方でも怒りません。私はモダン・ジャズは誰かのアドリブを真似るのでないとできないんです。普断はバッハからモーツァルトまでを吹いています。平均律も何曲か無理して吹いてみました」

仔羊のロティが出て、子供たちが楽しみにしていた三輪さんお得意のクレープシュゼットやブラマンジェにシャーベットまで出ると、子供たちは満智子さんを引張ってスタインウェイの方へ行った。残りの四人は庭に出て池を巡り、藤棚の下のベンチに腰を下ろした。その時に陽子さんの質問に答える形で俊太郎さんの経歴や現在の仕事がわかるような話になった。履歴書風に言えば、現職はある大学の教養学部の助教授ということになる。

「それで、何が専門だかわからないほどいろんなことをやっていて、最初はカトリックの神学、それからトミスムの哲学、近頃は原始仏教の方にも手を出しているもので、比較宗教学という講義もやります。うちの学部では特定の人間が特定の講義を担当するという形をとらないので、私も多角経営でいろいろやるのです。これまでに西洋宗教史、宗教社会学、現代ヨーロッパ哲学、ラテン語入門といったところをやって、それにフランス語のクラスも持っています。どうもわけのわからない人間でして」

そんな話をしているうちに、急に陽子さんは真面目な顔になって、

「失礼ですけど、森さんはキリスト教徒でいらっしゃいますか」と尋ねた。

「気になりますか」と俊太郎さんは微笑を絶やさないままで訊きかえした。

「私なんか、人間がいたって俗悪にできているものですから、その方面の方だと近寄りがたい気がするんです」

「それなら御安心下さい。今は違いますから。最初はプロテスタント、それからカトリックに転向、次は転出、つまり完全に足を洗った人間ということになります」

「そのうちにその転出の事情を教えて下さい」と夫君が言うと、森さんは笑って、

「何しろまだ退院して間もないことで、リハビリテーションの最中のようなものですから」と言う。

「森さんもあれは病気だと見てらっしゃるんですか」と桂子さんが訊く。

「それはもう確かです。問題は治療の方法です。しかし結局のところ、治る人は治り、治らない人は死ぬまで治らない。治療法というのは、治る人を治す方法のことでして」

桂子さんは冷たい飲物を用意しに家の中にはいった。台所の三輪さんに頼んでからピアノの方を見にいくと、満智子さんが譜を見ながら平均律の第二巻のプレリュードを弾いていた。智子さんが「五番よ」と教えてくれた。それが終るとみんなで庭へ出ていった。満智子さんと肩を並べた時に桂子さんはすばやく言った。

「主人が『アドリエンヌ・ムジュラ』を熱心に読んでいましたよ」

大きな明るい瞳が困惑の色を浮べて桂子さんの方を見たが、満智子さんはその目をすぐに外《そ》らすと恥しそうに首をすくめて、「済みません」と小声で言った。桂子さんにはその意味が測りかねた。

二週間ほど経って、梅雨はそろそろ明けたかと思われたがまた二日ほど雨が続いた。

「こういうのを戻り梅雨というの」と子供たちに教えていると、林さんから電話があって、「明日の午後はどうですか」と言う。土曜の午後で、二宮さんも来てくれる日だから夕方まで家をあけても差支えない。

「俊太郎が隠匿していたMontrachetを持ってくるそうですから。ああ、それから先日のお嬢さんも誘ってみていただけませんか」

「どちらの方でしょう」

「俊太郎の所望は色の黒い方のお嬢さんだそうです」

桂子さんは笑って、承知致しましたと答えると早速陽子さんに連絡して、強い雨の降る土曜日の午後、一緒に林さんの家に行った。車の中で陽子さんが、

「私、合格しそうですか」と訊くので、

「合格した方がいいですか」と訊き返すと、陽子さんは真剣な顔で言った。

ですから」

「したいです。でも駄目でしょう。頭の構造が違いすぎて、宇宙人と土人の娘みたいな組合せ
「余り悲観的にならない方がいいわ。今日はその宇宙人からのデートの申込みなんですから」

「それにしても前途が暗くなるような雨ですね」と陽子さんは溜息をついている。

しかし桂子さんは、この雨は午後にはあがりそうだと思った。そして事実そうなった。林さん御夫妻と森さん、陽子さん、それに桂子さんの五人がいつもの腰掛式囲炉裏でモンラッシェを御馳走になって、この前に続いて三輪さんの作品を賞味しながら雨の庭を見ているうちに、外は次第に明るくなり、いくらか酔った桂子さんの目に、疎《まば》らな雨を斜に照らす午後の日差しがまぶしくなった。

林さんの家を出た時はすでに晴れた夏の夕暮になっていた。陽子さんが別れぎわに思いがけないことを言った。

「清水さんが行先を言わないで旅に出ました。家の人は心配しているんですけど」

とうとうアドリエンヌ・ムジュラになったのかと、桂子さんは体を固くした。

第十五章　白雲緑陰

毎年桂子さんの一家は、というより牧田家の娘たちは、結婚したのちもそれぞれの家族を連れて海と山の別荘に集まる。別に申合せて一斉に集まるわけではないが、滞在期間の長短とずれはあっても、この三人の姉妹は海か山かどちらかの別荘で少なくとも一度は他の二人と顔を合せて何日かを一緒に過すのが例である。三家族が一緒になることも少なくない。それで桂子さんも夏休みは姉妹が別荘に集まるものと思っている。例外が生じるのは姉妹のうちの誰かがお産で欠ける場合である。今年は一番下の妹が七月にお産を控えているのに加えて、次の妹が夫婦で子供を連れてヨーロッパ旅行に出かけた。そのため例外中の例外が生じて、夏休みの前半は桂子さんの一家だけが山の別荘で過すことになった。

海と山のどちらを先にするかも桂子さんたちにとっては大問題である。太陽と海と湿った風の中で泳いだり寝そべったりして夏を飽食するのと、緑陰と白雲と涼風の中で歩いたり本を読んだりして夏を避けて過すのとでは大変な違いがあるのだから、そのどちらを先にするかは、確かに頭を悩ますに足る問題で、妹たちや子供たちの意見も分れるところであったが、ここ数年、海が先と決まっていたのは、結局八月も遅くなると天候も海も荒れがちだという理由による。そう決まってみればそれで落着くもので、七月は海、八月は涼しい高原で夏の衰えを待つのが自然に思われてくる。そのようやく固まった型も今年はこわしてしまうことになる。まず子供たちがそれに抵抗を示した。しかし桂子さんとしては、七月の下旬に子供たちと三人だけで海に行く気にはなれない。夫君はこの時期に一週間ほどイタリアに行くし、妹たちも一人はお産、一人はヨーロッパ旅行で海に来られない。八月の下旬なら、ヨーロッパから帰った妹の家族とも海の別荘で一緒になることができる。海はその時の方がいいではないかということで子供たちを納得させると、桂子さんの一家は夫君の運転する車で軽井沢の北の方にある別荘へ出掛けた。夫君は一泊して東京に帰り、その翌々日イタリアへ発った。八月の上旬に父君と母君、それに二宮さんがやってくるまで桂子さんは母子三人だけで林の中の広い家で暮すことになった。

夫君がいなくなった最初の晩、子供たちが寝たあと新約のマタイ福音書から読み始めようとしていると、風があるのか林のざわめきが耳についた。その音が頭を共鳴させ、やがて腹へと伝わり、そのうちにその振動はむしろ地の底からやってきて足から腹へと伝わってくるもののように思えてきた。現に火山が遠くないのだから、この辺りの地の下を血のようなものが流れていても不思議はない。その脈動が腹にまで響いてくるのだろうかと桂子さんは怪しい気分に襲われた。そのまま椅子に坐っていると、マグマの血と体内の血がつながって、自分の体が土製の爬虫類《はちゅうるい》の如き怪物に変っていくような気がする。桂子さんは意を決して立ち上がるとカーテンの隙間から外の闇をのぞいた。華奢《きゃしゃ》な白骨に似た木の群れが家を取り囲んでいる。その枝はほとんど動いていない。するとあの異様なざわめきは何だったのかと思いながら、桂子さんは二階の子供たちの部屋を見にいった。燈をつけると、子供たちはいつもの寝顔で眠っている。智子さんはいくらか魔法使いの老婆じみた寝顔になっている。二人とも寝息をたてている。桂子さんは安心してまた下の広い部屋に戻ると、今度はあの得体の知れない音が聞えてこないように、智子さんの持ってきたテープの中からバッハのフルート・ソナタを選んでかなりの音量で部屋を満した。音の秩序が広がっていくにつれて桂子さんは堅固な城の中にいるような気分になった。

そこでまたマタイ福音書に目を移したが、何やら意味不明の蛮人の叫び声を聞くようで、こちらの方は素直に頭にはいってこない。読む方の精神がよほどぬかるんでいないと石ころのように粗いあの種の言葉は精神の中に沈んでこないと言うべきか、あるいは精神がよほど乾いて罅割《ひびわ》れていないとあの独特の臭味をもった言葉は精神の中に浸透してこないと言うべきか、いずれにしても桂子さんはそこに書かれてある言葉が自分には習ったこともない外国語のように理解不能でおよそ縁がないということを認めないわけにはいかなかった。それでもなおしばらくの間桂子さんは我慢して読みつづけた。この夏の間に、と言っても海辺で聖書でもあるまいから、山の別荘にいる間に、旧約、新約をもう一度通読しておこうと思ったのである。敵の奉ずる聖なる書について何も知らないのでは礼を失するような気がする。桂子さんは食べないで嫌いと決めてかかることはしない方で、大概のものは口に入れてみるだけの好奇心を持ち合せている方である。

音楽が終ると、桂子さんは次のテープをかけるのは止めにして、仇敵《きゅうてき》を噛み砕く勢で福音書を読んでいったが、「マルコ福音書」が終ったところで立ち上がった。呑みこまないで口の中に溜めておいた妄語《もうご》を全部まとめて吐き出したい気がした。桂子さんは風呂にはいりながら思わず頬がゆるみ、所詮自分は縁なき衆生であることを合点して一人で笑ったのである。

翌朝早く枕許《まくらもと》で鳴り響くものがある。教会のオルガンの音で、一瞬桂子さんは昨夜の福音書の続きが夢になり、夢がそのまま悪い現実となってどこかの教会に拉致されて来ているような気がした。しかしそのオルガンの正体はすぐ見当が付いたので、桂子さんは悪戯《いたずら》の主の反応を待ちながら眠ったふりをしていた。

やがて智子さんの声で、

「目を覚ましましょう」と芝居がかって言うのが聞えた。

「おなかがすいたよ。もう七時だよ」

「お母さんは六時前から鳥の声で目が覚めたけど、そのままこうやって目をつぶっているんです」

「嘘でしょ。ぐっすり眠っていたくせに」

桂子さんは目をあけて起き上がると、廻っているテープを止めて手に取ってみた。智子さんの細い綺麗な字で、コラール・プレリュード「目を覚ませと呼ぶ声が聞え」と書いてある。ケースの方にはさらに御丁寧に、(Wachet auf, ruft uns die Stimmen)と原題まで書いてある。

桂子さんは声を出して笑った。

「何がおかしいの。これを目覚時計の代りに毎朝かけるの。目を覚ましなさいという曲だから」

「それがおかしいの。この目を覚ませとか目覚めよとかいうのは朝起きることではないのよ。でも話がむずかしくなるから、それでいいことにしておきましょう。よく聞く曲だけど、いい曲ね」

「オルガンはマリー=クレール・アラン」と智子さんは機嫌を直して言った。

それからは毎朝七時になると子供たちがタイマーで仕掛けた「目を覚ませと呼ぶ声が聞え」が家中に鳴り響くことになり、八時前には智子さんがせっせとテープに録音してきたバロック音楽を聴きながら朝食になる。朝食のあとは、子供たちが交代でピアノの稽古と国語の勉強を済ませると、車で鬼押出しや万座、白根、草津などへ出かけ、時には志賀高原の池を巡って歩いたり山に登ったりすることもある。近所の別荘の人たちと午後からテニスをすることもある。この別荘地にはプールもあるので、山に登ってきた時もテニスをした時も、最後はプールで泳ぐ。

それでも桂子さんには子供たちを遊ばせておいて日陰で休む時間もあるし、山の上のレストランで昼食のあとコーヒーを飲みながら坐っている時間もある。そんな時には、「肌身はなさず」持ち歩いている聖書を開いて「熱心に読みふける」――と少なくとも人には見えるほど読んだおかげで、いつのまにか新約の方は「使徒行伝」も書簡も「ヨハネ黙示録」も隅から隅まで読みつくしてしまった。勿論、夜は昼間の何倍も読むのである。そして読みながら腑《ふ》に落ちない箇所には傍線を引いたり×印を付けたりする。よく一緒にテニスをする岡村夫人という四十過ぎの医者の奥さんは、桂子さんが聖書を「肌身はなさず」持ち歩いているのに気がついて、桂子さんを「敬虔《けいけん》なクリスチャン」であると見て大いに感心した様子であった。世間にはクリスチャンだというだけで一段と立派な、尊敬と信用に値する人間だと見てくれるような好人物が多いのである。

その岡村夫人がある日プールサイドで休んでいる時桂子さんに尋ねた。

「失礼ですけど、洗礼をお受けになったのはいつ頃ですか」

「実は洗礼は受けてないんです」

「ではこれから……」

「というつもりは全然ありません。主人は私にも洗礼を受けさせたい気持のようですけれど、私は“No, thank you.”の方で、できれば主人に足を洗ってもらいたいと思っているんです」

相手は眉を曇らせ、同情の色を浮べた目で桂子さんを見つめた。事情はよくわからないながら何やら深刻な問題が夫婦の間にありそうだということで、とりあえず自分も深刻そうな顔をしてみせたのだろうと、桂子さんは相手の間の抜けた顔がおかしくて微笑を浮べた。どこか三輪さんを連想させるところのある人物である。冗談を解して冗談で切返してくることはおよそ期待できないので、桂子さんもつい説明的な話し方になった。

「それで、こちらに来て毎日聖書を読んでいるのは、何とかして主人の信仰に近づこうという ためでは勿論ありませんし、表面だけでも信仰に近づこうと努力しているように見せておこうというわけでもありません。前に何度かあちこちを拾い読みをしたり、キリスト教を論じた本、非難した本もいろいろと読んでいますから、どんなことが書いてあるかは大体わかっています。でも反撃をするには、それが根本的に間違っているという確信をもってしなければ相手に失礼ではないかと思いまして、それでこうやってもう一度最初から通して読みなおしているところですわ」

相手は年下の桂子さんを、厳しい女教師を見る少女のような目で見つめている。

「桂子さんは聖書の言葉が間違っているというお考えですか」

「間違っているというより、ある種の頭のおかしな人の妄想を千倍も大がかりにしたようなものので、いわば首尾一貫して狂っているのではないかと、これは私の勝手な妄想かもしれませんが、読めば読むほどそう思います」

「そんなものですかしら。何しろ私なんか」と岡村夫人は肩を落して溜息をついた。「この年になるまで聖書を開いたこともないような人間ですから」

「読む必要がなくて読まずに済ませられるならそれが一番幸せですわ」

「ところが私はちっとも幸せではありませんし、こうやって毎日無為に過していていいものだろうかと……」

桂子さんは雲行が怪しくなってきたのに驚いて、今年ある国立大学の医学部にはいったという息子さんや今別荘に来ているお嬢さんや、土曜日にはいつもやってくる恰幅《かっぷく》のいい御主人のことを言って、話題をそちらに移そうとしたが、岡村夫人はそれには乗らず、また溜息をついた。桂子さんの方も、やれやれと溜息を洩らしたい気持で岡村夫人の白い顔を見返した。それは、そういうものがあるとすれば乳白色の肉質のガラスでできた人形のように見える顔で、この真夏の光の中で、少し上気して、ガラスの内側にも燈がついている感じである。その感じをあらわすのに「昼行燈《ひるあんどん》」という言葉を使いたくなるのが桂子さんにはおかしかった。

「子供は子供。いくら子供が世間から見て立派になっても、私は私で心の貧しい人間ですから」

岡村夫人はこの「心の貧しい」を鉤括弧《かぎかっこ》付きでなしに平気で使った。桂子さんは大袈裟に言えば冷汗三斗でこれを聞いた。

「奥様がそんなことをおっしゃるなら、私なんか奢《おご》りたかぶって贅肉とコレステロールが沢山付いているということになりますわ。ほどほどに痩せている方が健康にはいいのでしょうけれど」

「いいえ、私などは心身ともに水脹《みずぶく》れで中身が貧弱なんですよ」

岡村夫人は珍しく桂子さんに調子を合せて切返すと、それ以上深刻な告白を始めることもなく、方向を転じて、その聖書がいらなくなったら貸していただけないかと言った。桂子さんも驚いたが、その場で、どうぞ御遠慮なく、と差出した。これは文語訳の方である。実はもう一冊、最新の口語訳の方も排耶書《はいやしょ》関係の本やトマス・アクィナスの本と一緒に箱に詰めてこちらに持ってきてある。

最近、桂子さんは一部にある説とは意見を異にして、聖書は格調の高い文語訳に限るという立場をとらなくなった。格調などに胡麻化《ごまか》されないで読むには、むしろ直訳調の下手な日本語になっている方がよい。どうせあれは正格の日本語になるようなものではないとすれば、「父なる神」とか「主」とか「聖霊」とか「悔改め」とかの独特の言葉遣いに、できるだけ平易にという啓蒙、教導の姿勢が加わって奇妙な文体になる点ではマルクス主義の方の党派で出す文書と同じになるのも異とするに足りない。その奇妙な日本語の文章を読む方がそれを書いた精神の奇怪な姿を摑むためにはかえってよいのである。

桂子さんが旧約の方を口語訳で読み終えた頃、空には旱雲《かんうん》が湧き、夕立ちもなく、林から出るとあたりの風景が白っぽく灼《や》かれているように思われる日が続いた。そんな日の午後、桂子さんが近くの別荘に来ている大学生とテニスをしていると、東京に残っていた父君と母君、それに二宮さん、やや遅れて夫君が今車で着いたところらしく、コートに姿を現した。子供たちがまず見つけて歓声を上げる。

「いきなりいらっしゃるもんだから」と桂子さんが息を弾ませて駆け寄ると、その体の火照《ほて》りが感染したのか誰もが熱気を帯びて口々に溜っていたことを言い合った。その中で父君だけが疲れた様子で白い紙のような顔色をしている。それが気になりながら父君に目で挨拶をする間もなく次の騒ぎが起った。というのは母君が振返って指した先に、別の車から下りてきたらしい一組が現れたからだった。俊太郎さんと鷲山陽子さん、それに清水満智子さんである。

桂子さんがこの三人の方に近づくと、インドからでも帰ってきたような服装の俊太郎さんが

頭から帽子を持ち上げて挨拶したあと、

「お父様とお母様が熱心に誘って下さったものでつい御厚意に甘える気になりまして」と言いながら横に立っている陽子さんを指して、「まあ、こちらに二、三日御厄介になる間にこの人に負けない程度に黒く焼けるといいんですが」

「そうは行きません」と陽子さんが俊太郎さんを睨《にら》みながら言った。「私だってその間にもっと黒くなるんですから」

満智子さんもこの前お見合の日に見た時よりいくらか日焼けして元気そうに見えた。沓掛《くつかけ》にある別荘で陽子さんと卒業論文のための勉強をしようと本を沢山積みこんでやってきたけれども、この分では陽子さんの方は勉強どころではなさそうだと満智子さんは笑った。

「ここまで来るのにも陽子さんは私の車に乗らないで、当然のように森先生の車に乗るんですから」

「それは当然ですもの」と言ってから陽子さんは肩をすくめる。

桂子さんも笑いながら、今夜はパーティをやることになるのでお二人ともこちらで泊っていらっしゃいと勧めた。陽子さんは二つ返事で応じ、満智子さんの方は少し困ったような顔をしたが、桂子さんが、

「御心配なく。寝室が七つ、お風呂も大小二つありますからこれ位の人数なら充分泊れます」

と収容能力のことを殊更強調したので、満智子さんも遠慮する理由を失ったのか、桂子さんの意に随《したが》うことになった。

桂子さんにとっては、俊太郎さんと陽子さんは今や一組の普通のお客様である。満智子さんの方は、例のアドリエンヌ・ムジュラになって行先不明の旅に出たという話以来、桂子さんにとって特別の意味を持つようになった人物で、それが今日、ともかく無事に桂子さんの前に姿を現したことは、夫君がイタリアから帰ってきたことを忘れさせるほどの朗報である。「福音」とはこの種の朗報のことであればそれで充分だと桂子さんは思った。

テニスコートから駐車場まで歩く間に、桂子さんは満智子さんだけに聞える声でこう言った。

「実は満智子さんのことでは今日まで勝手に心配していたの。それが突然、こうして来て下さったので、私としては本当はそのことを祝って祝賀パーティでも開きたい気持なの」

「困りましたわ。陽子さんが大袈裟に申上げたんですね」

「別にそういうことではなかったけど、あなたがアドリエンヌ・ムジュラになっては大変ですものね。でもこれは私の勝手な心配。見当違いだったら御免なさい」

「いいえ。アドリエンヌ・ムジュラになりかけていたことは事実です。でも頭の方だけは大丈夫ですから」と満智子さんは少し赤くなって言った。

暗くなりかけた頃、広間にみんなが集まると子供が二人いて二宮さんがいるだけでまことに騒々しく、陽子さんも貴君とヨーヨーを奪い合ったりして騒々しさに輪をかける方である。智子さんは満智子さんをピアノのところに引張っていって、自分はクレメンティとクーラウのソナタを弾いてみせ、満智子さんにせがんで弾いてもらっているのは、「ハンガリア狂詩曲第六番」の最後の方の有名なアレグロのフリスカの部分である。智子さんも連打のところをやってみるがうまく行かない。満智子さんがもう一度第六番を最初から通して弾きはじめると、さすがにみんなも静かにして聴いた。そして終ると拍手で、これが満智子さんには何よりの贈物になったようだった。もう一つの拍手は俊太郎さんと陽子さんの間で結婚の合意が成立していることが明らかになった時のもので、俊太郎さんがそのことを洩らし、陽子さんがそれを肯定したのでこれまた祝福の拍手となったのである。

「プロポーズはいつでしたか」と桂子さんが訊くと、陽子さんが、

「今日、車の中で」と答えた。

「この人は新横綱が相撲協会からの使者を迎えた時の口上のような返事をしたんです」と俊太郎さんが言ったので、陽子さんが赤くなって背中をぶつ真似をした。

「慎んでお受け致しますという、あれですな」

「とたんにおかしくなって、あやうくハンドルをとられるところでしたよ」

「そういえば鬼押出しの手前のあたりでお二人の車が急におかしな走り方をして胆を冷やしま

した」と満智子さんが言う。

「あなたも人が悪い。そんな真に迫った嘘をついて」

陽子さんは改まって山田氏と桂子さんにお礼を言ったが、そういうことになったためか、この夜は陽子さんの目が一番輝いているように見えたのももっともなことだと桂子さんは思った。

そのうちに食べるものと飲物の追加が必要になってくると、陽子さんと満智子さんとは学生の立場にかえって、自分たちに手伝わせて下さいと強く言うので、桂子さんも諦めて手伝ってもらうことにした。二人は桂子さんのエプロンをして台所で立働き、できた料理を広間に運んだ。桂子さんが台所から広間の方をのぞいた時、満智子さんが両膝をついて夫君に料理と飲物を供しているところだった。なぜか桂子さんはその二人だけを背景から切取って一枚の写真のように眺めたのである。夫君は満智子さんの手許を見つめている。エプロン姿の満智子さんは夫君の方に視線を上げずに慎重に大皿から取り分けたりしている。その動く写真を見て桂子さんの頭に浮んだよからぬ着想は、満智子さんが山田氏の若い妻であっても少しも不自然ではないというものである。この写真が近い将来の山田氏夫妻の姿であるとしても、桂子さんには特別の驚きはない。それは大いにありうる情景のようにも思われるのである。桂子さんはこのよからぬ想像が楽しくて思わず微笑を洩らした。しかし今は忙しくて、この想像上の未来の写真から多くの意味を引出して点検している暇はないので、桂子さんも満智子さんに続いて料理を運び、同じように膝をついて俊太郎さんや父君にそれを供した。

その夜、桂子さんは子供たちと一緒に寝たので、夫君とはほとんど話らしい話はしなかった。洗面所で、夫君が「よかったね」と言うので桂子さんも相槌《あいづち》を打ってから、

「それに満智子さんの方も無事でよかったわ」と言った。

「そうだね。清水君の方の事情は東京で聴いてきた。またあとでゆっくり話す」

そして翌朝、いつものコラール・プレリュードのオルガンが高らかに鳴り響いたのがいつもより一時間遅い八時で、やがて深夜まで夫君と飲んでいたらしい俊太郎さんも起きてきて全員が揃うとテラスの食卓で朝の食事をした。夫君は子供たちを連れ志賀高原へ出かけ、俊太郎さんと陽子さんもそれについて行った。午前の緑陰の下で桂子さんが昨夜の想像の続きを編みはじめようとしていると、着替えを済ませた満智子さんが荷物をもって出てきた。桂子さんはコーヒーでも飲んでゆっくりしていっては、と引留めて、二宮さんにコーヒーを運んでもらった。満智子さんはいつもと変った様子もなく、微風の中で横顔の白い線を光らせている。

桂子さんと目が合うと満智子さんは例の薄日が差すような微笑を浮べた。

「この間はどちらにいらしてたの」

「あの時はこれから行く沓掛で一週間ばかり本を読んでいたんです」

「私もこちらに来て随分本を読んだわ。本と言っても聖書ですけどね」

「聖書をお読みになるんですか」と満智子さんはけげんそうな顔をした。しかし桂子さんはここから話が先日の岡村夫人との時のように展開していくことを好まなかったので、聖書を読んだのは信仰のためではなくて個人的な必要上、ということだけをわからせる言い方をするにとどめた。満智子さんはやや間をおいて、

「聖書ではありませんが、アウグスティヌスの『告白』なら読んだことがあります」と言った。

「奥様は confession ということはお嫌いですか。懺悔《ざんげ》ということではなくて、例えば誰かを崇拝している、熱愛しているという confession です」

「その誰かとは神様ではないでしょう」

「ええ。人間です。男の人です。本当は、誰に対してでもそういう気持になるということはとてもばかげたことだと自分でもわかっているのです。それは例えばその人と結婚できないからといった理由でばかげているのではありません。そもそも人を愛するということが、自分でも信じられないような愚行なんです」

「その気持は大変よくわかります」と桂子さんは言い、自分の分身が話しているのを聞いているような気持になった。

「自分だけはかかるはずがないと思っていましたけど、これはやっぱり珍しい病気なんですね」

「その相手の人があなたの病気を認めてくれたら病気はなおりますか」

「とても恥しくて、いっそ認めてもらいたくないような気もします。でもその人にお医者さんになってもらいたい気持も一方ではあります」

「その人と結婚できるといいですね」と言ってしまってから桂子さんはひどく残酷なことを言ったのかもしれないと思った。桂子さんとしては、その相手が仮に夫君だった場合、その夫君が満智子さんと結婚することになる可能性も皆無ではないことを計算して、単純にその計算の結果にもとづいてそう言ったまでである。

満智子さんは口を閉じたまま微笑を浮べた。

「でも、病気を治すのはやはり自分しかありませんね。自分で治します。治せると思います。いろいろ御心配をおかけして、本当に申訳ございませんでした」

桂子さんは満智子さんが車に乗るところまで見送って、よかったら時々来て智子さんたちのピアノの稽古を見てもらえると有難いと言った。満智子さんは意外に明るい声で、時々陽子さんと一緒にお邪魔しますと言い残すと、白い車で白い坂道を登って晴れわたった空に消えた。

第十六章　海氛白日

山の別荘から下りてきて海の別荘に移る間の一週間は東京で過したが、桂子さんにはなかなか忙しい一週間で、炎暑の庭に咲いている八月の花を見る余裕もないほどであった。門の横の百日紅《さるすべり》の大樹は「散れば咲き散れば咲きして」という通りに暑苦しいばかりに咲き誇って淡紅色の花の塊も重そうに見える。庭の隅には夾竹桃《きようちくとう》も咲いている。あの厚い葉の密生した様子も暑苦しいので桂子さんは優しく目をかけてやる気持になれない。もっともこの庭にあるのは白い花を咲かせる種類であるから夕闇とともに花だけが浮びあがってくるのは悪くなかった。この一週間に特別に三度も子供たちを連れて通ったピアノの先生の庭には数株の木槿《むくげ》がある。底だけが紅く染まった白い花がしおれてはまた咲いて炎昼を凌《しの》いでいるのを見ると、桂子さんは夏が窮まったのを感じる。いつか父君が風の絶えた夏の真昼にあれを見るのは本当に暑いものだと言っていたことが思い出される。

その木槿を見るにつけても「熱行は宜しく呵《とが》め見《ら》るべし」で、桂子さんも顔をほてらせた熱客となって出歩きたくはなかったが、耕一君から電話があって、七夕の日に無名庵で会う話がお流れになったお詫びにと言われると土曜日の正午過ぎにロアジスまで熱行しないわけにはいかない。車を下りてロアジスの玄関まで歩くと、いつもは気がつかなかった異国風の樹が赤い花をつけて熱気の下で燦然《さんぜん》と立っている。これが梯姑《でいこ》だろうかと思いながら桂子さんは夏の庭にこの樹が欲しくなった。

耕一君が急に一週間ほどヨーロッパに出張することになって無名庵での七夕の夜がお流れになったことを桂子さんは残念には思っていない。あれは最初から実現するはずのない計画で、少なくとも「河漢の女《むすめ》」にとっては七夕の夜は雨に決まっていて、逢引は成立しないことがむしろ計画の中にはいっているようでもあった。万一晴れて河漢を渡らなければならなくなった時に自分がどうするかを桂子さんは考えていなかった。その時は冷静な狂気をもって出奔してあとはどうなるかわからない。そんな予感が微量ながらあったところへ耕一君の方から中止の連絡が来たので、桂子さんは予約してあった無名庵をどうするかは任せてもらって、早速父君に相談すると、多少強引に七夕の夜の無名庵を父君と母君に譲った。つまり余り気の進まない二人を龍太氏のところへ送りこんだわけである。

「それでよかった」とうなずいてから耕一君は目に笑いを浮べておもむろに言った。「実はあの日は僕の父と母も出席したそうだ」

「すると無名庵で例の四人組が揃ったわけね」と桂子さんも驚きながら笑った。

その話は父君からは聞いていない。父君は夜遅く帰ってくると食堂で桂子さんの入れた煎茶《せんちゃ》を飲みながら、珍しく「疲れた」と口に出して言い、「中年病を畏《おそ》れて酒を挙げず、でもないが、近頃酒がうまくない。だから飲み過ぎる心配もないさ」という話をしただけであった。ところが耕一君の話によると、その晩も龍太氏を加えて飲むうちに話がいつか例の悦楽のことに及び、龍太氏の実習付き講義が行われたという。四人組もこの実習に加わったかどうかは耕一君も詳《つまび》らかにしない。桂子さんの推測では、恐らく加わることはなく、見学するだけに終ったのだろうと思う。しかし四人で最後まで見たのだろうか。

「母も席を蹴《け》って立つことはしないで一応最後まで見たそうだ。その結果、翌日父は母から絶縁の宣告を受けることになった」

「離婚ですか」

桂子さんは驚いて見せながら、目は依然として笑っている。「とうとう」でも「やっぱり」でもいい。いずれこういうことになっても不思議はなかったと桂子さんは思っている。それにしても夫婦揃って龍太氏の奇怪な講義を受けたあと夫人の方が憤然として、あるいは愛想をつかして、「もはや生活を共にできない」という宣言を発したのが桂子さんには何ともおかしいのである。しかし宮沢夫人、というより宮沢三津子女史がそこまで言うのなら離婚すればいいではないかと桂子さんは簡単に結論に走った。

「それはそうだが」と耕一君はいくらか残念そうに言った。「親父は頭に血が上って、お前はおれを棄てて[あ]の磔《はりつけ》にされた男をとるのかと言ったそうだ。母が黙っていたので、親父はその間にすっかり血が引いて、そんなら離婚だ、おれは別の女を探す、と言ったらしい。要するに親父は棄てられたわけだ。僕としては同情に耐えないね」

桂子さんもうなずいて、

「お父様としては裏切った女ではあってもあの方が必要だったでしょうに」と言った。「残酷なことをする方ね」

「君のいう病気にかかると女はああなるのさ。恐しい病気ではあるね」

「さしあたり家政婦がいるでしょう。いい人で心当りがあるから相談してお父様のところへ廻しましょうか。その人なら、家政婦以上の役にも就けるかもしれないわ」

言うまでもなく桂子さんの頭にあったのは二宮さんで、猛禽《もうきん》と走禽ほどの違いはあってもいくらか鳥類的要素を共通にもっているあの二人ならうまは合うのではないかととっさに思案をめぐらしたのである。

「いつかのフランス料理の人みたいに」と耕一君は三輪さんのことを指して言った。「その人もあの病気にかかっていたのでは大変だ」

「それはもう保護観察済みですから大丈夫」

桂子さんは食べているうちに食欲が出てきたが、耕一君が選んでくれたのはシャトー・オー・ブリオンの珍しい白で、これも舌を爽かにした。

「ところで君の方の戦況は？」と耕一君に訊かれた時にその玲瓏《れいろう》たる水の玉を口に含んでいた桂子さんは目の色で大丈夫と知らせた。

「でもこの戦争は長期戦になりそうだわ。あと二年も三年もかかるかもしれない。あなたのお父様とお母様の場合とは違ってこちらはまだ十年も一緒に暮してないのだから、別れてしまうのは早いと思うの。やっぱりコストが大き過ぎますね。それに、諸般の事情を考えますと、離婚は子供にとってもあの先生にとってもいいことではないし、私にとってもコストの割にはそれで事態が大幅に改善されることにはならない。父がいなくなれば二人の子供を抱えて今の生活が維持していけるかどうか、これはまだ父と細かい相談はしてないの。最近はこの戦争はもっと長期化する、あと二十年や三十年は続くと覚悟した方がいいという気もする。少なくとも子供たちの結婚式には二人揃って親として出席することにする。離婚するかどうかはそのあとで決める。あなたのお父様、お母様の場合と同じようなことになるけれど」

「それまでの二十年から三十年は擬装結婚ということになるのかな」

「別に無理な擬装をするわけではないの。交戦状態にあることが常態になる。ペロポネソス戦争二十七年間と似たようなものだと思えばいいわ。ただ、子供たちにはこの戦争は見えず、存在せず、ということにします。その間に山田の方が降伏して本当に戦争が終ることもあるでしょう」

「相変らず君の見通しは強気で楽観的だね。でも案外終戦の時期は近いかもしれない。明日にでも山田さんは君の条件を呑んで休戦に応じるかもしれない。少なくとも山田さんにはもう戦意は残っていない」

耕一君はこの間の出張の最後の日にロンドンで山田氏と会ったという。桂子さんはその話をはじめて聞くので、前のザルツブルクで会った話と言い、今度の話と言い、二人の連絡のいいことに感心したが、その会談の模様については大いに好奇心が湧きあがった。

「ザルツブルクで会った時には君に黙って入信したのがまずかったという話で終っていたが、今度はやっぱりあれはまずかったという話から始まった。それが骨身にこたえたという言い方で、聞いていておかしかった。山田さんの説によると、病気の人間がキリスト教に入信するのではなくて、入信することが病気にかかることだそうだ。それも遺伝病ではない。明らかにウイルス感染症だが、感染しやすい体質は遺伝的なものだろう。しかしいつまでもこの病気にかかっているわけにはいかない、いい加減に健康を取戻したいが、この病気だけは医者に任せて他力本願でというわけにはいかない。自分で治すしかない。そこで自分で走ったり体操をしたりということになるが、桂子はいい助手で、僕は感謝している。そう言っていたよ」

「感謝されているとは知らなかったけれど」と桂子さんは工合が悪そうに笑った。「言ってることは私と同じじゃありませんか」

「それにもともと山田さんの体質はあの病気にはむいてなかったのかもしれない。変な言い方だけど、まあ若気の至りで、とか魔がさして、とかいうことではなかったかな。ともかく山田さんの方では君と戦争をしているという意識がない。ただ、外交関係は一方的に断絶を宣せられていて、これには困ったと言っていた」

耕一君が「外交関係の断絶」の意味を承知で言っていることは明らかだったので、桂子さんは少し赤くなって笑った。その桂子さんの反応が移って耕一君も同じ笑い方をした。

「普通は戦争をやっていても裏では然るべきルートを通じて相手の意向とか和平の可能性とかを探っているものだけどね」

「それはやっていますよ。でもお互いに指一本触れないでやっています」

「とにかく表向きは国交断絶で、それが二十年も続くということは何としても不自然だ」

「いいえ、簡単なことですよ。私の方は悟入する前の魚玄機に戻ればいいんですから。それとも国交断絶の間は無名庵の御主人のお世話で中気真術ほかもろもろの術を修してその道を窮めることにしようかしら。その場合は手伝っていただけますか」

「残念ながら僕には楽人陳某の役は勤まらない」

「本当に残念だわ。するとやっぱり悟入以前の魚玄機に戻って、山田には李の役で我慢してもらうことにしましょう」

「山田さんが『身を以《もっ》て、近づこうとすれば』、君は『回避して、強いて逼《せま》れば号泣する』というわけか」

「いいえ、強いて逼ればくすぐったくなって笑いだすんですよ」

「山田さんがそれで二十年我慢できれば、山田さんは聖者になって君は神様になる」

「グロテスクな関係かしら」

「そうならないうちに離婚することを望むよ」

「離婚すれば女道士となって龍太氏のところに身を寄せてあの術を修するしかないではありませんか」と話は堂々巡りになるので、桂子さんは話題を変えてまり子さんの様子を尋ね、順調に八ヶ月目にはいっていることを聞いてよろこびながら、あとはデザートの間に子供の近況を話しあうと、桂子さんは海の別荘行きの準備のこともあって忙しかったので談話室の方には移らずに、耕一君からのお土産のロアジス特製のケーキをもって家に帰った。

その夜子供たちが寝たあとで、桂子さんは乾いた夜風がはいってくる書斎、子供たちが言うところの「お母さんの白い部屋」でカードの整理をした。今年になってから、桂子さんは旧約、新約を始め、キリスト教関係の本を読む時には思いついたことをカードに書いてバインダーに綴じておくということをやっている。それがすでに二冊目になって、一冊目は大分前に夫君に渡してある。カードの内容はそのほとんどがキリスト教や宗教一般についての桂子さんの疑問である。例えばその一枚には次のようなことが書いてある。

布教、伝道という活動ほど人をバカにしたものはない。ある宗派のセールスマンは無料で幸福の強制配給をしにきたようなことを言う。また他の者は薬売りみたいに、何か病気にかかっているのではないかと脅す。そういう話は聞きたくないと言うと、聞かないとあなたの損になると言うので、私は自分の時間を奪われて不愉快な話を聞く損の方を重くみる、と言ってやる。私の時間とその有難い話とを交換することには同意していないのに、一方的にイエス・キリストは、などとしゃべって止めようとしないのは最低のセールスマンにも劣る。

これはある時、聞いたこともない宗派の人がやってきて勝手口で少々やりあったあとで書いたものであるが、そのカードの裏には後日次のように書き加えてある。

しかし日本ではいろいろな宗教が自由に店を開いてお客を集め、自由にセールスマンが飛び歩いているのは大変結構なことである。必要を覚える人は勝手にそのどれかを買って信仰すればよい。その必要のない人がおよそ宗教というものを買わないのもまた勝手である。そういう人間も少なくないはずなのに、日本には各宗派の信者を合計すると日本の人口よりも多い信者がいることになる。宗教は大いに繁昌していると言うべきであろう。

またあるカードにはアンリ・アルヴォンの『無神論』を読んだ時の次のような感想が書いてある。

神は恐しくないが教会は恐しい。日本では江戸時代になっていた十七世紀にもローマ教会はジョルダーノ・ブルーノ以下の汎神論者《はんしんろんしゃ》、無神論者を片端から焚刑《ふんけい》にしていた。焼き殺される前に舌を抜かれた者もいる。キリスト教を見る時にこういう過去の実績を忘れるべきではない。教会はかつて血に染まっていた。この血を自分で洗い落したという話を聞かない。

桂子さんが面白い話だとして書きとめてあるのはトマス・ホッブスの死ぬ直前の次のような話である。

ホッブスは重態に陥った時、友人のメルサンヌ司教の訪問を受ける。メルサンヌ司教がホッブスにカトリックとの和解を勧めるつもりで教会について語りはじめると、ホッブスは、「その問題についてはずっと前に充分考えて解決済みだ。退屈だからほかの話題にしよう」と言った。他の説によると、「もっと愉快な話はできないのかね。君がこの前ガッサンディに会ったのはいつだった」と言ったという。

桂子さんはこの種の思いつきを書いたカードを夫君に渡して、一枚ずつ賛否を示してもらうつもりである。夫君に対してアンケートを実施しているようでもあり、逆に自分の方が答案を提出して採点を待つようでもあるが、いずれにしても桂子さんとしては言うまでもなくカードの多くに○をつけてもらいたいのである。夫君の反論があれば、桂子さんも再反論をする気でいる。

桂子さんは寝る前に二冊目のバインダーを夫君に渡して、翌日の午前中に子供たちを連れて一足先に車で出発した。もう一台の車で親しく付合っている吉田夫人が二人の子供を乗せて後を追う。吉田さんの子供は上が女、下が男で年齢も智子さん、貴君とそれぞれ同じで、ともによく遊ぶ友達同士である。桂子さんの車には男の子二人が、吉田さんの車には女の子二人が乗っている。今年は吉田さんたちを招待したので、山田氏は三、四日遅れて、吉田さんたちが引上げた頃一人で海の別荘にやってくる段取りになっている。それまでに例のカードを読んでおいて下さいと桂子さんは念を押して出てきたが、山田氏はいやに熱心な学生から是非読んでみて下さいと原稿でも押付けられたような顔を見せて苦笑した。

夏の絶頂の空と海に向って車を走らせていくうちに桂子さんはもうこれで万事が終って解放されたという気分になった。夫君が迷いこんでしまった教会という病院の暗さもそこに充満しているキリスト病の匂いも自分とは何の縁もないものだと思える。たまたま車の中には女一人と男二人の歌声で、気球に乗って空を飛んで着いた先がジャマイカだという歌が流れていたが、それが丁度今の桂子さんの気分でもあった。

途中で窓から水平線が見えるレストランで食事をして休んだ時に沖を行く船を見て、智子さんが「あ」と小さく声をあげた。目を輝かせて桂子さんにコップをあげて見せると、「お母さん、『ソーダ水の中を貨物船が通る』」と、ある歌の文句を言う。桂子さんは「よくわかったわね」という意味を目にこめてうなずいた。貴君はその船を見ながら、「僕は今度お父さんと船に乗って外国へ行きたい」などと言っている。「飛行機の方が速くていいのに」と吉田さんのお嬢さんが言うと、貴君は「飛行機だと時差があるからいやだよ」と妙な理窟を披露して大人を笑わせた。桂子さんは笑いながら突然ハーディのある短篇を思い出した。元船乗りの夫が一旗揚げようと息子を連れて船に乗って出かけたまま帰ってこないという話である。最近の貴君には山田氏をひそかに敬して仰いでいる様子が見られる。山田氏が声をかければ船に乗ってどこへでもついて行ってしまうだろうという気がこの時桂子さんにはしたのである。

智子さんの方はと言えば、こちらも近頃山田氏に対して小さな恋人の態度を見せることが多くなった。山の別荘にいる時も、机に向っている山田氏のところへ猫のように近づいて黙って立ち、山田氏が気付いて顔を向けてくれると世にも甘い光をたたえた目で見返してからこれも猫がするように頭を胸にすり寄せたり、山田氏の二の腕を両手でつかんだりする。それから上気した顔で逃げだしてくるといった工合である。近頃の智子さんを見ていると、山田氏がいなくなった時にもっとも悲しんでその帰りを待つのは智子さんではないかと桂子さんは思う。この小さな恋人から大きな恋人を取上げるようなことはできそうにない。

仕事の関係で出張の多い吉田氏も子供たちにもてる父親で、たまに早く帰宅した時は子供たちが争って一緒にお風呂にはいりたがるという。海の見えるレストランでその話が出た時、智子さんと貴君は口を揃えて「いいな」と言った。「でもお父さんは僕たちよりもお母さんとはいる方がいいって言ってたよ」とは吉田さんの男の子の言である。

桂子さんたちの行く別荘は南伊豆の白砂青松の浜に近いところにある。周囲には十数軒の民家が散在していて、低い山と小さい川との間の田畠《たはた》の色は今「村南村北禾黍黄なり《そんなんそんほくかしょき》」というのに近い。桂子さんはこの別荘地ではない土地が好きである。炎天の下を思慮深そうな柴犬が歩いていたりするし、朝は鶏鳴を聞くことができる。別荘も海鼠壁《なまこかべ》の土蔵のある大きな農家を改造したもので別荘らしからぬものである。横の木戸から出て赤い炎をつけたカンナの間を抜けていくと家の管理をお願いしてある駄菓子屋を始め数軒の店が松林の中にあって、その先は弓の形に広がる砂浜と海である。今年は八月になってから来たので、海の人出は盛りを過ぎて、ビーチパラソルの数も少なくなっていた。

桂子さんたちは別荘に着いた午後、まず駄菓子屋に挨拶に行って、店の続きの葭簀《よしず》張りの中でラムネを飲んだり長い棒のアイスキャンディを食べたりした。店のおばさんの話では今朝から土用波が来ているという。誰かの句に「土用波ものの始まる暗さあり」とあったが、まだその暗さは感じられない。三時の海はひたすら明るい空の下で輝いていた。

桂子さんは、十年位前、やはり八月に伊豆の海に来た時に颱風《たいふう》に遭ったことを思い出して子供たちにそのことを言うと、女の子二人は怯《おび》えた顔をした。翌日の午前中は晴れていたが、午後から雲が広がって温かい雨が落ちてきた。子供たちは面白がって雨の海にはいり、桂子さんもこういう天気の時は日焼けの心配が余りないのでいつになく長い間泳いだ。雨はそのまま夜になっても断続して、次の朝は空を蒼黒《あおぐろ》い雲が走る肌寒いような日で、相変らず雨は険悪な色をした海を叩いていた。子供たちは前日の雨中の海水浴が気に入っていたので、止めるのも聞かずに海へ出ていったが、やがて唇の色も失って震えながら上がってきた。焚火でもしたいほどの寒さらしい。桂子さんは熱い飴湯《あめゆ》を作って子供たちに飲ませ、外出を禁じた。子供たちもさすがにその午後は斜に降る雨を見ながらおとなしく家の中で遊んだ。颱風が近づいているという天気予報が子供たちには効いたのである。

その晩、桂子さんが停電に備えて買ってきた大きな蠟燭《ろうそく》を頭数だけ立て、「海賊焼」と称して海老《えび》や貝を鉄板で焼いて食べていると、夫君から電話がかかった。ロアジスのことについて訊いてきたのである。明日の昼、満智子さんと食事をしたいからと言う。

「何やら相談したいことがあるそうだ。家に来られるよりはロアジスあたりで食事でもしながら話を聴く方がよさそうだからね」

「あそこの談話室なら落着いて話ができます。深刻な話でなければ」

「それが深刻な話かもしれない」

智子さんと貴君が早速電話のところにやってきて、お父さんと話がしたいと言っている。受話器を渡してやると、二人は交互に、「早く来て」、「颱風がやってくるから怖い」などと訴えている。

次の日も、颱風はまだ遠い南の海上にあったが海は一日中荒れていた。時折雨も混えて強く吹く風が八月とは思えないほど肌寒い。裸になって海に出られる天気ではないので、昼前から桂子さんは吉田さんの親子も自分の車に乗せて六人で近くの燈台や熱帯植物園を見に行った。

それから猿のいる岬にも行ってみたが、その頃には雨が激しくなり、猿の姿は見えなかった。吉田さんが来てからお天気に恵まれないのを残念に思っていると、その翌日、つまり吉田さんたちにとっては最後の一日は幸いにも嘘のように晴れ上がった。午後には予定より一日早く夫君が到着した。子供たちは狂喜して迎え、夕方まで海で遊んでいた。その晩は智子さんの言うところの「最後の晩餐《ばんさん》」で、吉田夫人も桂子さんもいつになく飲んで、二人で夫君が持ってきたシュタインベルガーをあけてしまった。吉田夫人の方が桂子さんよりも強く、そのあとはコニャックにも手を出して、酔いのまわった目を山田氏の顔に釘付《くぎづ》けにして、つまりは少々目がすわった状態で教育論などをやっている。この人は酔うと可愛い少女の顔になると思いながら、桂子さんもコニャックを一杯だけ飲んでお付合いをした。

その翌日も真夏が戻ってきていつまでも続きそうな気がするほどの快晴で、吉田さんたちはこのまま帰るのが勿体ないと言いながら別れを惜しんで朝早く発っていった。後片付けを済ませて夫君と松林の方へ散歩に出掛けると、近くの家から「猫踏んじゃった」の連弾が聞える。やがてソナチネやバッハのおなじみの曲が聞えてきたので、弾いているのが智子さんだとわかった。近所の大人たちの誰とでも如才なく口を利く子で、同じ年頃の女の子がいると上がりこんで遊んだりする。吉田さんの子供たちがいなくなったと思うと早速近所の女の子のところに行ってピアノを弾かせてもらっているらしい。

「貴はどこへ行ったのかな」

「近所の男の子と一緒にもう海へ出ていきましたよ」

「大丈夫かな」

「大丈夫でしょう。あの子は無茶はしませんから。ほら、あそこでゴムボートに乗ってるわ」

桂子さんと夫君は松の木の下のベンチに並んで腰を下ろした。何かあればすぐに駆けつけられる距離に男の子たちの一団が見える。

「満智子さんのことはどうなったの」と桂子さんが口を切ったが、夫君も吉田夫人がいなければ着くなりこの話をしたかったに違いない。一度は、実に変な話だよ、と言いかけたけれどもゆっくり話す暇がなかったので詳しいことは吉田さんたちが帰ってしまうまでお預けになっていたのである。

「ああいう話はロアジスで聞いてよかったよ。なかなかいい店だね。星野さんも出てきて挨拶したが、清水君を紹介すると、星野さんは清水君のお父さんをよく知っていると言っていた。フランスにいる時に知り合ったらしいがね」

「それで、満智子さんの相談って、深刻な話だったの」と桂子さんは好奇心を抑えかねてまた催促した。

「まあ、真面目な商談といったところだ」

桂子さんはしばらく思案した。夫君は桂子さんがそうやって想像の積木を組立てては崩しているのを楽しむように待っていたが、おもむろに核心だけを一切の修飾なしに言った。

「要するに、僕に、君と離婚して自分と結婚する意思はないだろうかということだ。先生にその気持があって、先生と奥様の間で話がつくようなら私と結婚して下さい、という談判だった」

「やっぱりそうでしたか」

「予想していたのかね」

「満智子さんの様子にただならぬものがあって、さて何だろうと想像した場合、一番面白いのがそのことでしょう」

「その点では僕も君と同じだ。そしてそうなるといつ相手がそれを言うか、果して言うだろうかと期待で気もそぞろになる。ところが相手はなかなかそれを言わない。落着いてオースティンのことや森さんと鷲山君のことなどを話しながら料理も綺麗に平らげている。重大な話をいつ切り出そうかと胸も一杯、といった様子は全然ない。かと言ってこちらから催促するわけにもいかない。デザートも終って談話室の方に移ったところでいきなり例の爆弾発言だ」

夫君の描写によると、満智子さんはそれを思いつめた顔ではなくていつもの薄日のさすような微笑とともに、しかし疑いようもない真剣さで淀《よど》みなく口から出したのだそうである。それでもさすがに唇と睫《まつげ》が震えている。

「確かに今頃珍しいよく整った美人ではあるが、ああやって意志をあらわした顔を真正面から見ると妙なものだ。あの子の瞳は人より淡いね。その目に涙がにじんできた」

「感動的な場面ではありませんか」と桂子さんは精一杯想像力を働かせながら言った。「愛の告白の場面……」

「いや、それがどうもその気分からは遠いので、だからさっき商談と言ったのだ。相手は考え抜いたあげく、提案だけはしておこうという気になったらしい。これを口に出して言わなければ、一縷《いちる》の望みの糸もつかめない、百万分の一の確率でもそれに望みをかけなければ本当に確率ゼロになる、と言う」

「合理主義者ね」

「そう。とにかく私の提案を検討して下さい、その結果、ノーとおっしゃるのは勿論《もちろん》先生の自由だし、自分でもノーの答しかもらえないことをほとんど確信している、と言うのだ」

「それで、どう答えました?」

「その場では答えないことにした。答は決まっていてもここでは言わないでくれ、と必死の目をして頼むものだから、僕もかわいそうになった。死刑の宣告はもっとあとで、不意打ちで下してもらいたい。そう言ってたね。あとはもうお互いに話すこともないので、判決が出るまでは蒸発したりしてはいけないと念を押してから別れた」

桂子さんは溜息をついた。

「僕にはあの子があんなことを言わずにはいられなくなった心理のメカニズムのようなものが何としてもわからない。想像力が鈍いせいか、あの子の立場に立ってみて、そうなるしかなかった心の動きを再現してみることができない」

「私にはわかるような気がするわ」と桂子さんは岬の上に立ち並ぶ雲の城を見ながら言った。

「満智子さんは私とよく似たところのある人かもしれない。私でも満智子さんと同じようなやり方で先生にぶつかってみますよ。ただ、残念ながら、私の場合は堀田先生にお見合の席に引張り出されて山田先生が結婚の相手になるということを教えられるまでは先生のことを結婚の相手としては考えていなかった。大変申訳ないことです。その点では満智子さんに及ばない。満智子さんは自発的に先生を選んでいるわけですから」

「僕は女に愛されることに慣れていない。居心地が悪くて仕方がない。自分が愛した女と結婚したいね。その相手が少なくともノーと言いさえしなければそれで充分だ」

ノーと言わなかっただけではない、と桂子さんは口まで出かかったが言わなかった。そしてその代りに、胸の中の気圧が下がっていくような気分を覚えながら言った。

「でも満智子さんの提案は白紙の状態で検討してみる値打ちがありそうですね」

「それはそうだ。僕は何度も検討してみた。一足す一は二になる。それを真面目に検討してみたが、答はやはり変らない。一足す一は二で間違いない。僕は離婚しない。清水君には死刑の宣告を言い渡すしかない。それで、君はどうだ」

「去年あなたがショッキングな告白をした頃なら答を出すのに迷ったかもしれない」と桂子さんは言った。「でも今は一足す一は二。満智子さんには可哀想ですけれど、先生を譲ってさしあげるわけにはいきません」

山田氏は立ち上がって伸びをした。それから意味深長な笑いを含んだ目を向けてこう言った。

「君のその結論は条件付きの答ではないのかね」

そして桂子さんが言おうとする前に、

「例のカードは今夜返すよ」と付け加えた。「ほとんど全部に○を付けてね。森さんなら君のカードに逐一模範的な神学的反論を書いてくれるだろう。あの人は専門家だからカトリックの神学者か神父が言うことを正確に代弁してくれるだろう。しかしそういう議論に耳を傾けるのは無意味だからお止《よ》しなさいというのが森さんの忠告だ。病気と縁を切る決心がついたら病気のことは忘れてしまうのが一番いいのだそうだ。僕は自分でも割に物忘れがいい方だと思うね」

午後になるとまた湿った風が出てきた。桂子さんも多くのことを忘れて子供たちや夫君と海で過すと、西の岬に沈みかけている大きな熟した果物のような太陽を見ながら別荘に帰った。

これで今年の夏が終ってもいいという気持であった。

第十七章　秋声白露

父君の告別式の翌日から二、三日雨が続いたあとは「雨後秋気早し」で九月の下旬とは思えないほど深い秋の色が空に見られた。日が落ちると水のような冷気が湧き上がって死者の出た家の中に広がり、桂子さんの身にしむ。父君が心筋梗塞《こうそく》で急逝《きゅうせい》した頃は残暑の盛りで、たまま桂子さんもこの前後は振り向いた閻王《えんおう》の口から吐き出されたような熱気に遭って何をするのも億劫《おっくう》なほど体の調子が衰えていた。しかもその閻王の吐いた火が燃え移ったとしか思えない不吉な花を無名庵からの帰りに見たのが余計いけなかったような気があとになってした。

父君が倒れる一週間ほど前に林さんの招待で夫君と一緒に無名庵に出かけたのは止むを得ないことであった。縁談がまとまった森さんと陽子さんも、「お礼のほかにお願いもありまして」と言って姿を見せていたので、その午後は疲れを忘れて無名庵の料理を楽しんだが、森さんの言うお願いなるものは、聞けば何とこの十一月下旬に式を挙げることになったから桂子さんたちに媒酌をお願いできないだろうかということだったのである。桂子さんは森さんたちの事を運ぶ速さと手廻しのよさとに驚いて、

「電撃作戦ですね」と言うと、森さんはその父君譲りの微笑を浮べて、

「ええ、実はそれも抜け駆けの奇襲作戦でして」と答えた。

陽子さんの説明によれば、森さんは二度目に陽子さんと会ったあと、早速ホテルの式場を予約しておいたという。森さんの方は決心がついていたけれども陽子さんの気持がどうなるか、まだ見当もつかない時にである。工合が悪ければキャンセルするか、延期すればよいことだからと森さんは言ったが、なかなかよい式場が確保しにくい昨今、考えて見ればこの作戦は正解である。陽子さんの方は森さんのやり方が意表を突いて神速なので、いきなりジェットコースターに乗せられて空を駆けめぐるようなめまいがして、と言いながら森さんの魅力にすっかり参っている様子だった。林さんが言うには、

「私も多少知恵を授けたんですよ。ヒトラー流の作戦ですな」

「それで早速、結納のこともお願いしたいのですが」と森さんは山田氏と桂子さんが媒酌を引受けると決まったかのように話を進める。桂子さんたちは顔を見合せて苦笑しながら観念した。

「まさか明日が大安だからとおっしゃるんじゃないでしょうね」と夫君が言う。

「今度の日曜日がそうです」

陽子さんの御両親には森さんを紹介した人間として夫君が八月中に挨拶に行ったところ、当人同士が結婚の意思を固めるに至ったことを御両親も諒《りよう》とし、夫君に感謝していたというし、

媒酌は是非とも山田先生御夫妻にお願いしたいという話は鷲山家からも出ているという。

山田氏としては初めてのことではあるし、年齢が若すぎることも気になるので、こういうことは森さんの恩師格の大先生にでもお願いした方がよいのではないかと一応は辞退の姿勢を見せたが、

「私には恩師に当る人がいないのでして」と森さんは受付けない。「まあフランスにならいないこともありませんが、御承知のようにみんなまとめて裏切ったような次第ですから。われわれとしては恩師よりも何よりも、今度のことでは恩人に当る山田先生御夫妻に媒酌をお願いしようというのが唯一の考えられる案なので、何分よろしく」

こうしてその日話は決まって、桂子さんも結婚後十年も経たぬうちに自分が媒酌の役に廻ることになったのは少なからぬ喜びであったが、無名庵を出て外の熱気に触れるとにわかに疲労を覚えた。そして車が川沿いの道に出た時、土手を赤く染めて咲いている彼岸花を見たのである。

「いやなものを見たわ」と桂子さんがこだわったように言うと、夫君は大して気に留めずに、

「そう思うのは名前のせいだろう」と言った。「ヨーロッパあたりでは立派な園芸植物だよ」

「幽霊花とか死人花《しびとばな》とか、名前もよくないけど、私はあの見るからに毒草らしい姿が嫌いなの。あれが一斉に立ったところを『滅びの血』と詠んだ句があったわ。でもおめでたいことが始ま

ろうというのに縁起でもない話は止めにして、森さんと陽子さんの方はこれでうまく行きそうだとすると、あとは満智子さんね」

桂子さんは夫君が八月下旬に海外から帰るとすぐ満智子さんに会って「引導を渡した」――という言い方を夫君はしたが――あとのことが依然として気になっていた。今度こそアドリエンヌ・ムジュラになって失踪するのではないかという心配が八分、それに残りの二分は期待のようなものが混って桂子さんは落着かなかった。

「アドリエンヌ・ムジュラにはもうならないだろう、エロイーズになる危険ならないでもないがね」

夫君は聞き捨てならないとも思える言い方をしたのちに、満智子さんが結局オースティンは止めにして、「十八世紀英国のモラリストたち」というようなテーマで卒業論文を書くことにして、目下その方の勉強に夢中だということ、また就職はしないで大学院に進む決心を固めたということを話した。

「それでは山田先生が今後何年間もアベラールになって面倒を見るわけですか」

「それでは叶わないから、大学院での指導教授は専門から言っても佐伯《さえき》さんにお願いするのがよかろうということに話がついている」

「十八世紀のモラリストたちと言えば、シャフツベリー、チェスターフィールド、ヒュームといったところを取上げるつもりかしら」

「そうだね。オースティンもその中に加えて扱うつもりらしいがね。清水君も不思議な人で、現代文学や現代思想にはほとんど興味がないらしい。シャフツベリーではないが、美と秩序の愛好者で、ローマ・カトリックが代表している『迷信』とピューリタンの『狂信』を軽蔑《けいべつ》している。道徳は高級な趣味の問題で、そういうものと縁のない連中専用の道徳的抑止力または治療と救済の手段としてなら、迷信型や狂信型の宗教も大いに役に立つということらしい」

「満智子さんがもしそこまで明快に言ったとしたら、私も喜んで口真似をしておきたい位だわ」

「勿論、清水君がこんなにうまく言ったわけじゃない。シャフツベリーの言葉を借りて僕が勝手にまとめてみるとこんなことになるらしいというだけだよ」

夫君は多少弁解めいた調子で説明した。満智子さんの考えを代弁するにしても妙に肩を入れすぎているという気は桂子さんにもした。

「とにかく、満智子さんはなぜか私と同じタイプの人間らしいですね」

「勝手に思いつめたりムジュラになりかけたりするところを除けばね」と夫君は皮肉っぽく聞えないでもない言い方をする。「で、その十八世紀理神論の申し子みたいな清水君に、実は僕はカトリックだった、洗礼も受けたことがある、と話したら、清水君は宇宙人でも眺めるような不思議そうな目で、そう、膜がかかったような目で僕を見た。よく呑みこめなかったらしい。急に話が通じなくなったという顔をしていたね。そこでこう言ってやった。僕がカトリックのままでいたら桂子は僕と離婚するつもりでいる、僕はキリスト教とは縁を切ることにした、これがあなたの提案に対する返事になっている、と」

「それで相手は納得しましたか」

「それはどうだかわからないが、僕の言ったことは理解したと思うね。いつもの花曇りの微笑が浮んで、わかりましたと言った。そのあとは卒業論文と大学院の話ばかりだった」

桂子さんも夫君の言うことを逐一信用したのではないが、聞いた限りのことは理解した。「引導を渡す」ために夫君が満智子さんと会った時そのほかにどんな話があり何があったかについては想像の余地は充分あるのだし、想像してみるのは桂子さんの自由である。桂子さんは人間がひねくれているわけでもないし、異常に疑い深いわけでもない。ただ、自分が聞かされた範囲のことから聞かされていないことを推測するにあたっては多くの可能性を考え、それを仮説の形で頭の中に並べてみる習慣がある。夫君と満智子さんとの間にはまだ語られていない何かがあるかもしれない。あればあったで、それが将来芽をふいて思いがけないことが起るのを楽しみにして待ちたい気持も働く。そういう質《たち》であるから桂子さんは大概の椿事、珍事、不祥事の出来《しゅったい》には驚かないのである。

森家と鷲山家の結納の交換は大安の日曜日に仲人である山田氏の家で、というのは桂子さんたちの家の蓮池に面した十畳の間で行われた。桂子さんは、夫君が照れもあがりもせず、特に気負いもせずに淡々として、「本日はお日柄もよろしく、まことにおめでとうございます」などと挨拶して仲人の役を勤めるのにやや意外な気がした。夫君と桂子さんの結納の時は亡くなった堀田先生が仲人で、この同じ部屋で山田家からの結納を持ってくる堀田先生を迎えたのが思い出される。当時の堀田先生は現在の山田氏より四、五歳は上だったはずである。その堀田先生は随分固くなっていたようであるが、山田氏にはそういう様子は見えない。陽子さんの方は御両親、森さんの方は「生物学上の父親」であることから林さんが出席して、結納の交換は無事終った。一同は茶室に移ってしばらく歓談した。

その翌日は一段と残暑の烈しい一日で、父君は夕方からのパーティを早めに切上げて帰ってきた。余り飲んではいなかったらしい。疲れて気分がよくないということで早くから寝てしまったと母君は言っていたが、異変が起ったのは深夜、十二時過ぎのことで、まだ起きていた桂子さんが母君に呼ばれて寝室に駆けつけた時にはすでに意識がなかったから、考えてみると、元気な父君の姿を見て最後に言葉を交したのはその日の朝の食事の時だったということになる。七月に生まれた下の妹の男の子、つまり父君にとっては四番目の孫の話が出たのを覚えているけれども、最後の言葉として特に印象に残るものはない。それで桂子さんが父君と話らしい話をしたのは前日の結納交換のあとの夜にさかのぼる。

父君は食事のあと応接間で一人でコニャックを飲んでいて、こんな時には桂子さんと二人きりで話をする機会を待っていることが多いのを桂子さんも知っていたので、それとなく顔を出すと自分はシェリーを一杯だけ飲んで三十分ほどお相手をしたのである。その時に父君が洩らした話の中で重要なのは、林さんが最初父君に媒酌を頼んできたのを断って山田氏を強く推したところ、林さんも実は息子もその方がいいらしいからと言ってあっさり賛成したという話だった。

「最近流行の世代交代論というやつだね。林さんも意中の本命は信君で、私には顔を立てる意味で声をかけてみただけかもしれない。お前たちも仲人をやるのは結構なことだよ。信君の例の病気も治ったようだから、これまで通りの夫婦で、二人して新郎新婦の両側に坐れるわけだ。まあ、あれも一度はやってみないことにはね。悪くないものだ」

「私たちみたいに若い仲人って軽すぎはしないかしら」

「信君は貫禄があるから大丈夫さ。お前も髪型を変えて留袖を着たらいい工合にふけて見えるよ」

それでも桂子さんは、年齢と言い社会的地位と言い、また林さんとの関係からしても自分の夫君よりは父君の方がはるかに森さんたちの媒酌人にふさわしいと思っている。そしてこれはあとで林さんから聞いてわかったことであるが、父君が林さんからの頼みを断った際の最大の理由はこのところ体調が思わしくないのでその大役を勤めるのはいかにも大儀だということだったらしい。林さんがそこをたってと無理を言わなかったのも父君のいかにも大儀そうな調子を林さんが重大に受取ったからだという。元来父君は他人に自分の病気のこと、身体の調子のことで愁訴することのない人間であった。それだけに林さんは驚いて、しかし驚いた様子を隠して、どこが悪いのかと訊いてみると、父君は無造作に、「いや、何、血圧と心臓ですが、この年になると人並みにガタが来るもので、過労さえ避けていれば心配するほどのこともなさそうですから」と答えたという。

林さんはこれに対して、「事故ということもありますからくれぐれも御注意なさって下さい」と言ったらしい。

この事故という言葉には桂子さんも覚えがあって、七月の山の別荘でも聞いたように思う。自分の死に方について父君は、いわゆる老衰で枯木が倒れるような大往生は考えられないし、長患いをして手術だ入院だと大騒ぎの揚句に死ぬつもりもないから、まずは戦死か事故だろうと言っていた。心不全か脳出血による急死が父君の言う事故に当る。そして父君の場合は自分の予想もしくは自分の意志の通りになったのである。

その事故が起った時、桂子さんは父君の様子を見て最悪の事態を早くも覚悟した上で救急車を呼んだが、車の中での応急の処置も、以前からこういう場合はここと決まっていた病院での三時間に及ぶ処置もついに効なく、父君の心臓は二度と鼓動しなかった。典型的な心筋梗塞の死に方で、この事故の発生から完了までを見ていた桂子さんの目には、それは人体という機械の内部に突然故障が生じ、異様な音を発しながら崩壊が進行し、機械はたちまちそのすべての動きを停止した、という経過以外の何物でもなかった。故障した機械は修理工場に運びこまれたが、現在の修理技術では如何ともしがたかったのである。桂子さんは一部始終を見ながら偶然の事故が確実性そのものに変じていくことに、諦めとともに失望のようなものを感じていた。この止まってしまった機械は順調に動いていることの方がむしろ奇蹟《きせき》で、動かない物体でいる方に圧倒的な確実性がある。いつその奇蹟が終るか、つまりはいつ事故が発生して機械が停止するかを決めるものを運命と呼んでもいいと桂子さんは考えたが、それが自分たちにとって不都合な結果をもたらす時、思わず「理不尽な」と言いたくなる気持は抑えがたい。父君が還暦を前にした年で事故によっていきなり生を取上げられるのは、あとに残される家族にとって大きな打撃でもあり損失でもあるというばかりでなく、そんな運命を割当てられる当人にとってさぞかし無念であり不本意であり、それを桂子さんが父君に代って言うなら、やはり理不尽という言葉が出てくるのである。

桂子さんの妹たちも真夜中の病院に駆けつけたが、事故が起きたあとではどんなに一刻を争ってみても同じことで、母君以下、誰も意識のある父君と対面することはできなかった。夜が明けると夫君が智子さんと貴君を起して車でやってきた。子供たちは生まれて初めて死というものの具体的な姿を見るとともに大人たちの様子から悲嘆と厳粛を感じとったらしく、神妙に遺体と対面した。童話や物語の本をよく読んでいる智子さんは、死が人をいかに悲しませるかということを頭では知っていて、今見せられたことの意味は、お祖父様がお祖父様でない別のものになり、そしてどこにもいなくなるということだと理解したらしく、そのショックで放心状態に陥っていた。貴君の方はまだそこまで理解するのは無理なようで、お祖父様が物も言わず動きもせずに横たわっていることが眠りの一種とどう違うかを弁じかねている。その日の貴君の日記をあとで読んでみると、注射をしてもなぜ治らないのかとか、お祖父様が生き返るといいと思いますとか、死が確定した事実であることを理解していないふしがある。貴君にとってはそれはまだ不審な事件の一つにとどまっているらしい。

早朝から会社の人たちも駆けつけてきた。喪主になる母君、長女の桂子さん、夫君の山田氏らが会社の方の出版部長の橋氏および社長室の橋本氏と話合った結果、通夜は当夜自宅で、翌日密葬にして、葬儀と告別式は会場の関係もあるので一週間から十日ほどのちに、ということに決まった。新聞広告や各方面への通知、告別式の準備万端は橋本氏の方で引受けるという。早速通夜の準備のためにも社の方から役に立つ人間を何人か廻してくれるということで、この人たちと二宮さんのおかげで桂子さんたちは落着いた通夜を行うことができた。また林さんが早速「派遣」してくれた三輪さんと、森さんからの連絡で不幸があったのを知った陽子さんとが勝手の方の仕事一切を引受けてくれたのも有難かった。

弔問客は予想の外に多くて、親戚の他に父君の知友のうちの主な人も通夜に顔を見せた。桂子さんは通夜のための着付けを済ませたあとで父君と母君それぞれの血縁者の系図を書いて夫君に渡しておいたが、父君の方には長くパリに住んでいる姉がいるほかは五人の従弟妹《いとこ》がいるだけで比較的係累が少ない。母君の方には八十を過ぎた両親が健在であり、兄が三人に姉が一人と、こちらは比較的多い。母方の伯父伯母はともかく、父君の従弟妹となると法事や婚礼で顔を合せる位で、桂子さんも顔と名前が一致しないこともある。その親戚の人たちの方が型通りに線香をあげ、お悔みを述べて早目に引上げたあと、宮沢氏、耕一君、林さん、森さんを始め父君と特に親交のあった友人数人が十時頃まで夜伽《よとぎ》に残ってくれたので、酒肴《しゅこう》を出して桂子さんと母君が相手をした。父君は同級生とか先輩後輩、あるいは同業、同好の士とかいう縁だけで長く交遊を続ける方ではなかったので、現に淡く親しく付合っている友人はいずれも鄙《ひ》なるところと狂なるところのない水の如き人物である。林さんは悲しそうではあったが殊更に深刻そうでもなく、いつもとは量も質も違うけれども、話しながら時に微笑も洩らす。それが別に不謹慎には見えない。桂子さんも平生笑顔の多い方であるから、釣られて微笑を返す。父君の急死は桂子さんには腕を一本切り落されたようなもので、そのために体が一方に傾きそうで真直ぐ立っていられないほどであったが、極度に気を張りつめているので今は切り口からほとんど血が出ない。時々にじみ出る微笑は堅く収縮したその切り口を濡らす透明な汁のようなものである。

宮沢氏は終始怒ったような顔をしていて、それは桂子さんの推測によれば事故という籤《くじ》を割当てたモイラに対する憤懣《ふんまん》であると同時に、まわりにいて注意が行き届かなかった桂子さんや母君と、かならずしも自分の体に細心の注意を払っていたとは言えない本人に対する非難も混っているように見られた。しかしこのあとの方は当っていなかったことがわかった。宮沢氏は桂子さんに向って、「牧田さんとすれば、やはり退役よりも戦死ということになるんでしょう」と言った。

「喩《たと》え話をすれば」と林さんがかすかに薄日がさしたような微笑とともに言った。「向うから奴が近づいてくる。それはよく見えているが、まだ遠いと思っている。そのうちに奴の姿を見失うか忘れるかすることがあって、人混みの中で突然ぶつかる。それが奴だったと気がついた時はもう遅い。だから最後の言葉は『しまった』です。事故または戦死というべきですな」

「それがいやなら家に閉じこもって寝たきりでいなきゃいけない。それでも棚から物が落ちてくることがある」

宮沢氏はそう言うと口を閉じて、いつもの猛禽の顔になった。帰りがけに宮沢氏は桂子さんに、落着いたら話したいことがあると小声で言った。桂子さんが無言で頭を下げると、もう一人、待っていたように弁護士の正田氏が近づいてきて、母君には先刻お話したが、告別式が終ってから遺言状の件で伺うからその時には妹さんたちにもお集まり願いたい、と言ってから、「父上はあとのことはよく考えておられましたから、御心配はございません。それにしても、一年足らず前の堀田君と同じようなことになりまして、恐しいことです」と付け加えた。

正田氏が亡くなった堀田先生と同期の親友であることを桂子さんはこの通夜の席で知った。去年の十月の堀田先生の告別式と同じで、父君の葬儀と告別式も結局千日谷会堂で行われた。宮沢氏が友人代表で、林さんが父君の社に関係している著者を代表して、それぞれ立派な弔辞を朗読した。聴きながら桂子さんは目に涙が溢れてきたが、もしも父君がこれを骨壺の中で聴いていたら、「祭牧田圭介文」と題し、本にして出したいと思うにちがいない、などと想像してそれがまた涙になった。

宮沢氏のは父君との長い付合いを、ある最適の角度と距離を選んで要約し、情理を尽して父君の人となりと事績を頌《しょう》したかなり長文のもので、聴きながら桂子さんはいちいち思い当るとともに、その表現が適確であるため、まったく新しいことを発見させられるような気持になった。林さんのは簡潔で、「謹しんで清酌庶羞《せんしやくしよしゆう》の奠《てん》を以て亡友柳子厚《りゆうしこう》の霊を祭る」で始まる韓《かん》愈《ゆ》の文章を思わせる格調の高いものであった。林さんの説によると、父君は、本来「述べて作らず」で自らを律しながら、凡百の「作られたもの」を鑑定して本物に近いものを選んで出版するという苦い仕事をして命を縮めたということになる。ついでに言えば、父君は自ら「述べ」さえしなかった。若くして「作る人」を志した父君は、三十にして「不作」、四十にして「不述」、爾来《じらい》本屋の商売に徹した。その鑑定眼の前では、作り放題の文士も半解の言説を弄《ろう》する文化人も冷汗三斗であった云々《うんぬん》。これはいささか大袈裟だと桂子さんは思ったが、林さん自身がそういう恐しい人だということになっていただけに、父の中にも同じ要素を見出したのかもしれないと桂子さんは思った。

盛大な、と言いたいような告別式が終ると、桂子さんはようやく切り落された腕が今は本当になくなっていることを感じた。体が傾いて倒れそうになる。それを支えてくれるのは母君では間に合わないという気がする。母君自身が何を感じているのか、桂子さんから見るとよくわからないところがある。母君と二人だけで乗った帰りの車の中で、喪服の母君は端正な初老の未亡人となって堂々と前を向いて桂子さんの隣に坐っている。少女の頃の桂子さんはそんな母君の物に動じない姿に癇癪《かんしゃく》を起して、よく爪を出して引掻《ひっか》くようなことをしたものである。しかし今それをやれば、袋が破れて中からすさまじいものが大量に溢れ出るのではないかという不気味さを覚える。

桂子さんは、ほぼ一年前の同じようなよく晴れた秋の午後に同じ道を車で帰りながら父君と交した会話を思い出して母君に話してみた。母君は黙って聴いていたが、おもむろにこう言った。

「その頃からお父様はニトログリセリンを持ち歩いていらしたのです」

残暑が去ってからも桂子さんは疲れが残っている感じで医者にも診てもらったりしたが、父君の遺言に従って遺産相続に関係した面倒な問題も父君があらかじめ考えぬいてくれた基本方針にそって処理することになり、その間の細かいことを一切省略して結果についてだけ言えば、母君と桂子さんは相続税を納めるために今住んでいる土地家屋を一部でも売却するようなことをしなくて済み、妹たちにも満足すべき遺産が、こちらは預金、株券、債券の形で残されていたので厄介な問題は全然起らなかった。むしろ大きな樹が根こそぎにされたあとの体制をめぐって大変ではないかと思われたのは会社の方である。しかし父君はその方も以前から考えてあったようで、十歳ほど若い副社長の鳥井氏を後継者に擬してここ二、三年はやってきたので、当面会社の中が動揺することもないという。その鳥井氏は桂子さんのところへも挨拶に来て、父君の言う「拡張せず、調子に乗らず、よい本を出し、そしてつぶれず、時に大儲けもする」方針を守っていくという話をしたあとで、これは父君の意向だったらしいが、顧問か相談役といった形で、宮沢氏と林さん、それに山田氏に重役陣に加わっていただきたいと言う。そして桂子さんにもいずれは、と言う。確かに、株の過半数は今は桂子さんの名義になっている。「すると私が社主ということですか」と桂子さんは笑った。この話の中で、宮沢氏は山田君がはいるなら充分だろうと言って固辞したが、林さんと山田氏は亡き父君の意向に従うことになった。「まあこれは私への形見分けのようなものでしょう」と林さんは言っていた。

父君の形見のうち、金銭的価値のあるものについては遺族の間で適当に処分した。残るのは父君の作品とか「秘密文書」とかの類である。ところが父君はすでに処分すべきものは処分してあって、作品と呼ぶべき文章は何一つ残っていない。「秘密文書」と呼ぶべきものには出版の仕事を始めてからの日記、というよりごく簡単なメモがおよそ三十年分ある。これには家庭のこと、私事に関することが全然記されていない。桂子さんが当然最大の関心を抱いて探した「出生の秘密」にかかわることも勿論一切書かれていない。その代り、父君が会った人物についての簡潔にして辛辣《しんらつ》なコメントが日記の中には満載されている。それも抽象的な印象ではなく、例えばその人の物の食べ方をあげ、その発言を引いた上で、「育ちわるし」などと書いてある。そのほかに桂子さんが興味津津で拾い読みして飽きなかったのは著者別に作られたカードで、そこには明治以後の小説や翻訳小説を始め、その著者の作品で父君が読んだもの毎に評点が与えられている。昔は上中下、一二三であったのが、途中から五段階評価になり、さらに三・五、四・五などと細かくなり、最後は○△×印に落着いている。父君の説明によれば、○は「一読に値する」で、△は「読んでも読まなくてもよし」で、×は「読まないがよし（時間の無駄）」となっている。桂子さんはこの厖大《ぼうだい》な評点カードを見ていささか興奮を覚えた。世間で、と言うのは同業者の世界で労作、大作、力作とされているもの、あるいは大多数の評者が畏怖《いふ》の念をこめて絶讃しているような大家の作品の多くに、父君は△か×しか付けていないのである。それにしても父君の多読ぶりは相当なもので、四十前後の頃には年間五百冊ほど読んでいた。桂子さんは本を読むべき秋の夜長に本を読むことを忘れ、暇があるとこの評点カードをひっくりかえしていた。

夫君もこのカードには興味を示した。それで桂子さんも夜コーヒーを持っていった時には、二人がともに読んだことのある本をいくつか取上げ、「○△×法」と「五点法」とで採点してみては父君のと比較して興ずることが日課のようになった。

四十九日に宮沢氏や林さん、森さん、副社長に昇格した橘氏などが集まった時に桂子さんがこの評点カードのことを披露すると、林さんもその存在については知っていたらしく、

「しかしそれを公表しようものなら、群犬が騒ぎますな」と笑った。

「私共の立場からすると、今公表することだけは平に御容赦願いたい」と、これも笑いながら橘氏が言う。「こんなものがあるぞということで戦戦兢兢《せんせんきょうきょう》とさせておいた方が面白いでしょう。

ところで、以前社長が言われるには、うちの本でも見方によっては△が三十パーセントから八十パーセント、×も五パーセントはあるとのことでした」

「名医の誤謬《ごびゅう》率も相当なものだという話と同じですな」と宮沢氏が言った。

「まあ、それは牧田さんの精一杯の自慢話なのかもしれない」

四十九日も終ったところで桂子さんは耕一君からの誘いを受けて一度ロアジスで御馳走になることにした。すでに秋も深まって日が落ちると風が冷たい。桂子さんは軽いコートを着て土曜の午後ロアジスに出かけた。腕を一本失った感じはいまだに続いていて、高い靴をはいて歩くと妙に体が軽いように感じられる。

耕一君はまだ来ていない。星野さんが挨拶に出てきたので、桂子さんは告別式には星野さんも来てくれていたことを思い出してお礼を述べた。それを桂子さんは真面目な顔をして、「御会葬並びに御香資をたまわり厚く御礼申上げます」と書面を読み上げる調子で言った。星野さんは笑って、

「今日は御主人ですか」と言う。

「元恋人の方です」と答えてから、桂子さんは気がついて訊いた。「八月と九月に二度ほど主人が女子学生を連れてこちらに現れたでしょう。考えてみると私たちはまだ夫婦揃《そろ》って来たことがないわけですね」

「私共としては別々に御利用いただいた方が合計四人様ということで商売繁昌になりますが」

桂子さんは夫君と満智子さんの様子が多少気になって、その節はここで愁嘆場でも演じられたのではないかと、それとなく訊きだそうと思っているうちに、星野さんが調子を変えてこんなことを言った。

「あの時の方はなかなか綺麗なお嬢さんでしたよ」

「清水満智子さんというんです。主人は紹介しなかったんですか」

「ええ。できましたら今度奥様から紹介していただきたいものです」

「星野さんのお好みのタイプかしら」

「何でもいいものは好き、旨《うま》いものは好き、ですよ」

桂子さんが笑ってうなずいているところへ耕一君が現れた。

向い合ってテーブルに就くと、耕一君はいつもよりしげしげと桂子さんを眺めた。

「少し痩《や》せたようだね」

「そうかしら、やっぱり」と言って桂子さんは父君が亡くなったことで腕が一本落ちてしまった感じがしていることをまず話した。しかし傷口はもう完全にふさがっているし、思ったほどの出血もなかったことを強調して、あの「事故」の事後処理もほぼ片付いたので安心して下さいと言った。

「それにしてもやっぱり痩せたね。顔が淋しくなったというか」

「というより険しくなったでしょう。実は」と桂子さんはとっておきの秘密を洩らす時の楽しさを抑えかねて目に笑いを浮べた。「三人目ができたの」

桂子さんとしてはこれを夫君よりも耕一君に先に話すことをひそかに楽しみとしていたのである。耕一君は単純に驚いてみせ、口の中で congratulation とつぶやいてから、

「媾和《こうわ》条約調印だね」と言った。

桂子さんはうなずいたが、その調印の日時と場所までは言わなかった。

「いろいろ御心配をおかけしましたけれど、そういうことになったんです」

「そのこととは関係ないが、あの七夕の夜がお流れになったあと、つまり父が母に離婚されてからのことだけれども、一人になった父がおかしなことを口走ってね」

「何?」と思わず桂子さんは鋭い顔をした。

「僕が直接父から聞いたことではないから、正確な表現にわからないが、君のことが自分の娘のような気がしてならないという話だ」

「またまたその話の蒸返しですか」

桂子さんは口を結んでしばらく考えたが、やがてゆっくりと言葉を選んで言った。

「お父様が何をおっしゃったにしろ、条約が発効するのは山田との調印の日から十ヶ月後で、

それが正確にそうなった時に証明されるはずのことについては心配なさらなくていいの。それから、お父様がほのめかしていらっしゃる事実については、私の母に否定させましょう。それでいいでしょう?」

耕一君が笑ってうなずいたので、桂子さんもグラスをあげ、二人は改めて乾杯した。

b 信に至る愚

久しぶりに山田桂子さんが姿を現したのは秋も深まった頃で、桂子さんは以前よりも幾分ふとったように見えたが、それはこの夏の終りから身体に変化が生じているからである。ということは、すでに桂子さんが耕一君に語っていたように、その頃に夫君の山田氏との間で媾和《こうわ》条約が締結されたことを意味していて、ともかくそれで桂子さんの言うところの「反宗教の戦争」が一年足らずで終ったのは慶賀すべきことである。しかも桂子さんの側が予想外の大勝利を博するという結果で終り、加えて双方ともに大した損害はなかったという点でもこれは賢明でめでたい戦争であった。桂子さんはそう言って自讃《じさん》したが、実は勝者の自讃の形をとりながら敵であった夫君を称える気配がありありと感じられる。何のことはない、桂子さんは終戦の報告並びに挨拶と称して惚《のろ》けを言いに来たのかもしれない。しかしそうだとしても自己満足を見せられるよりは惚けを聞かされる方が格段にましである。

桂子さんは自分で気がついてその表情から甘さを消すと、今度の戦争を昔日本がやった戦争に比べたら、という話を始めた。勿論、桂子さんがアメリカで夫君が日本ということになる。不意打ちの入信の話という真珠湾《しんじゆわん》攻撃で戦争は始まったが、ここでも資源、経済力、国際政治上の力、技術開発力、戦略など、すべてを綜合《そうごう》した戦力でアメリカ、つまり桂子さんの方が上回っていたので、桂子さんは絶対不敗の見通しを持っていた。もっとも夫君の方もそう簡単に自分の立場を放棄するとは思えなかったから、戦争の終結がどんな形をとるだろうかということになると、桂子さんの想像力の限度を超えていた。そこで桂子さんも最悪の事態を覚悟した。離婚という形がそれで、最初の頃桂子さんには怒りに任せてこの最悪の事態に到達することが目標であり勝利であるとする姿勢がないでもなかったが、それはやがて完全に抑えられたという。夫君の方には離婚も辞さないという戦意は最初からなかった。それで二人の戦争は大東亜戦争の場合と違って日本側の賢明な自制がアメリカの敵意を和らげるという形で推移し、ミッドウェーの海戦が終ったあたりで双方の気持は戦争終結の方向に向かったのである。

ところで、夫君の棄教は媾和の条件を充たすための擬装ではないかという疑問に対して、桂子さんは笑ってその可能性を否定した。桂子さんと教会と、この両者に不誠実であることによって夫君が得るものはきわめて少ないではないか、というのが桂子さんの挙げた理由である。しかし万が一夫君の採った戦術が擬装棄教であったとしても、外から見た限りにおいて信仰という病気のいかなる症状も現れていなければ、それでよいとしなければならない。つまり桂子さんの説によると、城というものは然るべき外形をそなえていれば可とすべきであって、城の中にもう一つの秘密の城があるかどうか、奇怪な「神」を祀《まつ》る祠《ほこら》や礼拝堂があるかどうかは問題にしても仕方がない。外からも見えず、招待された客が城内を案内してもらってもその種のものが目にはいらないなら、それはないものと仮定しておけばよいのである。桂子さん自身はと言えば、自分の城の中に特別のものは何もないと思っている。広場も噴水もあって、子供たちもはいってきて遊んでいる。しかし桂子さんの城の内部が何やら複雑を極めた迷路になっているかのように誤解する人は、この城にまだ慣れてない人か、外にいていたずらに想像を逞《たくま》しゅうする人かであろう。

今度の戦争の結果わかったことの一つに、夫君の山田氏が桂子さんについては随分想像を逞しゅうして幻の城を見ていたということがある。本物の精神病か精神病質の人間が多い今日の小説の主人公などとは違って、自分は外に表れる言動の通りの明快な人間であると桂子さんは思っている。つまりはまことに底の浅い人間なのですが、と桂子さんは笑う。夫婦の仲も十年近く続くと退屈しのぎに相手を城の中に城を築いた複雑怪奇な人間の如く想像してみたくなるものかもしれない。少なくとも夫君はそうだったと桂子さんは言った。しかし桂子さんから見ると、複雑で変幻自在で曖昧でよくわからないのは夫君の方である。何しろ男は豹変《ひょうへん》しますから、と桂子さんは笑う。ある観念のウイルスに感染しただけで男の城の姿は一変する。それはダリの描く時計のように軟かいのである。

さて、そういう話をして帰りぎわに桂子さんはこの戦争の間に自己強化の目的で作ったカードを参考までにと言って残していった。中身は反キリスト教的、反宗教的戦闘力を強化するための図上演習や敵の情報の分析、役に立ちそうな武器の蒐集《しゅうしゅう》、点検といったところであるが、勿論キリスト教に対する軽蔑《けいべつ》に満ちた批判や悪口雑言の類もある。また林さんの『人類の病気』からの抜き書きもある。しかしこの部分は周知のものであり、悪口雑言の類は再録が憚《はばか》られるので、いずれも割愛し、いささか理窟っぽすぎる嫌いはあるが桂子さんの考え方をよく表しているカードを選んで次に掲げておく。『城の中の城』という物語を読んで下さった読者にはついでにこの蛇に付け加えた足の方も一読していただけると幸いである。

スタティウスはルクレティウスの反宗教的な思想を要約して、「地上に初めて神神を生み出したものは恐れである」と言ったそうであるが、キリスト教を生み出したものは自責の念や自己嫌悪、自分の弱さに対する絶望、要するに自分は罪人であるという意識であった。処刑されたイエスの周囲にいた者はイエスをキリストに仕立てる以外に生きることが考えられないほど惨めであったに違いない。こういう話は、何も耳を藉《か》す義理はないものの、聞くだけでこちらがやりきれなくなる。

しかし考えてみると、「神」を利用して、あるいは教祖自身の力で、人間に救済を提供しようとする型の宗教は大概こういう惨めな話から始まるものである。

ベルグソンがキップリングの *Many Inventions* から引用している話。インドの森に住むある山番は、その孤独の中にあって、自分自身に対する尊敬を失わないように、毎晩食事の時には燕尾服《えんび》を着たという。

世界はわれわれが生まれる前にはわれわれと関係がなかったし、われわれの死後はわれわれと関係がないであろう。千年後に自分たちが存在しないことを嘆く者は、千年前に生きていなかったのを嘆く者に劣らず間が抜けている。（ジョン・トーランド）

スピノザを破門したアムステルダムのシナゴーグでのイサーク・デ・フォンセカなるラビの宣告。

「我らはバルーフ・デ・スピノザを追放し、災あれと祈る。かの男は日夜呪《のろ》われてあるべし。……主はかの男を許し給わず。主の怒り、スピノザに下り、掟《おきて》に記された呪いのすべて、スピノザに降りかからんことを」

ユダヤ教の破門とは、去る者は追わず、勝手にしろ、ということでは済まないものらしい。このラビはスピノザの身体に呪いの言葉という釘《くぎ》を打ちこまんばかりの勢である。ユダヤ・

キリスト教の変種であるマルクス教の集団でも、除名した仲間には汚物でも叩きつけるような工合に罵詈《ばり》雑言を浴びせる。破門されたスピノザのところへ、ある日鉄の棒を持った覆面の男たちが現れ、言葉の代りにその鉄の棒でスピノザの肉体を滅多打ちにしたとしても驚くに当らない。

罪とは知恵の欠如である。また、アリストテレスにとっては罪とは生き方における悪趣味であるが、これは幼時からの教育、訓練の不足や賢者の健全な忠告の無視、要するに愚から生ずる。これとは別の「罪」の観念を発明してその中毒に陥るのは健全なことではない。それは病気であり、病気にかかることは最大の悪趣味である。

バジル・ウィリーの『イギリスのモラリスト』の第二章に「ギリシア人は愚か」ということが出てくる。「コリントの信徒への手紙 一」の一に言う。

「事実、この世は神の知恵に囲まれているのに、自分の知恵で神を知ることができなかった。そこで神は、宣教という愚かな手段によって信じる者を救うほうがよいと、お考えになったのです。このように言うのも、ユダヤ人はしるしを求め、ギリシア人は知恵を探しますが、わたしたちは、十字架につけられたキリストを宣《の》べ伝えているからです。すなわち、ユダヤ人には信仰の妨げとなること、異邦人には愚かなことですが、ユダヤ人であろうがギリシア人であろうが、召された者にとっては、神の力、神の知恵であるキリストを宣べ伝えているのです」（共同訳『新約聖書』による）

異邦人とは特にギリシア人を念頭においているのであろうが、日本人にとってもこの十字架につけられた救世主の話は愚かなものである。ばかげた話を、これはあなたにはばかげた話かもしれないが、と断られた上で聞かされる時、人は罠《わな》にかかってそのばかげた話を信じる。ばかげているが故に信じる。有名な「不条理なるが故に我信ず」(credo quia absurdum est) にはもっともな点がある。

テルトゥリアヌスはこのことを一層はっきりと述べている。

「神の子は十字架につけられた。それは恥ずべきことであるが故に我らはそれを恥じとしない。神の子は死んだ。それは愚かなことであるが故にまさに信じるに足りる。そして神の子は埋葬され、復活した。それは不可能なことであるが故に確実である」

この種の罠にかからないためにはばかげた話と称するものは聴きおくにとどめなければならない。それについては「子不語《しかたらず》」の原則を守るべきである。つまり「幽霊が首を吊《つ》って自殺した」というような話に対しては、「へー」でも「ホー」でも「フーン」でも「ああそう」でもよいが、何か一つ間投詞を発しておけばよいのである。

キルケゴールによると、人が洗礼を受け、教会に行ってお祈りするというだけでキリスト者だと思うのは大変な錯覚で、キリスト者の生活はそんな安易なものではない。つねに罪の意識をもって神の前に立ち、恐れおののきながら生きることが必要だそうである。しかしそこまでする人にそもそも生きることが必要なのだろうか。そういう人にはエピクテトスの口を借りて、「扉は開かれている。いやならいつでも出ていくがいい」と勧告したいところであるが、恐らく、しても無駄であろう。この人は自分が躄《いざり》であると信じているので自分の足で立って出ていこうとはせずに、いつまでもキリスト者として恐れおののくか、のたうちまわるかしつづける。それは醜悪である。醜悪なものは見て見ぬふりをするしかない。

この家には何もいない、と考えるのと、目に見えない象がいる、と考えるのとではどう違うか。時々目に見えない長いものが巻きついてきたり手に持っている林檎をいきなり奪いとったりするようなことがあれば、見えない象がいるらしいと仮定した方がよい。

昔のエピクロス主義者は、神神は存在するが人間とはまったく没交渉で関係がないと信じていた。神神は庭などに坐り、アンブロシアを飲みながら談笑しているが、人間がやることには一切介入しない。それでも見えない象、いや見えない神神は存在すると考えるのは精神の贅沢の問題である。普断は見えないが、よくいたずらをし、時にはその姿を現して介入もするような象を考えたのがギリシア人であった。

二人の男が道を歩いている。

A「この道は神の国に通じている」

B「どこに通じているわけでもないが、ほかに道がないので歩いている。目的地などない。誰かがこの道を設計して造ったわけでもない。問題になるのは道のよしあし、天候のよしあし、旅行の運のよしあしだけだ」

奇蹟の存在は非決定論を支持することはできても神の存在を支持することはできない。

奇蹟は神の介在を意味するものとしよう。

しかるに奇蹟は存在する。したがって神は存在する。

この論証は、もし神が介在するならば神は存在する、という tautology ではないか。

この世界を仔細《しさい》に検討してみると、そこに存在する秩序は、ある設計の結果を示していると考えざるをえない。つまりこの世界の設計者が存在する。その設計者を「神」と名づける。「神」の存在を認めることによってすべてのことは説明できる。

この議論はチェスタトン流の「鍵と鍵穴」の理論と同じである。「神」という鍵が存在するとすれば、それだけがかの鍵穴に合う。その鍵を使うことによって世界は初めて真の姿を開示する。その鍵を発見しなければならない、というわけである。

鍵を発見したと思ったY氏は鍵穴を求めてカトリックにはいったものと推察される。

人間が正直に自分の心と対面するならば、または大胆に自分の内面をのぞきこむならば、自分が本当はある存在を求めていることがわかるはずだとある人は言う。そして人間は誰でも永遠の同伴者を求めつづけているのだとも言う。この「同伴者」の説は余り説得力を持たない。

大多数の人間は旅を続ける間の道連れを求める。よい人間が同伴者として得られればそれで充分である。具体的に言えば、よい家族、よい友人、よい国家等々をもって「よい同伴者」と考える以外にない。

そういうものをことごとく持たない(と思っている)人間がその不幸に耐えられず、あらぬ存在を求めて妄想を凝らし、あるいはいかがわしい人間を無二の同伴者と錯覚してその後を追うといった挙に出ることは、理解できないことではないが、格別同情に値しない。

同伴者を人間を超えたものに求める人は人間の中によい同伴者を求めるつもりが最初からないか、真面目にその努力をしないかであろう。そしてこの種の人には、その不真面目さを正当化するために、劣悪な人間を同伴者に選ぶ傾向がある。その結果、人間は惨めな存在であるという結論に達して真面目に絶望し、ユダヤ人のイエスとユダヤ人の発明した「神」とを永遠の同伴者であり主であると信じるに至る。

こういう事情を検討してみれば同情すべき点はどこにもないことがわかる。

イエスは自分たちの罪を背負って処刑されたと弟子たちが考えるのは自由である。またそれは第三者が見ても根拠のある解釈である。首謀者は服罪し、追随した連中は不問に付されるという例は百姓一揆にも見られる。

しかしイエスがイスラエルの民の罪を背負って十字架にかけられたかのように言うのは当らない。全人類の罪を背負って、などと言うに至っては妄想の極みである。

女子供には信心が必要であろうが、自分たちにはいらないと言ったのは吉田松陰《しょういん》である。

宗教を必要とする人間もいることは否定できない事実である。需要があれば供給されなければならない。仮にそれが麻薬であっても、というより宗教の場合はまさにそれが麻薬であり鎮痛剤であるからである。「もし神が存在しなかったら神を発見しなくてはなるまい」とヴォルテールが心配するまでもなく、必要なものは発明されて供給されてきた。日本人は鎌倉時代から各種の宗教に不自由していない。つまりこの頃から個人救済用の宗教がいくつか登場し、互いに競争して顧客を増やした。救いを買うも買わないも個人の勝手である。女子供がそれを必要とするなら、お金を、いや「信心」を投じて買えばよい。

ただし女子供の中にも宗教を必要としない者はいる。

併《しか》し聖 Augustinus は若い時に乱行を遣《や》って、基督《キリスト》教に這入《はい》ってから、態度を一変してしまって、fanatic な坊さんになって懺悔《ざんげ》をしたのだそうだ。Rousseau は……（森鷗外『青年』）。

こういう調子で語るのが好ましい。

例えば戦乱で人々が苦しんでいるという。これを救わなければならないという。ところで、人々を救うとはどういうことか。戦乱を収拾して秩序を回復しなければならない。貧苦があれば殖産興業の努力が必要である。こんなことは誰にでもわかっていて、問題は誰が、いかにして、ということに尽きる。

それ以上に一人一人の「魂」を救済しなければならないというのは途方もない考え方である。一人一人に「幸福」でも配給するのか。パンの代りに「神」という不換紙幣を配ってその使用を強制するのか。

こういう救済思想は棄てて各人の「魂」の救済は各人の努力と才覚に任せるべきであろう。

第三代シャフツベリー伯爵が考えていた道徳は貴族的な性質のもので、徳は、生まれながらにして、また訓練によってそれを愛することのできる教養ある人々のものである。宗教はそうでない人々には依然として有用であるかもしれない。つまり、「神」という超自然的存在による内的制裁が必要なだけでなく、眼前に絞首台のような教育的なものも必要とすることが多い庶民連中には宗教が役に立つであろう。

以上、バジル・ウィリーが見たシャフツベリー伯爵の立場。

なお、シャフツベリーには三つの「お化け」があった。一に「無神論」。二にローマ・カトリックが代表していた「迷信」。三にピューリタンの非国教徒の「狂信」。

シャフツベリーの言うmoral senseとは美を識別する能力とほとんど同じものであった。あの聖書の粗野な言葉を読んで、ここにこそ真の道徳があると感じ入るような人は、これとは別種の moral sense の持主なのである。

ヒュームは、宗教は「信仰」であり、「理性」に基礎をおくものではないと言う。キリスト教も勿論そうである。これをはっきりさせればキリスト教など片付いてしまうとヒュームは思ったのかもしれない。

しかし世の中には、ヒュームのこの見解を認めた上で、これを逆手に取って、「信仰」に基礎をおくものであるというその理由で宗教を擁護する人もある。そういう人にとっては「理性」なり世俗的な知恵なりの立場からする批判攻撃は痛くも痒《かゆ》くもない。

善良な英国人としてのヒュームは慣習と伝統を尊重するから、「信仰」篤《あつ》き人々が信じることは是認する。善良な日本人も同じ態度を条件付きでとってよいであろう。その条件とは、その「信仰」が病院のようなところに隔離されていて、「信仰」を欲しない一般の人々に強要されたり、「信仰」保菌者の手で病院外に蔓延《まんえん》したりしないということである。

およそ苦悩とは精神的なものであるが、何についての苦悩かと言えば、例外なしに具体的な問題についての苦悩であり、その問題の大半は自分の身体の苦痛や人間関係の不調に関係している。その解決は通常困難で、苦悩の特効薬はないが、多くの場合に例の紙片が卓効を示す。そこでひとまずこの紙片を汎用《はんよう》性の特効薬と見なしても大過ない。それどころか、そもそもこの紙片の不足が厄介な問題の原因であることが少なくない。この身も蓋もないことを棚上げにして、とりとめのない精神的苦悩にひたるのは、無能か不正直か怠惰の証拠である。

また、他人の病苦や貧苦に卓効ある紙片を自分の懐中からはただの一枚も出す気のない人間が、舌を動かして悩める精神を撫《な》でさすることに熱心であったり、社会の不正や制度の欠陥を非難したり、国に救済を要求したりするのは余り見よいものではない。

「死は我々にとって無である。生きている間は死は存在しないし、死が存在する時我々はもはや存在しないからである」というエピクロスの説をヒルシュベルガーは愚かしい証明だと評するが、そうだろうか。

正直なところ新約聖書は読めない。あのような粗野で独断的な文章の上をまともに歩行することは不可能である。人は絶えずつまずき、ついには四つ足で這わなければならない。にもかかわらずあの文章に感動するという人は、新左翼の演説やパンフレットにも、新興宗教の教祖の支離滅裂な妄言録にも感動する人であろう。

精緻《せいち》な神学が発生するのは聖書の類が悪文で書かれているからである。言葉の関節が外れているために、万人に自己流の整体術的解釈を試みる余地があり、またそのことの専門家もいずれ出てきて、劣悪な文章の骨を整え、肉を付けて、崇高で深遠な神学に仕立ててしまう。

チェスターフィールド卿もなかなかいいことを言っている。

「賢明な無神論者（もしそのような人間が存在すればのことであるが）は、自分の利益と世間での評判を考えて、少しは信仰心があるふりをするであろう」

「カトリックの国の教会で聖体の奉挙の時、あるいは教会でなくても『祭餅《さいへい》』が傍《かたわら》にある時、私は跪《ひざまず》くのを拒んだことはないし、その他確立された習慣に従うのを拒んだこともない。姿勢とか身体の置き場所とかいうものはそれ自体まったくどうでもよいことであるから、私はそんなことで誰とも争うつもりはない」

また、「祭如在。祭神如神在」ということもある。これが礼儀作法の要諦《ようてい》である。

著者覚え書より――各章の出典

25頁　閒窓聴雨（かんそうちょうう）　呉偉業の「梅村」より
　閒窓聴雨攤詩巻　閒窓に雨を聴きて詩巻を攤《ひら》く

46頁　蒼天残果（そうてんざんか）　三好達治の「残果」より

65頁　寒樹依微（かんじゅいび）　韋応物の「自鞏洛舟行入黄河　即事寄府県寮友」より
　寒樹依微遠天外　寒樹依微たり遠天の外

86頁　紙鳶跋扈（しえんばっこ）　菊地五山の「新年雑述」より
　紙鳶跋扈欲凌空　紙鳶跋扈して空を凌《しの》がんと欲す

107頁　暮雪霏霏（ぼせつひひ）良寛の「寒冬十一月」と蘇軾の詩から
垂晩雪霏霏　晩《くれ》に垂《なんな》んとして雪霏霏たり
（蘇軾の詩　「暮雪紛紛投砕米　暮雪紛紛として砕米を投じ」）
128頁　天上大風（てんじょうたいふう）三好達治の「天上大風」より
169頁　細草微風（さいそうびふう）杜甫の「旅夜書懐」より
細艸微風岸　細草微風の岸
197頁　春陰煙雨（しゅんいんえんう）蘇舜欽の「淮中晩犢頭」から
春陰垂野草青青　春陰野に垂れて草青青
209頁　群蛙閣閣（ぐんあこうこう）六如上人の「残春野外」より
群蛙閣閣無情極　群蛙閣閣無情の極み
231頁　五月清和（ごがつせいわ）司馬光の「初夏」から

四月清和雨乍晴　四月清和雨乍《たちま》ち晴れ

252頁　緑陰幽草（りょくいんゆうそう）　王安石の「初夏即事」より

緑陰幽草勝花時　緑陰幽草花時《かじ》に勝る

266頁　細雨空濛（さいうくうもう）　蘇軾の「飲湖上初晴後雨」と「正月二十日往岐亭郡人潘古郭三人送余於女王城東禅荘院」から

山色空濛雨亦奇　山色空濛として雨も亦奇なり

細雨梅花正断魂　細雨梅花正に魂を断つ

290頁　残雨斜日（ざんうしゃじつ）　王維の「崔濮陽兄季重前山興」より

残雨斜日照　残雨斜日照らし

350頁　秋声白露（しゅうせいはくろ）　左思の詩から

秋風何冽冽　秋風何ぞ冽冽たる

白露為朝霜　白露朝霜と為る

P+D BOOKS ラインアップ

遠いアメリカ
常盤新平
●アメリカに憧れた恋人達の青春群像を描く

私家版 聊齋志異
森 敦
●奇々怪々、不朽の怪奇説話の名翻案19話!

血涙十番勝負
山口 瞳
●将棋真剣勝負十番。将棋ファン必読の名著

続 血涙十番勝負
山口 瞳
●将棋真剣勝負十番の続編は何と〝角落ち〟

死刑囚 永山則夫
佐木隆三
●連続射殺魔の〝人間〟と事件の全貌を描く

単純な生活
阿部 昭
●静かに淡々と綴られる〝自然と人生〟の日々

P+D BOOKS ラインアップ

人間滅亡の唄　深沢七郎　●〝異彩〟の作家が「独自の生」を語るエッセイ集

アニの夢 私のイノチ　津島佑子　●中上健次の盟友が模索し続けた〝文学の可能性〟

楊梅の熟れる頃　宮尾登美子　●土佐の13人の女たちから紡いだ13の物語

記憶の断片　宮尾登美子　●作家生活の機微や日常を綴った珠玉の随筆集

幼児狩り・蟹　河野多惠子　●芥川賞受賞作「蟹」など初期短篇6作収録

舌出し天使・遁走　安岡章太郎　●若き日の安岡が描く青春群像と戦争体験

P+D BOOKS ラインアップ

大世紀末サーカス　安岡章太郎　●幕末維新に米欧を巡業した曲芸一座の行状記

鞍馬天狗 1 角兵衛獅子　鶴見俊輔セレクション　大佛次郎　●〝絶体絶命〟新選組に取り囲まれた鞍馬天狗

鞍馬天狗 2 地獄の門・宗十郎頭巾　鶴見俊輔セレクション　大佛次郎　●鞍馬天狗に同志斬りの嫌疑！　裏切り者は誰だ！

鞍馬天狗 3 新東京絵図　鶴見俊輔セレクション　大佛次郎　●江戸から東京へ時代に翻弄される人々を描く

鞍馬天狗 4 雁のたより　鶴見俊輔セレクション　大佛次郎　●〝鉄砲鍛冶失踪〟の裏に潜む陰謀を探る天狗

鞍馬天狗 5 地獄太平記　鶴見俊輔セレクション　大佛次郎　●天狗が追う脱獄囚は横浜から神戸へ上海へ

（お断り）

本書は1984年に新潮社より発刊された文庫を底本としております。
あきらかに間違いと思われるものについては訂正いたしましたが、
基本的には底本にしたがっております。
また、底本にある人種・身分・職業・身体等に関する表現で、現在からみれば、
不当、不適切と思われる箇所がありますが、著者に差別的意図のないこと、
時代背景と作品価値とを鑑み、著者が故人でもあるため、原文のままにしております。

倉橋由美子（くらはし ゆみこ）
1935年（昭和10年）10月10日―2005年（平成17年）6月10日、享年70。高知県出身。1961年『パルタイ』で第12回女流文学者賞受賞。代表作に『聖少女』『スミヤキストQの冒険』など。

城の中の城

2018年2月11日　初版第1刷発行
2024年7月10日　第2刷発行

著者　倉橋由美子
発行人　五十嵐佳世
発行所　株式会社　小学館
〒101-8001
東京都千代田区一ツ橋2-3-1
電話　編集　03-3230-9355
販売　03-5281-3555
印刷所　大日本印刷株式会社
製本所　大日本印刷株式会社
装丁　おおうちおさむ（ナノナノグラフィックス）

ISBN978-4-09-352328-8

P+D BOOKS